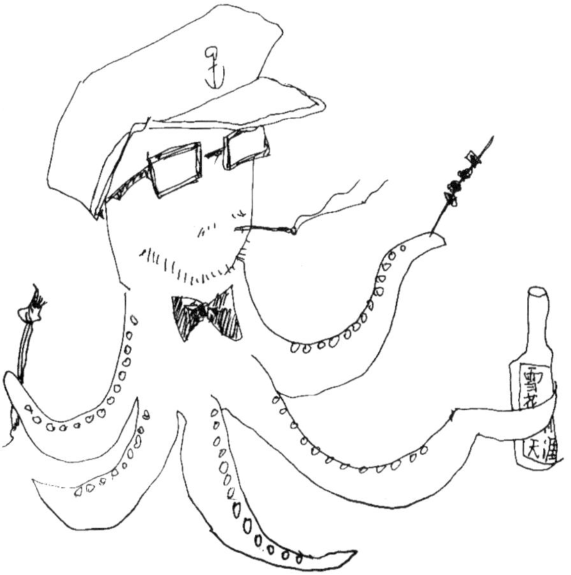

作者自画像

我们的任务是融化掉所有的黑暗，创造一个光明的世界。

——罗曼·罗兰

摸高

马立明 ○ 著

人民东方出版传媒
東方出版社

图书在版编目（CIP）数据

摸高 / 马立明 著. — 北京：东方出版社，2017.2
ISBN 978-7-5060-9504-4

Ⅰ. ①摸…　Ⅱ. ①马…　Ⅲ. ①随笔—作品集—中国—当代　Ⅳ. ①I267.1

中国版本图书馆CIP数据核字（2017）第041692号

摸高
（MOGAO）

作　　者：马立明
责任编辑：陈　卓
出　　版：东方出版社
发　　行：人民东方出版传媒有限公司
地　　址：北京市东城区东四十条113号
邮政编码：100007
印　　刷：鸿博昊天科技有限公司
版　　次：2017年8月第1版
印　　次：2017年8月第1次印刷
开　　本：880毫米 × 1230毫米 1/32
印　　张：10
字　　数：218千字
书　　号：ISBN 978-7-5060-9504-4
定　　价：45.00元
发行电话：（010）85924663　85924644　85924641

序　当个体接通世界的时候

马少华

评论，无论传播渠道的变化有多么丰富的形态，无论读者的需求和作者偏好有怎样不同的风格，它所提供的最基本的价值，就是对事物的认识——无论认识对象是吸引所有人的新闻事件，还是很少有人看到的心灵隐秘。

从别人那里获得认识，以丰富自己，这差不多是我们的一种基本需求。而表达和传播自己的认识，则差不多是评论人的一种基本需求。于是，一种交易市场形成了。尽管在互联网时代有一些认识是免费传播的，这并不意味着它们没有价值。

真正要实现广泛传播的认识是不能"裸奔"——直接呈现的。它们必须有一个叙述框架，才能方便传播，使人们容易接近。不同的作者把他们各自的认识放到自己偏爱的叙述框架之中，由此形成评论的风格。评论的风格，是认识的表情，也往往是认识的路径。

马立明是近年来在全国范围产生影响的一位年轻的评论人——

由报纸专栏到腾讯“大家”，由纸媒到电视。在他的作品中，我看到一种将现实生活中的感性事件接通学术、接通深远的知识背景的能力。而在随着“接通”而不断拓展的认识框架中，人们对孤立的生活事件就有了完全不同的理解。

这样一种写作结构，典型地体现在他的《精神病人与“冷酷仙境”》一文中。这篇文章中的生活事件，无非是作者在游历台湾时与一位精神病人相遇于局促空间中的紧张经历。这个经历却使他敏锐地发现：在台湾各地，有更多的精神病人自由行走在城市的各个角落。于是，在这个本来可以一笑了之的亲身经历之后，作者对于精神病人生活处境的认识之旅却由此开启。他“翻阅了多篇相关论文”，接触到台湾社会与小区精神医学会理事长郑若瑟提出的“以人为中心医疗”的观念，认识到社会的包容对精神病人回归健康之路的影响。他也看到内地的一位精神病人在出院后因遭遇歧视最终自杀的悲惨案例。他由精神病人的处境想到社会的文明程度；由龙应台的思考接通米歇尔·福柯的《癫狂与文明》。经历过上下千年、东西求索的认识旅程后，他又使篇章的结构回到了在台中与那位精神病患者紧张相对的逼仄空间中。

显然，异质的文化、异质的社会，总是开启他打开认识通道的契机，而他显然对于每一个认识契机都非常敏感。这是评论人，尤其是专栏作家的特质。

有资格在评论中广泛传播的认识，可能有存于一心的灵感和洞见。但更稳定的源泉，则是广阔的知识世界。马立明的评论写作，有一种将当下的新闻事件和狭窄的个人生活与人类广阔的知识世界接通的敏感。这种敏感，以及他娴熟的操作，都启示我们领悟评论中深藏的人类普遍的认识需求：超越自身狭窄视野和个体经验，融入更开阔的人类整体之中。

我这里所说的人类知识，不仅指那些深藏于专著和论文中的专深研究和抽象表达，也可能包括远在千里之外的另一些生活案例。前者，具有超越个体的普遍性；后者，则使我们在认识中仍然不脱离对真实的感性生命的体验。仿佛让我们在俯瞰的高空和抽象的数字中仍然能够看到那些相互隔绝的痛苦中的人们。

《假如你的孩子是同性恋》一文就具有这样的特点。这篇文章的第一部分，是从一位刚刚向他公开同性恋倾向的大学生同学写起的，写到了这位年轻人所经历的精神痛苦。而在这篇文章的第二部分，他就从走进 20 世纪 90 年代初的美国国家卫生研究所（NIH）一个研究小组开始，展示了近 20 年来世界一些国家同性恋合法化运动和美国在立法上的进展。到了这篇文章的第三部分，他的视野又回到香港，笔触又回到感性，回到 2014 年 LGBT（男、女同性恋者以及双性恋者和跨性别者）大游行中那些在抱团取暖的会聚中超越孤独的个体，回到了 Z——他的那位因具有同性恋倾向而移民南太平洋一个岛国的大学同学："目送 Z 的离去，我希望，10 年后他会回来。届时，一个更美好的社会将等待他。"

宽容，开放，给个体更多的自由和温暖，是他这篇文章所表达的社会理想。没错，我们自己的社会正在进步中；我们也在世界的进步历程中看到了更好的社会。马立明正是这种“看到了”的表达者。

作为一位有着政治学博士学位的专栏作家，马立明博闻多识，故事讲得精彩，尤其是他那开阔的国际视野。收入本书的许多作品，都使人们有机会跟着他从当代认识入口穿越到世界历史的某一个情境之中，去体会那个情境中的人类选择，去丈量我们所处的位置与那个情境的距离。他往往在天南地北、古今中外的漫谈中明确表达着鲜明的当代价值。

比如，2016 年 2 月 16 日，联合国前秘书长加利逝世，马立明很快就在腾讯《大家》发表文章《加利与文明高歌猛进的 90 年代》——回顾 20 世纪 90 年代的国际关系，以及联合国和它的秘书长在大国之间的狭窄空间中的艰难作为。文章最后写道：“今日，联合国所承载的人类乌托邦已经远去。在乌克兰、叙利亚的区域危机面前，今天的联合国几乎处于失语状态。针对热点局势的联合国维和行动，已经很少进行了。但是，20 世纪 90 年代联合国还是为世界带来过美好的信念——爱与和平、公共利益、全球共治——确实影响了一代人。虽然加利去世，但历史会记住他和那个时代。”

2015 年是奥斯曼土耳其发动亚美尼亚大屠杀 100 周年。中国人较少了解这场与纳粹的犹太人屠杀和卢旺达种族大屠杀并称“20 世纪三大种族屠杀”的人间灾难。马立明在这一年写作了《大屠杀离我们有多远》，不仅把读者带到了近代东方国家危亡、民族主义崛起的历史情境之中，揭示大屠杀的复杂背景；更是接通国际学者的学术研究，辨析发动和容忍种族大屠杀的民族心理机制，以及为这种心理机制铺路的意识形态——种族理论、民族理论、国家理论和阶级理论。

如果想一想当代沉重历史负担之下的文化冲突，在世界范围内蔓延的恐怖主义，马立明从100年前的大屠杀而生发的危言，便有着穿透历史的感觉。

与这种沉重的警世之言相比，在马立明谈及个体选择的篇章里，总有一些积极乐观的色彩，总有一些对进步和希望的有力表达。

在《强奸、纪录片和“超级政府”》一文，他充满激情地描述了2012年印度黑公交轮奸案后，印度各地的妇女反抗运动，以及新德里电视台以两小时“空白”抗争政府对于反映该案影片的禁播令。在这篇文章的结尾，他写道：“这是一个文明与愚昧角力的时代。在关于人权、法治、发展的呼声中，共识正在形成，真相必将揭露，正义也必定得到伸张。人们不再沉默，那些违背人权的丑恶传统，将被连根拔出。那些顽固而小心眼的‘超级政府’，将被卷入社会运动之洪流。”

在发表于腾讯《大家》的《年轻人该如何改变这个世界》的结尾，他写道：“在这个处于微妙临界点的时代，阳光下的你和我，正在一点点地摆脱恐惧。‘对的就是对的，错的就是错的。’这世界，我们有能力看个明白。读了这么多书，不是拿来装糊涂的。奋斗了这么久，不是天天用来吐槽的。无力感越来越强，最后却成为力量。”

马立明信心满满地明白什么才是他自己的力量。那就是，通过写作与广阔的世界接通。

当个体接通世界的时候，就会感到力量。

（作者为著名评论家，人民大学新闻学院教授）

目录

辑二　社会的温度

辑三　一个更好的世界

自序　你看那高处落下的光

感谢翻开这本书的各位。

大约是 2000 年吧，我在珠三角一家工厂实习，发生了一件事。在印染车间里，一个高速旋转的搅拌桶突然脱落，在巨大的离心力驱动下，砸中了一个工人。工人当即不省人事，被送到医院。

一番抢救之后，工人保住了性命，但下身瘫痪了。他的打工生涯，也到此为止。

这事情，再追究责任也没有意义。应该是上一个工人在操作时违规，搅拌桶没有安装好就开始运转。让他赔他也赔不起。最后，老板掏了一笔钱，将此事摆平。赔偿金额不算小，就这样买断了农民工一生的健康。

事情真正的冷酷在于，整个生产只停顿了不到 15 分钟，便恢复了秩序。队伍不能乱，人心不能散，工厂还得继续赶工，效益才是一切。作为事件的旁观者，我也没驻足几分钟，就去处理手头的急事了。对所有人而言，这好像是生活的一部分。

就算是下了班，其他工人也没有提到这件事。我问起，他们半晌才说一句："他真是倒霉。"然后就开始转移话题，讨论这个月到底发了多少工资，排了多少班。

第二天，阳光又照耀着这个工厂，似乎昨天的一切，从没有发生过。那个我不知道名字的工人，就这样消失了。他之后将面对怎样的人生，我们都不知道。

社会高速发展，每个人都玩命奔跑。厂长关注订单能否拿下，工人只顾着每月能到手多少钱，他人的疾苦，根本没空去想。个体的命运在时代洪流面前，相当卑微。

2010年，我看到"富士康十三连跳"的新闻，看到《南方周末》记者在前方暗访发回的稿件，里面讲述的打工生涯，果然与我当年很相似：工厂宿舍之中，紧张、疲劳、冷酷、拉帮结派、没有人情味。工人来了又去，唯有机器隆隆开动，没有人在意你的想法。在发展的浪潮之中，这些低廉的劳动者只是大机器上的一个个螺丝钉。

也有不一样的地方。更年青的一代（新民工），比他们的前辈更在意所谓的"尊严"，更难忍受相应的挫折，这也是十年后自杀频出的原因。媒体也终于有勇气对这一切挖得更深，并对缺乏温度的发展主义提出批判。

我们也清楚，正是靠着打工群体艰辛的付出，中国才奠定了"世界工厂"的地位，GDP一路扶摇直上，直到成为经济第二大国。他们无疑是中国腾飞的重要功臣，却也是弱势的一群。今天，我们已经达成了一些共识：衡量社会发展的标尺，不光看经济有多发达，大厦有多宏伟，更要看最弱势的群体，看他们的生存条件、他们的尊严是否得到足够的保障。

有人将此作为自己的目标。此前，我认识了一个文科学者，他的研究领域就是农民工问题。一问，他 90 年代就在珠三角的工厂流水线上做过。这十几年间，他完成了身份的转变。更难得的是，他将改善工人的处境作为自己的学术使命。他从自己的体验出发，多次向地方政府提交相关的建议。虽然进程缓慢，但一点一滴地改变着现状。以前那些血汗工厂，也渐渐有了图书馆、活动操场以及丰富的娱乐设施。社会的进步，需要有一种力量默默地推动。

跟他讲了那个被搅拌桶砸中的工人的故事。他点了点头，记下了那位工人出事的时间和地点。

只要有了关注，进步才是可能的，世界才是能变好的。

总有一些人在努力改善我们的生活，努力关怀着他人。

感谢还在思考的每个人，更感谢将此付诸实践的每个人。

或许我们活得依然吃力，但除了现世的面包，还有浩瀚的星空。

这本书，收录的是这三年来我的部分文章，关注了一些少数派群体。所坚持的观点，皆秉承人道主义。有人说，世界就这么黑暗，改变不了的只能同流合污。我说，即使身处泥潭，也能抬头看天——看到高处落下的光。天大地大，星河灿烂。高处，总有些使命，值得我们这代人去努力。于是，就有了这本《摸高》。

辑一 与时代赛跑的人

世界将惩罚缺乏定力的人

一

前不久去理发。帮我理发的小哥说：这一行不好做，要转行了。

我问：你要去干啥？

他说：开个餐饮店，觉得能赚钱，或者考个驾照，当个滴滴司机，也行。总之，互联网时代了，不能再做这一行了。

我说：你手艺还不错，怎么就觉得自己不行了呢？你做餐饮，你觉得你有什么优势吗？你连车都不会开，还想当滴滴司机？

他急了：老师，你说我怎么办？我每天好焦虑，觉得世界发展太快了。

这话好耳熟。我绝对听过，不止一次。

焦虑的何止这个理发店的小哥？我身边不少同事，都是“担心船要沉了”的状态。

二

新科技的发展，本来对社会而言是好事，提升了人们的生活便利程度，但想不到，“科技威胁论”应运而生。所谓科技威胁论，大致就是说，你的饭碗不保了，你的行业要消失了。几个月前的阿尔法狗横扫各大棋手，进一步将这种恐慌推向顶峰。大部分行业被贴上了“夕阳行业”“没落行业”的标签，士气低落，军心不稳，人才流失严重。网络上更流传着各种危言，说“这个要灭亡了，那个要灭亡了”，恐慌在蔓延。

不赚钱的人很焦虑，觉得自己被时代抛弃了；赚钱的也很焦虑，觉得自己马上就要错过下一个风口。

其实，散播焦虑也是一门生意。首先是“创造需求”。多少人被焦虑感染，坐立不安，急迫地寻求解决之道。那么，焦虑散播者就有了收入来源。现在，一些导师精通此类功夫，他们的开场白就是：“完蛋了，××× 就要来了，你们那点小能耐顶不住的，都要失业了，要被历史淘汰了。”一说这话，全场都紧张起来，效果就达到了。这一流派的言论还包括“打工者思维的人最后都没有好下场”“只有笨蛋才留在体制中”“人工智能时代，一大堆行业将来要消失”等等。但凡标题带有这类意思的，点击率和转发率都会高得惊人。

只不过，这些呼喊都有点“狼来了”的味道。说要灭亡的行业，还活得好好的，反而是号称创新的企业倒闭了一批。

同时，制造恐慌感的人还会“画饼”，告诉人们“离职之后天地宽”，举了某某创业者、某某网红的案例，如何一下子就能实现财富几何式增长。画饼，与制造恐慌是相配合的手段，都是一种诱导。那些暴富的神话，成了他们屡试不爽的案例。他们都是精通心理学的高手。

确实，互联网时代造就了很多新贵，有些人一个月就赚了普通打工者一年甚至几年的收入。但成功的比例，相对于庞大的基数，不到万分之一。千万人写公号，能被记住者寥寥无几。对于大部分人而言，这是一条有去无回的路，投入很大，却不足以谋生。最后的结果是，发现别人动辄融资千万，而自己颗粒无收，更加焦虑。

卖彩票的策略，也是同样逻辑，制造一个财富神话（某个中头奖的幸运儿），吸引人们关注、进场。奖金池的亿万财富就来自千万怀有一夜暴富梦的彩民。结果，暴富不成，反而成了“炮灰”。

城市套路深不见底，有人不断挖坑，有人迫不及待地往下跳。

三

在深圳地铁站上，有一个不知什么培训机构的广告，劈头盖脸一句标语：“世界将惩罚那些不改变的人。”这话说得如此粗暴，似乎平日好好上班也成了错，要遭受惩罚。

显然，这也是一种焦虑营销。原本好端端的“小确幸”，被冲得七零八落。在这种箴言般的恐吓下，人们开始不务正业。理发的小哥想要开滴滴，做餐饮的小妹准备做直播，在报社工作的记者要离职创业，在公司上班的白领要搞 P2P……大家都被恐惧所驱使，做着布朗运动，杀入陌生领域，看似很风光，实则四处碰壁、狼狈不堪。

对于个人而言，遭遇挫折是肯定的。成功学法则之一就是“回归优势”，违背了，取得成功的可能性微乎其微。我同样可以将那句广告词改一改：“世界将惩罚那些定力不足的人。”不能否认，最后竹篮打水一场空的人会占大多数。他们当初或因轻信，或因顶不住诱惑，走进了荒野中。然而，不是每个人都能发现绿洲。我们都知道猴子捡玉米的故事，小猴子见到桃子又扔了玉米，见到西瓜又扔了桃子，见到兔子又去追，最后没追成，一无所获地回家了。朝秦暮楚，三心二意，最后一无所获。相反，那些一直坚守原地、坚持初心的人，最后会获得时间的礼物。

所谓的“跨界”，其实也是灾难。一开始看来很新奇，似乎注入了新元素。但如果人人都跨界，那久而久之，行业专业性将不复存在，到处都是不懂装懂的人，说着似是而非的话。比如新闻行业，我们很难再看到优质的新闻稿件，满眼都是“互联网公司”制造的信息雾霾。最重要的是，“秩序”已经被颠覆了。

作为一个处女座的社会科学研究者，我很珍视“秩序”。按照新保守主义的逻辑，本来一切是有序的，企业家有企业家的样子，理发师有理发师的样子，女主播有女主播的样子。只有秩序，才能保证社会的有效运转。对于罗胖等人的诱惑与恐吓，我都谨慎地对待。历史的进步谈何容易，总是前进两步，后退一步。别以为出来几个新词，世界的逻辑就能改变。别以为新技术可以摧枯拉朽，而既有秩序的修复力量，同样是惊人的。

你或许会说，保守主义已经“过时”了。No，去年全世界放出的“黑天鹅”，都是来自保守主义者。那些锈带的中年选民，那些虔诚的天主教徒，选出的总统就是“大老粗”特朗普。有人奔走在时代的前沿，而更多的人固守着原有的节奏。

四

在这样一个时代，我们更需要定力。

固步自封肯定是不对的，遇到问题当然要想办法绕过去，但是，自己的大方向，无论如何不能被否定。怎么确定大方向呢？这需要定力。

不要被流言蜚语所吓倒，不要被创富神话所忽悠。平心而论，对于我们绝大部分人，都不具备在互联网中暴富的能力。要当“飞起来的猪”，那何尝不是一种煎熬？

担忧的结果是，两头不到岸，创业没创成，工作也丢了，之后就开始浑浑噩噩的人生。

更加可惜的是，明明有机会在某个领域成为专家、匠人，却因为出走，而荒废了手艺。就像那个小哥，本可以做一个优秀的发型师，却要当滴滴司机，这不是浪费才华吗？

近来，我们的媒体总是在宣传“创业”“变化”，以及一夜成名的明星。这有点片面了。尽管互联网化将是未来的趋势，但社会再怎么发展，中坚力量依然在那里：医院要有医生，校园要有教师，餐馆要有厨师，工厂要有工人，社会要有记者。他们作为社会大齿轮的守护者，不会大红大紫，却是实实在在的生产者。我们怎么能让这样的中坚力量生活在焦虑中呢？

“对一切古老制度的全盘摒弃，正在你们那里风行，并且可能也要在我们这里风行：所有以上的考虑在我看来，就使得唤起我们对自己的国内法律的真正原则的关注成了并非不可取的事。”著名的保守主义思想家埃德蒙－柏克这样说，他非常珍视传统与美德，包括对家庭的尊重、对宗教的尊重、对国家的尊重。尽管保守主义依然存在争议，但从其倡议显然是有广泛的社会基础的。

历史告诉我们，对于一个社会机体的稳定性而言，科技的大跃进，会带来社会层面的动荡。毕竟“经济基础决定上层建筑”，是每个学生都懂的道理。16、17 世纪欧洲工业革命之后，英国、法国发生了什么事，大家也都知道，多少人上了断头台。科技是第一生产力，这没错，但某种意义上说，也是“第一破坏力”。这里我就不展开了。

回到原题上说，守好自己的主业，坚持自己的信仰，或者比贸然“出走”更有价值。别把少数人的成功看作可以复制的模式，搞传销还有赚钱的呢。

精神病人与“冷酷仙境”

一

刚到台中市的那个晚上，团友们安顿下来没多久，便喊着去唱K。于是，在当地朋友的带领下，一群人浩浩荡荡地前往 KTV。我和医学博士老朴，在 K 厅坐了一会，有点无聊，便下楼抽烟去。

那个 KTV 位于一栋老建筑物之中，占据了其中一层。其他各层似乎是餐厅、写字楼、按摩店等等。夜深，只有 KTV 还在营业。我们下到一楼，便是大厦的外端，直接通向马路。烟没有抽几口，走来一个男子，停在我们面前。

深夜，在异地，遇到一个陌生男子，我们多少有点警惕。我跟他打招呼，他没反应；朴博士递给他一根烟，他也没接。他直勾勾地看着我，又看看朴博士，场面有点恐怖。我先是怀疑他是台湾黑社会，后来发现他居然穿着一对非常可笑的女式拖鞋。我和老朴都断定：他精神有问题。

这个男子开口了，声音非常尖细，用的是当地方言。我和老朴都表示听不懂，抽完烟之后回到电梯。恐怖的是，男子在电梯门合上之前突然闯入，眼睛睁得很大。我脑海里浮现出各种战斗场景，比如对方掏刀等，并开始回想 15 年前学过的跆拳道课程。

所幸的是，电梯还算快，不足半分钟，便抵达了 KTV 所在的楼层，一开门，喧闹声扑面而来，男子一时有些恍惚，我和朴博士迅速入场，感觉似乎远离了威胁。那个男子被 KTV 保安拦在了门外。

二

这一次午夜惊魂，成为团里谈资，大家一笑了之。但事情并没有过去。在接下来的台湾之行里，在台南、台北的街头，我多次遇到精神病患者——可以被一眼看出的那种。他们在市区里游荡，有时自言自语，有时手舞足蹈，有时高声呼喝。我到过亚洲、欧洲多个城市，但是目测台湾精神病患者比例高得出奇。我多次问过随行的台湾朋友：“为何不好好安置他们？”答曰：“他们又没犯法，爱怎样就怎样吧。”事实上，这些精神病患者，虽然看上去让人不安，但绝大多数是没有攻击性的。甚至说，他们除了行为、眼神有点怪诞之外，很多情况下还是好公民。一个台湾朋友说：“他们过马路还看红绿灯呢。”如果精神病患者能遵纪守法，为何要把他们“安置”起来呢？

对于此事，我翻阅了台湾多篇相关论文。除了个别有暴力倾向、自杀倾向或情绪高亢的患者外，其他都鼓励在社会中进行“复健”。台湾社会与小区精神医学会、理事长郑若瑟提出“以人为中心医疗”的治疗概念（Person Centered Care, PCC），开启迈向康复的旅程。其中手段包括：自我照顾能力的复健、时间管理能力的复健、人际沟通能力的复健、压力挫折处理能力的复健、职业复健、邻里生活的复健等。这些复健不同于具体的治疗，而是在社会层面上对精神病患者的支援和帮助。在台湾“行政院卫生署”出版的心理卫生专辑中，明确写道：“精神病患的复健需求，需要家属、小区里邻与医疗团队成员共同的配合，并在不同的医疗设施下进行复健治疗。”在这种医疗理念里，“治疗”只是精神病人康复过程的小部分，大部分是在社会各界的帮助下进行康复。这样的话，社会的包容程度对精神病人的康复就非常重要。如果一个社会只注重所谓“核心价值”，那精神病人就不敢出门。只有在一个足够包容的社会，这些精神病人才能四处溜达，哪怕表现“失常”。此前，台湾也有“洪大侠关狗笼”这样的极端案例，今天已形成了普遍性的对精神病人的关怀。

我想起作家龙应台曾说过的话：“看一个城市的文明的程度，就看这个城市怎样对待它的精神病人，它对于残障者的服务做到什么地步，它对鳏寡孤独的照顾到什么程度，它怎样对待所谓的盲流民工底层人民。对我而言，这是非常具体的文明的尺度。”

阅读这些材料后，我对那天晚上的遭遇有了全新的认识。那位男子虽然一直看着我们，但不一定有恶意。也可能他是想上来玩玩，但不知如何向我们表达而已。但在那一刻，我和朴博士都过于紧张，处于高度戒备状态，说不定还会“先发制人”。对精神病人不知名的恐惧，一开始就俘获了我们。

三

在中国大陆，不少民众看到精神病患者就会莫名地感到恐惧。几年前，在某个一线城市举行国际性运动会的时候，公安部门发布文件提出清除“治安高危人群”，这不仅包括“没有正当职业的”“昼伏夜出的”，居然还有精神病患者。精神病人——尤其是被认为肇事、肇祸的精神病人——似乎一开始就被认为站在社会正常秩序的对立面。

精神疾病与感冒、糖尿病和高血压等躯体疾病性质一样，是脑部疾病的一种表现形式。得不到社会的宽容与帮助，还要遭遇歧视，这恐怕是一个病人最糟糕的体验。

《宁波日报》曾报道过这样一个令人心酸的故事：

> 小伙子病发后，被家人送到医院治疗。等到病愈出院，小伙子发现情况全变了。单位领导劝他继续休养，工作的事慢慢考虑；朋友见他能躲就躲，不能躲也是搪塞两句就闪人，就连妻子看他的眼神也变了。
>
> 尽管小伙子努力使大家相信，他已经病愈，可以回归生活。但越证明越受到排斥，仿佛他已经成了异类。最后，他终于放

弃，选择了自杀。

这样的事件并不是个例，很多精神科医生都指出，精神病患者的回归之路困难重重，原因是缺乏善意的环境，除了遭遇各种歧视，很可能还被限制了自由。哪怕是回到原来的工作单位，也会被调到其他边缘位置。这加深了患者的挫折感，甚至诱导他们选择自杀。一个资深的医生在接受采访时表示："精神病人也有人格尊严，只要有歧视存在，他们纵使患病也会感受得到。精神病患者复发率在20%～30%，与社会对他们的偏见，甚至歧视有重要关系。而这种歧视会让他们仇恨社会，甚至报复社会。"

越是文明的国家或地区，精神病人的自由度也越高，康复期的病人可以在户外参加活动。其他人对精神病人也持宽容态度，这令我更深刻地理解了龙应台的话。相反，如果精神病人一出街即遭到敌意或围观，他的心理将受到极大刺激。在这个地球上，有一些地区满是被屈打成招的"精神病人"；也有一些地区是"没有"精神病患者的，因为他们已经被"安置"妥当了。在这些地区，精神病与其说是个医学问题，不如说是政治问题。

不过，或许有读者会提问，精神病人似乎经常出现在社会新闻里。上访者是精神病，砍人者是精神病，开豪车肇事者是精神病，似乎很多暴力犯罪或不安定事件，都与精神病有关。这个现象非常复杂，那些号称精神病的，未必真的就是精神病。他们既有闯了祸佯装精神病寻求轻判的，又有为掩盖背后复杂矛盾以精神病做挡箭牌的，也可能有精神病人因受歧视而对社会进行报复的。相反，这样的新闻让真正的精神病人一步步被边缘化、被打压，民众就更加坚定了“精神病人即危险分子”这个潜在印象，进一步强化了歧视，形成对精神病人的高压氛围。对此，无论政府还是媒体，都有需要反思的地方。

四

对精神病的研究，不得不提的是米歇尔·福柯的著作《癫狂与文明》。福柯指出，癫狂是被理性——几个世纪以来西方文明奉若神明的价值——所强加的罪名，人们恐惧非理性的东西，就力图把这些东西打入“精神病院”这样的发明中。“在中世纪，疯子可以自在地逛来逛去并且受到尊重；可到了我们这个年代，他们却被当作病人关进了疯人院。”对于所谓的精神病人群体，福柯一直是带有尊重且试图理解的诚意的。《天才在左，疯子在右》的作者高铭则通过与数百名“非常态人类”的交流，认为他们有可能“看到了更深远的维度”，从而对他们抱有敬畏之心。

当然，我无意把问题提升到哲学范畴，人类精神世界深不可测。精神病人或许掌握着我们所不了解的秘密。但我认为，不管他们智商爆表还是为零，他们都享有人的基本权利。精神病人的问题，本质是人权问题。作为社会的一分子，他们的痛苦需要得到拯救。然而，这却是一个被随意“定义”的群体，也是一个自由容易受限制、权利容易受伤害的群体。在我们的社会上，还有众多的声音呼喊着加强这种“限制”，或以治疗为名，或以安保为名。在这些所谓的“正常人”之中，全然不见福柯等人的理解和善意，而被一种莫名其妙的恐惧所左右，存在着一股将精神病人隔离、将理解之路堵死的冲动。

我们一直在文明之路上奔跑，不知不觉走到了对立面，认为隔离了精神病患者，我们就抵达了文明，多么荒谬啊！如果我们“正常人”变成了施害者，那我们实际上比精神病人更糟糕——因为我们营造了一个缺乏善意的“冷酷仙境”，表面上安宁稳定，却毫无体温。

我又想到了在台中那个晚上，那个跟我们进入电梯的男子。或许，他吓到了我们，而我们也伤害了他。

城中村、酸菜鱼、流莺与奋斗者们

一

很久以前，杨箕村有个重庆人开的店，连招牌都没有。它的特色菜是酸菜鱼，于是我们都把这个店叫“酸菜鱼”。当时，广州大道一带的酒家，大都以粤菜为主，想要吃重庆菜、湖南菜，都要拐入一些旮旯里的小店。于是，这家在杨箕村的酸菜鱼，就与M君一拍即合了。

每次，M君要去吃饭，都会把我们拉到酸菜鱼。M君当时也住在这个城中村里。因此，说到杨箕村和奋斗者的故事的时候，我立即就想到了他。

M君是江苏一所重点大学的硕士。当时，我们在离杨箕村只有一墙之隔的南方报社工作，杨箕村的小店，是我们的生活元素之一。当时，M君毕业不到两年，广州这座城市，他还有点疏离。某种意义上，他走进杨箕村，是因为寻到了某种相似的气质。

我记得，M 君有一次喝了点酒，在酸菜鱼的大碗前说：他生在苏北农村，童年很艰苦，所以一定出人头地，发奋读书，报答父母，而且要证明给“某某地方”的人看！在场的人听了，无不动容。我感动之余偷偷去埋单，被 M 君发现了，气得锤桌子，跟我说，不能抢他的单！

M 君确实是奋斗者的典范。长得虎背熊腰的他，竟然是学霸，每次挑战，他都全力以赴。据说，由于动力充足，他做调查采访时，几次都玩了老命。这样的人，在职场中不会混得差。没几年便得到了提拔，在同龄人中都是领跑者。如今，他跳槽到一家互联网公司，成为该公司的高管。

我记得，那天吃的那顿酸菜鱼，4 个人吃，花了 55 元。时间是 2005 年 7 月。

很多年之后，我都会想起他那番豪迈宣言，有点拿破仑的味道。后来，我听说这个村子流传着一个更厉害的励志神话，就是著名歌手杨钰莹，她事业的起点，就是杨箕村。当年名噪一时的“太平洋影音公司”，就位于五羊新城一带。

二

我虽然没有住过杨箕村，但在当夜班编辑期间，要去中山一路公交站搭夜班车，经常半夜一点徒步穿过该村，记得这个村子的一些轮廓。

这里是不夜城，大小店铺比报社下班还晚。阴暗、逼仄、潮湿，握手楼，洗脚店，凌乱的电线，紧闭的铁门，衣着暴露的妖艳女子，步履蹒跚的拾荒老人。看似很低端，但生机勃勃。本地人一般经营那些十元店，卖些指甲刀、衣架、面盆之类的东西，也是很拼的。那些卖鸭脖子的，是些外地人，用一种诡异的粉红灯泡照着展柜中的鸭脖，我怀疑这灯的色彩是不是一种暗示。据说还有30元一次的流莺，都是些偷偷挣钱补贴家用的妇女，她们像幽灵一样突然闪现在街角，披头散发，有点恐怖。有人说她们服务很好，但我是不敢碰的。杨箕村里折射出一个满是欲望的光怪陆离的底层社会。但是，每个人都有梦，都觉得有一天能飞黄腾达。

有一回，一个朋友过生日，跟几个哥们儿一起去杨箕宵夜，为他祝贺，点了一桌子菜。隔壁有个胖大叔看见了，过来敬酒。

“我说你们，怎么都清一色啊。”

“什么清一色？”

“都是男的，怎么没有一个姑娘啊？”然后哈哈大笑。他给我们加了五支老青岛，我们只好过去给他回敬。

这胖大叔说：“我从湖南来，来广州做一单大生意，马上就要发了，发了之后带你们喝好的。”我当时对这句话没在意，觉得酒桌上的话嘛，当天说当天散。那宗生意最后怎么样，自然就没有了下文。过了好多年，一个哥们儿跟我讲起吃饭那天的事说：“那人是个黑社会，几天后就被抓了。”我惊讶了好久。

与杨箕村有关的记忆，总与理想、抱负、野心、渴望等词联系在一起。或许，我当时接触的人群，或多或少都有点文化，有点功底，也都杀出了一条血路。包括 M 君在内，几个住在杨箕村里的同事，最后都成功了，从一个个“穷屌丝”变成了妥妥的中产，有的甚至成了老板。然而也有很多人，在欲望中挣扎，奋力一搏，最后却玉石俱焚。

三

广州的城中村，是很多来穗务工者的梦想起点。虽然乌烟瘴气，浊水横流，但 300 ～ 500 元的月租，真是那个年代的良心价。大约是 2012 年，这座城中村被拆除，我们都有点唏嘘。酸菜鱼，鸭脖子店，大铁门，流莺，还有黑社会大叔，都永远成为回忆。

想不到，村已拆，人已走，杨箕村今天又上了头条。村民的千围宴，成为网友们笔伐的对象。有人说，因地而富的村民，是“打了奋斗者一个耳光”。

事实上，杨箕处于广州大道中，是广州一号线与五号线的交叉处，往一号线方向，就是广州地标之一的天河城；往五号线方向，就是广州新中心珠江新城；往西，就可以去广州老城区中心的东山口。这说明杨箕村拥有极佳的地理位置，村民们集体致富，是 20 年前就注定了的事。今天，拿它来讨论“奋斗”与“食腐”，已是多余。村民们不偷不抢，发财也光明正大。

或者，我们都把阶层流动想得太简单了。这村子里，每一个租客，谁不是奋斗者？谁不希望劳动致富？谁不希望在广州立足？但遗憾的是，能逆袭的往往是少数。过去是这样，如今也是这样。以前，我们以为，考上名牌大学，找到不错的单位，就能跃出农门，顺理成章地成为城市中产。其实在任何国家，能实现向上流动的，都是少数，而且是几代人不停努力的结果。英国导演迈克·艾伯特曾经选取了不同阶级的十四个小孩，从1964年一直拍摄到2012年，小孩也成了年近花甲的老人，但其中实现了阶层流动的，仅有一人。

在中国，过去一二十年，确实打造出不少逆袭的案例，但现在这个难度在增加。杨箕村村民虽然文化程度不高，但他们是土地的主人，还是城市的主人。当年是房东，今天是楼主。就像网友们说的，“你大爷还是你大爷”。这一切，非常残酷，却是生活的本质。

有文章说什么“内卷化”，我也不能苟同。如果放到一个较长的历史维度去看，就知道房东与租客，确实有着不同的起点：一个在此已有百年基业，一个却是初来乍到无任何根基。瘦死的骆驼比马大，杨箕村村民哪怕身无长技，但有祖上的房产；而租客之中，也有不少凭借自身努力，在这座城市成功立足，这已经是黄金时代的证明。

当网友要喷村民炫富之际，我其实想感谢他们。如不是他们低价的房租，如M君这样的奋斗者，在这城市中哪有立足的空间？如果说奋斗无用，那M君等人，难道不是在杨箕村腾飞，实现了阶层的超越吗？

如今，杨箕村的握手楼，已经变成了高端大气的商品房。但是，现在的租金，两千多一套单间，依然是市中心的价格洼地。以前杨箕村是“屌丝”们的梦想乐园，今天也说不上有多贵。新一代的奋斗者，依然可以将此作为起点。相信不久后，那熟悉的杨箕村味道又会回来，而对于那些善良的村民，除了感谢还是感谢。

我们都有更实在的活要干，就像那些逆袭者一样。

一种叫“这算什么”的冷漠

一

昆明空姐被塞入行李架这个新闻，已成为很多人的谈资。同样，它也带来了巨大的争议。前几天，朋友 A 因为这事与我争论起来。

先说说这个新闻。昆明航空公司某些航班有这样的规定，每完成一次长途班就要将空姐塞进乘客座位上方的行李架一次。虽然该公司在接受记者采访时表示，这只是一个游戏，空姐也很高兴。但从照片可以看出，有些空姐明显不愿意。而且该事件的报料人，据说就是不堪其扰的空姐。

争议就在这里出现。A 说：“这算什么。”

我很清楚他接下来的逻辑。在职场，各行各业，都有这样那样不成文的规矩。要混进这些圈子，必须遵守相关游戏规则。被塞进行李架只是相关规矩的一种。尽管不少空姐不满意，也必须执行。A 开始讲述他的见闻：某国企，女孩一进来，马上陪酒、跳舞；某私企，员工进来，先是军训，然后到马路上当三天乞丐，把脸皮练厚……

相比于被塞进行李架的空姐，“这算什么”。

然而，社会的进步就体现在一些原本看似“不算什么”的东西，逐渐变得扎眼起来。

A 此前曾是受害者，为国企的官僚化恼怒不已，也很不情愿地加入这些圈子之中。但今天，他面对他们遭受的痛苦，却以“这算什么”一笔带过。

二

我刚参加工作是在一家事业单位，那里有消夜拼酒的传统。刚毕业的大学生进去，都遭到一个下马威，这就是所谓“新人新猪肉”。第一年，我与几个新同事，几乎每次消夜，都要被人抬着回家。

不喝酒行不行？答案恐怕是：不行。这不仅意味着得罪领导，还要被整个部门孤立。

喝不了怎么办？一个似是而非的解决办法是：喝不了，就要多喝。“要到革命的洪流中锻炼自己。”领导亲自来做工作，“想不想追求进步？”我当然说想，他就说：“你们要勇当排头兵，力争喝出 ×× 部门的风采。”原来，晚上跟另一个部门消夜，“你跟另外几个娃的任务就是摆平他们的头儿，捍卫本部门的江湖地位”。我只好哑然。

听起来很滑稽，但最大的悲剧是，这滑稽的东西绑架了你，并给了你巨大的伤害。

后来，当我们成了老员工，也有了“教育新人”的任务。尽管我曾力劝他们不要喝太多，然并卵，跟我同批的同事，已改变了立场，挂在嘴边的话是：“这算什么……当年我们在清远，5 人喝了 10 瓶……”最后，新人被我们灌得烂醉。

年轻人都很忧伤。显然，这不是他们想要追求的东西。

他们的困惑，就是我们当年的困惑。可我们却已经失去了昔日的锐气。之前没法挣脱的我们，后来竟成了他人的牢笼。我想起汉娜·阿伦特在《平庸的恶》中形容凶手艾希曼：“罪犯唯一的特点仍在于他有点异乎寻常的浅薄。无论所犯下的罪行如何穷凶极恶，罪犯却既不凶残也不恶毒。”她说，变得如此平庸的是不能去思考，不能思考正是艾希曼犯下的罪的名字。当我们强迫他人的时候，我们也是如此浅薄和平庸。

后来，好多被虐过的新人走了。他们认为不该受这个气。

再后来，我也走出了那个部门。

这本来很可笑，为了喝不喝酒这个破事，放弃了众人羡慕的工作。可能会有一个声音高喊着：“你个傻 ×，这算什么！”其实，有人忍辱负重，有人毅然出走。这些“不算什么”的小事，有时就能决定人的命运。正因为有过此前不情愿的经历，才会同情被塞上行李架的空姐。

三

还记得那个“嫁给大山的女人”部艳敏吗？她被拐卖到偏远农村，几次出逃，都被“家人”痛殴一番，就“老实”了。在公公婆婆眼中，被拐卖的命运“算什么”，似乎完全不值得同情，甚至没有言说的必要。最终，她也把自己的痛苦消化并浪漫化了，甚至被拍成了电影《嫁给大山的女人》。

到了21世纪的今天，或许每个人都认为这种拐卖妇女的事情有悖于文明，但在当事人看来，“这算什么！”说不定，整条村子的妇女，都是拐卖来的。

电影《盲山》展现的场景或许更直白地描述了这种乡间的荒谬逻辑：女主角白雪梅被“同事”以7000元卖给了黄德贵一家，她的不幸显而易见，却始终孤立无援。

最可怕的是，那个村子的男女老少，都不像坏人，包括那个男人和男人的父母，可以用慈祥、宽厚形容。村子里也有秩序，很和谐，有老有少，也是一片田园风光的景象。但是，一旦白雪梅逃跑，等待她的就是酷刑。当她求生求死之时，遭遇的就是这种犬儒式的劝说。中国人的逻辑总是：你的痛苦算什么，我比你更惨。可能很多人，听到自己不是最惨的，叹口气，就释然了。

幸好，这个时代还是有较真的人。拍这部电影的导演李杨，就是较真者之一，因为他看到了拐卖妇女背后的荒诞逻辑。他以幽暗而扭曲的镜头，展示了农村蛮荒的生态。这部电影甚至有两个结局——一个是大团圆，白雪梅被救；另一个是将黑暗进行到底，是彻底的绝望。这反映了那个时代被拐卖妇女的普遍结局。将《嫁给大山的女人》这部老电影重挖出来的网友们，火眼金睛地发现了这种主旋律下的悲剧。人们重新审视拐卖妇女的问题，并迅速提炼出共识。

事实上，在我们的生活中，谁不是“人在江湖，身不由己”！或者说，以我们很多人的年龄和阅历，都经历过这种痛苦。但是，当我们面对下一个遭遇迫害的可怜人说“这算什么”时，或者有人认为这是“止痛药”，但同时也意味着纵容了野蛮，放弃了拯救。这是另外一种冷漠。

四

无论是公司中的“奇葩制度”，还是酒桌上的“秩序”，实际上都是中国农耕社会向商业文明转轨的必经道路。中国人习惯于熟人社会下的相处模式，而缺乏商业社会基本的诚信、契约精神，因此，工作的开展，都是先发展私交，再延伸到公事。无论是单位、公司，都要先“站队”“跟人”，所以要快速地营造一些极端场合，通过让你难堪、难受，从而摸索你的性格。所谓“酒品见人品”，即由此而来。再往后走，就是送礼、贿赂、性交易等手段。“信得过”才能“好办事”。对于“信不过”的人，要么教训一顿，让你老实；要么则千方百计驱赶、孤立。这就形成了“中国特色”的办事方式——

"关系"成为一个独特的概念。这套价值体系带有恩主庇护的性质，对与错变得不重要，个人意愿和情感也变得不重要。有些规矩表面是个"游戏"，但背后却充满着强暴的逻辑，如果你不遵守，就会遭到报复和孤立。这个过程没有包容可言。

从历史上说，每个商业社会都要经历这样一段灰暗的时光，才能让市场充分发育。尤其对于东亚、东南亚这种以儒家理念为传统的社会而言，将人情从法治中钩离出来太艰难。至今，哪怕是发达的日本、韩国，依然带有浓郁的等级观念，泰国、马来西亚、中国香港地区很多行业依然"黑白共治"。中国要实现真正的商业文明，可能要经历数百年之久。

但是，在这个过程中，进步还是显而易见的。比如郜艳敏的故事，数十年前看起来似乎司空见惯，但今天却显得如此突兀，令人难以接受。比如空姐被塞进行李架，可能5年前看来还不算新闻，但今天还是引起了很多网友的反感。又比如职场上种种陪酒、陪跳舞、陪睡觉的潜规则，曾几何时看来似乎还很普遍，但说不定在不久的未来，会招来口诛笔伐。

所以，现在的问题在于那些曾经的受害者，以什么样的姿态来迎接未来。是"媳妇熬成婆"，还是叫停这种荒谬的游戏？翻开历史，恩主制所引导的人身依附，受害者变成施害者，这一幕比比皆是。那些被裹足而又力主让晚辈裹足的妇女，那些曾经被迫卖淫又迫害其他少女卖淫的老鸨，那些曾被殴打而后来又殴打他人的老兵……需要有人来终结这样的恶性循环。

看到“这算什么”的可恶之处，是终结恶性循环的关键所在。总有人不知不觉地从受害者转成施害者，就如前文提到的A君。

苏珊·桑塔格说：“只要我们感到自己有同情心，我们就不是痛苦施加者的同谋。”在这个转型的时代，当我们接过鞭子的时候，请放下它。多一点包容，看到价值的多元，看到不同的面孔，认识到他人的痛苦，每个人才能更自由。

在时代中沉没的鱼皮饺面

一

在我家附近，有个面馆，开了20多年。鱼皮饺面是一绝，带有弹性，汤中有蒜蓉，味道鲜美，价格公道，20年来，从5块涨到13块，虽然涨幅大，但仍是平民价。在我住的那个片区，谁都吃过这家店。而这个面，陪我度过整个前半生。我每次回广州，必须到这家店吃面，如同朝圣一般。

但是，2014年11月我再去，大门已经紧紧闭上，面馆倒闭了。那个精致的鱼皮饺面，一并成为历史。我站在十字街头，迎着刺眼的阳光，想起了《百年孤独》中奥雷良诺的那句话："我们的世界在一点点地消失。"我身边，有如同我一样失望的食客，驻足店前，掏出手机拍下它的"遗容"。我有冲动想拉着他讨论消失的美味，讨论凶残的时光。后来作罢，面无表情地撤离。在这个时代，很多东西在不断沉没，时刻感受到侵袭，有一种"无处可去的凄凉"。对于一些热爱的人或物，都没来得及好好说一声再见。

这家面店，曾经那么从容，那么优雅，那么古典。我以为它有实力成为百年老店，但最后还是沉没了。它真的扛不过岁月吗？

本来，人生有聚有散，一个店，总会出于一些原因倒闭，也是时代之必然。确实不值得这么伤春悲秋。此文的目的，也不仅限于此。

我注意到，这条马路上的一排店，近年如走马灯般换场，一轮轮洗牌，没一个店可以做长久。不能说人气不旺，也不能说老板不勤劳，总之，开业时花篮遍地、鞭炮震耳、人流涌动，过不了多久，就关门大吉，后会无期。每个店的沉浮，背后都有一段辛酸故事吧。

二

有一件事，令我对这个面馆心存愧疚。这源于几年前《城市画报》杂志出品的一个策划——广州美食地图，详细地介绍了广州十几家不错的小吃店。这个“地图”成了广州吃货们的“圣经”，榜上有名的这些餐馆进一步兴旺，让他们从“区域美食”跻身“全国美食”，甚至吸引了很多来穗的食客。这些幸运的店，因生意火爆，扩大了经营，从“屌丝”变成了“高富帅”。每次有人跟我提起美食地图，我总会说，其实这个鱼皮饺面馆，完全应该跻身其中。至少，我还算认识《城市画报》编辑，若早知他们的策划，我一定会推荐鱼皮饺面的——我相信，只要他们尝一尝，就会把这家面馆列进去的。

但是，没有假如。鱼皮饺面还是失去了跻身上游的机会。接下来的几年里，它依然是一个低调的屌丝面馆。再几年，它就倒闭了。有时命运就是这么无情，丧失了一次机会，就遭到惩罚。一个本应成为翘楚的面馆，就这样沉到了海底。

这家面馆已经算是撑得久的了。常听人说，个体户生意不好做，除开网购人数增多、民众收入减少外，房租是一个重要原因。门面房的价格像一匹脱缰的野马，一路狂奔，没人束缚。但是，我们无法指责房租，就像无法指责房价一样——你租不起，有人租得起；你买不起，有人买得起。个体户只是暴风中的小船，总被大浪冲走。但这样的游戏规则，未免太过残酷，资本洗牌越来越快，推动着历史的车轮滚滚前进。这家鱼皮饺面店，残酷地出局。

现在，这条马路上，可以屹立不倒的，就是一些底气十足的大品牌、大企业。门店的变化，除了提醒我们变化永恒、逝者如斯外，还告诉我们，小店的生存空间一再被挤压，行业中只剩几个巨无霸在游弋，狂傲地征服每一个角落。

三

曾经，我们渴望城市的飞速发展。市领导们还说着“一年一小变，三年一中变，五年一大变”的口号。我们目睹全新的城市拔地而起，我们看着老旧的楼房夷为平地；我们目睹世界顶级企业入驻城市，我们看着没落的“老字号”失魂落魄；开着豪车的精英阶层意气风发，经验丰富的熟练工人失去岗位。我们的媒体，喜欢用“蝶变”“嬗变”这些词，炫耀着城市建设的伟大成就。发展，变化，飞奔，暴走，摧枯拉朽，毫不留情。

今天，我们倒是想说：能不能不要变得这么快？因为，我们发现，再这样下去，我们就什么都找不回了。

美国左派评论家乔姆斯基告诉我们，这叫“新自由主义”。在他的理论体系里，私有化、市场化就是新自由主义的表现。它的症状就是两极分化，不平等程度大幅度提高，对世界最贫穷国家和人民的严重剥削明显加剧，灾难性的全球环境，动荡的全球经济和对富人而言前所未有的发财机会。最终的结果是马太效应，大企业赚得盆满钵满，中小企业则风雨飘摇。随着变化的加剧、发展的深化，这一症状将越发凸显。于是，造就一大批贫困人口。

在这条马路上，看这些店面的兴衰，某种程度上能读懂新自由主义。这是最毫不留情的达尔文理论：能留下来的，都是像麦当劳、星巴克、必胜客这样的国际饮食巨头，或者是小肥羊、永和大王这样的国内大咖。而诸多个体户，则在大风大浪中挣扎，不定期地沉没掉一批。他们能做的，就是一个字——“撑”。一直撑到撑不住为止。

乔姆斯基说：公平竞争？这不可能。市场从来不是竞争性的，经济由大公司控制，市场不存在真正意义上的竞争。“大公司本身就是有效的极权组织，以非民主的方式运行——最后的赢家必然是他们。”个体经营者，可能还没等到机会，就成了新自由主义的炮灰。

时评家童大焕曾写过一首诗，说出了我们时代的困惑：

“中国，请你慢点走，让每一个生命都有自由和尊严，每一个人都不被‘时代’抛下，每一个人都顺利平安地抵达终点！”

慢！慢！慢！这个城市高速奔跑、创下靓丽 GDP 数据的时候，为何就不能停下来，让民众歇一歇？因为快，很多人被生活驱赶得一无所有；因为快，很多梦想被无情冲破；因为快，很多故事生了死，死了生，无意义地循环。米兰·昆德拉曾形容慢的乐趣：“捷克有一句谚语来比喻他们甜蜜的悠闲生活：他们凝望仁慈上帝的窗户。凝望仁慈上帝窗户的人是不会厌倦的；他幸福。”但是，这种美好和温情，逐渐看不见了。

那碗鱼皮饺面，带着我身体的一部分死去。我为这碗面哀叹，也为沉没的一切哀叹。

以“主流”自居是一种病

一

很久以前，我作为深圳某大报的一名评论员，有幸参加了一个读者交流活动。这种活动，报社年年都办，抽几个幸运读者，大家都很客气，说的都是场面话。但是，一个文静的女生打破了这个和谐场面，她怯生生地说：“我很讨厌你们写文章那个姿态。”

我问她为什么，她想了好久，没法组织起有效语言。最后，她红着脸大声地说了一个听起来“很奇怪”的理由：“你们这些人太主流了。”

这个尴尬的场面被聪明的同事化解，他巧妙地将话题转移，气氛再一次被和谐。我一直记着这个女生说的话，尽管此后我们没有再联系。

我猜，我是找到了答案。因为我们的报刊需要一种“正统”的话，这是我们这个社会话语体系的核心。宣扬主流价值观，也是传统媒体人的重要任务。因此，我们当时大量策划各种主流的话语，比如表扬市政府的工程项目是多么惠民，比如批评横过马路的人是多么没素质，比如号召大家一起献身环保坚持无车出行，比如学习某个先进人物事迹并展开轰轰烈烈的行动……

平心而论，这种论调并没有错，它确实代表了一种被不少人认可的呼声。但是，这种主流，强硬得令人反感，甚至害怕。我想，这就是那位女生讨厌的姿态。后来，我把它总结为一种话语上的“直男癌”，它总是带着居高临下的口吻，文采飞扬地教训着无法反驳的读者。我相信，有不同意见的读者肯定不少，只是他们懒得回应。

要不是纸媒今天的困境，我或许不会再提此事。纸媒没落的原因千千万万，但价值观的僵化无疑是原因之一。发言者会变得缺乏温度，不近人情。有些东西，若是不入法眼，就会遭到舆论放逐，这里说的不是杀人放火，而是一些非主流的个人行为，比如过洋节、当“剩女”、同性恋、“不务正业”等，都被看作怪力乱神。这种放逐体现了“正统”对“非正统”的严苛态度。

二

2012 的 9 月，曾经有一个热点新闻。一个刚入学的大一女生，“看到学校残破的校门，就哭喊着要退学”。于是，新闻的标题是，“大一新生看到校门破旧喊着退学”。

当时，有同事准备写一篇文章，批评“现在独生子女的娇生惯养”。这恐怕是大多数人第一时间的想法。但后来我说服了她，文章也就没写。我觉得拿《要论》栏目来批评某个人是毫无意义的，何况是个女生。另外，我认为，女孩有自己的世界，她的眼泪，仅仅是因为大学的校门残破？肯定不是。这背后一定有很多故事。高考那一年，填志愿，选专业，考大学，谁不是筹备了好久？我觉得，这眼泪的含义，肯定是你我想象不到的。

但遗憾的是，第二天上网一查，批评这个女孩“娇生惯养”的评论还真不少。大家都是站着说话不腰疼。这个女孩也没有机会反驳，就被媒体的大棒稀里哗啦打了一顿。

还有一个案例，是行人乱穿越马路。媒体普遍指责民众不遵守交通规则，“素质论”或者是最容易、最不需负责的论断，尽管确实存在着这样的问题，但指责又有何用？我为此特地与城市规划从业者讨论过，发现交通乱象的形成与城市管理有很大关系：有的是交通灯时间设置不合理，红灯时间过长；有的是人行天桥设置不合理，好几百米才有一个。久而久之，除了一些大城市，交通规则无法真正建立。总之，将所有脏水泼向行人是不合适的，该反省的地方还有很多。

这几个事情给我的启发是：对于某种现象，指责它很容易，理解它很困难。事情的复杂性很可能超出了文本的范围，只有你了解真相，才可能理解当事人的行为。有些事并没有想象中那么非黑即白，需要你时刻保持敬畏。

但是，那种认为“绝对正确”的东西，依然主导着我们的思维。

对于我们无法想象的东西，我们总是保持敌意。实际上，我觉得这是一种反智主义。因为，傲慢的指责不能带来任何东西，它限制了我们的思维方式。

三

后来，上了“知乎”“豆瓣”，又给我带来不一样的震撼。在这里，见到了很多与主流模式不同的年轻人。平日，他们是沉默的大多数，可能跟在交流会上那个女生一样，红着脸说句“我讨厌”，但在一些网络平台上，他们展示出了另一面。

在这里，我看到了很多“自由而无用的灵魂”，在一条孤独的路上执着行走。他们很认真地讨论着各种高深而又似乎无用的话题。比如说，非洲是否曾经建立过强大的帝国，飞机如果螺旋桨发生故障后如何平稳降落，在《破产姐妹》中分析各人物的发音方式及其背景研究，北京各大建筑若突然能变形的话是盘古大观厉害还是鸟巢厉害……这些看似无厘头的问题，被他们讨论得津津有味，甚至讨论得相当专业。我甚至觉得，专业媒体评论员与一些“大神”相比，也没有多少智力优势。他们在主流文化之外，组成了一个庞大的亚文化。

亚文化的出现，其实就是对主流的颠覆。当主流带有一个坚定的外壳，则亚文化同样会成为一个封闭的城堡。

几年前，有一位媒体人跟我说过，“知乎上的人，很可能是现实世界的卢瑟（loser）”。从世俗的角度上说，确实有一定道理，因为很多知乎网友都活在一个色彩缤纷的“彼岸世界”中，却无奈身在此岸。试想：在现实世界中，某个人突然抛出一个高冷的问题，会有多少人搭理他？在这个崇尚主流的社会中，他们必定是痛苦而孤独的。但是，在网络的维度上，他们无所不能。

我又想到，在主流话语中，一些群体会被动地获得一些刺耳的称谓，比如“剩女”“不务正业”“频繁跳槽”“三本院校学生”“空想者”“社招人员”等。这些称谓，“劈头盖脸地打向他们”，而亚文化在某种意义上就是抗拒主流定义群体的大集合。他们会抱团取暖，互相慰藉。只有深入他们的国度，才会发现另一个完全不同的世界。毕竟在现实世界中，路太窄，生活太单调，是多元文化解放了他们，让每一个焦虑的个体在这个维度上获得新的身份，重新找到自己的定义。

无力感越来越强，逐渐成为力量。在话语的较量中，亚文化已经向曾经的“主流”宣战。

四

爱因斯坦说过：“想象力比知识更重要。因为知识是有限的，而想象力概括着世界的一切，推动着进步，并且是知识进化的源泉。”

主流话语与亚文化之间无法和解，说到底是一种想象力的贫乏。主流话语的特点之一，就是倾向于直接给出结论，重视立场而非价值判断，更别说保持想象力了。在这样的逻辑下，以自己的方式来定义客体，对于他者、异端采取一种简单粗暴的否定，就成了司空见惯的事情。在这种情况下，很难说看报纸、看电视是一种愉快的体验。而在亚文化圈子里，CCTV 等主流媒体已经被反复解构，成为恶搞的主角。

需要重新反思的不仅是媒体，还有这个社会的话语组织方式。任何以“主流”自居的东西，最后都会被边缘化。居高临下的批判者，最后发现自己失去信众。试图垄断话语的发声者，最后都会被遗忘。

只有足够的谦虚与开放，才能意识到宽容的力量。只有了解到事物的复杂性，才会克制自己的话语霸权。就像整天板着脸的不近人情的父亲，很难得到子女的真正爱戴。与其一味批评，不如花更多时间去努力理解。

今天的亚文化，或者终会有一天成功“弑父”，跃为所谓的“主流”。同样，也会面对着更多未知的挑战。那时，若是同样采取保守心态，肆意定义他人，最后也会被“子女”所灭。因此，只有实现多个文化间的和解，才能走出这种“非此即彼”的霸权逻辑。

在这个飞速巨变的时代里，对于热衷“大一统”思想的国人，需要认真考虑多元文化这个命题。有时，心存“多个世界”并保持敬畏，与“他者”接触并试图理解，你会发现情况并没想象的那么糟。

假如你的孩子是同性恋

就在苹果CEO库克宣布“出柜”的第二天，大学同学Z邀我吃饭，并向我公开了“同志”身份。我自然十分吃惊，但更多的是懊恼。回想与他十多年相处，以为很了解对方，但竟未发现他一直处于阴云之中。在国内，公开“出柜”十分艰难，因为不确定会遭遇怎样的眼光，也可能为此而丧亲失友、丢掉工作和学业、被迫背井离乡，这样的案例并不少见。因此，十多年来，Z一直将秘密紧锁，不知经历了怎样的惶恐。这些年，他一直不谈恋爱，我们以为他专心事业，或是要求太高。其实不然。他越来越清晰地了解自己的内心。

Z最后选择了移民。他将要飞往南太平洋的一个岛国了。这次会谈，除了向我坦白外，还是来告别的。虽然他万分不愿意离开家乡，但还是执着地寻找着一个更能包容的地方。

我非常痛恨自己。在这十几年的相处中，我或许也扮演了可恶的角色。大大咧咧，粗枝大叶，没看出Z的痛苦，更不要说给他足够的理解。如果他有一个足以袒露心迹的朋友，可能不至于毅然离去。说到底，我们的社会还有诸多不完美，对同性恋者缺乏认识，存在着偏见，甚至敌视。

Z 抬头看着天，“最放不下的，还是父母”。

二

同性恋父母，这是一个非常独特的人群。他们基本是异性恋者，但同性恋猝不及防地出现在他们的家庭里。

某一天，他们在操心子女的婚事时，子女突然告诉他们：“我喜欢同性。”这时候“天都塌了”，能马上“理解”“认可”的人少之又少，更多的是质疑、愤怒和哭泣。在他们的讲述中，“丢人”“彻夜未眠”“晴天霹雳”“心如刀绞”，这些词反复出现。

这不难理解。从社会看，中国传统文化根深蒂固，男婚女嫁思维已成定式，人情礼数已成学问。这让同性恋长期与“性变态”“流氓”“不要脸”等负面词联系在一起。母亲的第一反应，往往是“孩子是不是学坏了”“是不是教育出了问题”“读书太多把脑子读坏了”“看了不该看的电影”等等。

所以，父母往往成为同性恋最直接的迫害者。在很多同性恋子女眼中，父母“可怜又可恨”。

Z 的母亲，一开始接受不了真相。她想方设法把 Z 的性取向“扭过来”。一方面，Z 妈妈四处带孩子进行“治疗”；另一方面，说服、威逼，甚至驱赶其男友。在哭闹中，整个家庭陷入了僵局。Z 透露，他还知道更绝的案例，比如殴打、以死相逼、斩断经济来源等。越是年轻的“同志”，遭到的伤害越大。

父母的举动无疑是出于爱。但以爱为名，如果缺乏理解，会带来更可怕的伤害。就像强迫孩子参加补习班的家长、强迫孩子报考不喜欢的专业的家长、强迫孩子学乐器的家长……简单粗暴的家长之爱，往往是孩子最痛苦的回忆。豆瓣小组“父母皆祸害”，就以多个“控制与反控制”的例证说明了这一点；但这个道理，“同志”们恐怕感悟得尤其深。我突然意识到，这一代人，都是“红旗下的父母”——出生在20世纪五六十年代，成长在红旗下，接受国家主义话语，思想正派，性格坚韧，婚恋观保守，缺乏弹性与柔性，难以被说服。子女的“同志”身份，无疑触动了他们最不能接受的神经。

不少子女，在父母的铁腕下妥协，走进了异性恋婚姻。最近，一位专栏作家写了一篇文章《恋爱不及时，相亲遇同志》，大龄女青年看了大惊失色。确实如此，很多同性恋者迫于长辈的压力，随便挑了一个相亲对象，与之成亲。常见的桥段是，一个大龄女青年突然嫁给“男神”，以为捡到宝了，后来发现对方是个Gay，婚姻就像一场噩梦。对“同志”来说，这同样很痛苦。我问Z，“同志”与异性结婚，婚后生活怎么样？Z反问：“你跟一个男人上床时，你什么感觉？”我哑然。

有一天，Z对妈妈说：“我妥协可以，但我不想害了无辜的妻子。”

他妈妈听后，关上门，再也没说过这个话题。

二

有必要再次强调，同性恋不是病。

20 世纪 90 年代初，美国国家卫生研究所（NIH）的一个研究小组发现，位于 X 染色体上的等位基因 Xq28（所谓“Gay”基因）能够预测男性的性取向。因此，有学者初步认定，“男同性恋性状的出现是受到了基因的直接影响”。更有说服力的是贝利与皮拉德的“双胞胎研究”，他们发现，同卵双胞胎中如一人是同性恋，另一人是同性恋的概率是 52%；而在异卵双胞胎中，这个概率是 22%；而普通兄弟（不同年份出生）的概率则更低，只有 9.2%。这个案例进一步说明基因与遗传在性取向中的决定性因素。

随着人类临床医学的进步及对同性恋问题研究的深入，人们渐渐发现同性恋者不是“异常人”，就如人群中会有一定比例的左撇子一样。

1990 年，世界卫生组织把同性恋从公认的精神病名单中去掉。1998 年，美国心理学会和美国精神病学会发表公开声明，反对同性恋转变为异性恋的治疗。2001 年，《中国精神障碍分类与诊断标准》第三版将同性恋从精神疾病名单中剔除……

“同性恋不是选择的结果，父母不能转变孩子的想法。”中国社会学家李银河说。

2013 年 6 月，一个新闻让全世界“同志”们感到释然——美国最大的反同性恋团体“出埃及记”（Exodus Global Alliance）正式宣布解散。这个宗教团体多年来一直宣传“信仰拯救同性恋者”，其主席阿兰·钱伯斯（Alan Chambers）自称“曲变直”的案例，娶了妻子，并四处讲学，宣扬“同性恋可以治愈”。它之所以解散，是因为阿兰·钱伯斯“终于演不下去了”。他坦白自己依然喜欢男人，并称“什么同性恋治疗都是胡言乱语，99.9%的同性恋者忍受了治疗项目，但是无助于转变性取向”。于是，一座罪恶的城堡倒塌了。

捷报接踵而来。几天后，美国最高法院终于撤销了联邦同性婚姻禁令DOMA，它意味着美国从此获得了“同志”婚姻合法化的理论依据。从那时起，联邦政府不可以再拒绝承认同性婚姻，跨国同性伴侣终可为彼此申请美国绿卡。那一天，白宫门前的草坪上，满是庆祝的人群，人们撑起一面巨大的彩虹旗——“世界本就不止有一种颜色，它是五彩缤纷的”。这是“他者运动”的一个著名口号，“彩虹”也是“同志”们自我标榜的图腾。

近20年来，同性恋合法化运动取得巨大进展，成为“他者运动”中最震撼人心的部分。很多“同志”扬眉吐气，终于摆脱了无光的暗夜，战胜了捆绑在身上的道德枷锁。更多与同性恋相关的文学、影视作品出现，尝试着发声。这些事件说明，世界正在发生一些可喜的变化。

三

2014年11月8日，在香港举行的LGBT大游行，有近万人参加，人数比 2013 年多了一倍。媒体发布了照片，这些主流叙事之外的“他者”，穿着色彩鲜艳的衣服，骄傲地展示着。但有两点，媒体没有透露：

第一，游行队伍中，内地人占了相当比例，很多“同志”从北上广深等大城市赶到香港，参加了这场盛会。这说明香港同性恋大游行不仅是香港的事，也成为内地“同志”的一次展示。Z 也借助这个机会，在这个陌生的城市，进行了一次自我释放。

第二，游行的不全是同性恋者，不少异性恋者也加入进来。他们大多是同性恋者的亲友，其中不乏年过半百的老人。他们从最初的“迫害者”，变成了“支援者”；从此前的感觉丢脸、感到害臊，变成与子女一起“抗争”。这是游行中最感人的一刻，意味着理解与包容萌芽的出现。

参与游行的 D 妈妈，在博客上写下这么一段话：

> 孩子在我眼里，仍然和过去一样健康正常，一样优秀聪明。经过两年多的学习和沟通，我终于清楚地知道：孩子没有错，我也没有错，和我们一样，这是大自然造就的，不需要改变，也不需要都和异性恋一样结婚生孩子，只需要按照自己的心愿，和自己喜欢的人生活享受情感就好。我有些坦然，心情完全不一样了，也不再胡思乱想。我告诉儿子：我支持你！你可以按照自己的想法生活。

开明的父母，成为第一批站在“同志”身边的异性恋者。在大游行中，还有很多同性恋者的亲友，加入声援的行列。还有女权主义者、少数族裔、残障人士等，成为 LGBT 的同盟军。一位“同爸”说出了很多人的心声：“解放全人类的口号谁都会喊，但具体地尊重一个人，帮助一个人却很难做到。”

事实上，同性恋问题的本质是人权问题，关乎社会对个体的宽容和尊重。这问题不仅关乎国家法律制度，而且与传统文化、社会包容度等因素有关。无论是社会还是家庭，你是否足够尊重个体的选择？面对同性恋子女，你是选择理解还是施以棍棒？你是否给孩子足够的空间？是否有足够的公共机构帮助困惑的群体……之前，他们都选择了“隐形”，直到今天，我们慢慢看到他们的面目。一位从事志愿服务的北京工程师（异性恋）说：“原来他们不是小众，而是大众。”一些主流话语外的“他者”终于被我们看到。这恰是社会进步的表现。

但这还不够，站在彩虹下的父母还不多，更多的父母依然在打压。现实社会对同性恋者的宽容度也不够，存在太多“玻璃门”。普罗大众依然“谈同色变”。丑化、矮化同性恋者的文艺作品并不少见。一位自诩开明的媒体同事说：“他们偷偷搞同性恋我不反对，为何要上街游行呢？”显然，在她“不反对”的背后，没有认识到自己的偏见——觉得这是丑恶的，只能偷偷进行。而同性恋者之所以上街，就是要证明：爱一个人不是丑恶的事，这是个体的权利……

更糟糕的是，国内依然存在着一些医疗机构，声称可以治疗同性恋。一度有人宣传“厌恶疗法”能治好同性恋，就是通过用针扎、涂氨水加重对同性的厌恶感，这更多是一种精神与肉体的双重折磨。既然同性恋不是病，就没有治好一说。这些机构要么是知识陈旧，要么就是利用父母的抵触心理，纯粹骗钱牟利。

Z说过，“不得不离开中国，因为依然存在着巨大的压力”。确实，目前而言，国人依然未能正视这个话题，更不要说为他们创造宽松的社会环境。美国同性恋平权运动从石墙事件算起，至今已有40多年，也是从敌对、仇视逐步变得宽容，让同性恋者“骄傲”地走上前台。同样的故事，在每个国家上演着。这场运动，是个体发动的一次伟大抗争，是寻求理解、寻求尊重的抗争，是共建美好未来的抗争。它不仅属于同性恋者，也属于异性恋者——一个厚重、丰富和坚实的社会，才是我们热爱的社会，它不应只有一种颜色。

目送Z的离去，我希望，十年后他会回来。届时，一个更美好的社会将等待他。

生命本是光辉的冒险

在北京读书的大学生小韩，接到了来自老家辽宁的电话，电话那头是 40 多岁的母亲。这位姓宋的女士告诉儿子，自己与另一位妇女坠入了爱河。作为受过教育的“90 后”，小韩在短暂的震惊后，赞成了母亲的决定，只是可惜“她被耽误了这么多年”。在孩子的支持下，宋女士鼓起了勇气，大胆“出柜”。这是 2014 年《环球时报》英文版的一篇报道。

2015 年 6 月 26 日，美国最高法院以 5∶4 的投票结果裁定，同性婚姻合乎宪法。对于奋斗了 40 多年的美国“同志”运动斗士而言，这是一个让人激动的时刻，这意味着他们（她们）的爱情得到了尊重和法律保护。“Love wins”，爱情战胜一切，这是一个迈向平等的“big step”，获胜的是全体美国公民。联合国秘书长潘基文认为，这个裁决有全球性意义，意味着世界将对 LGBT 更加宽容和支持。但是，中国同性恋者更忘不了蔡康永此前在节目中落下的眼泪：“我们不是妖怪。”与遥远的彼岸世界相比，这话更能切实反映中国“同志”目前所处的困境。

宋女士在20多年前被她的长辈“拽入”异性婚姻，当时她还是一位未满20岁的少女。她虽不知道同性恋是怎么回事，但知道自己不喜欢与男人生活，更恨与男人发生性关系。可是，她依然没能抗拒命运。她先后与两个男人结婚，虽然生下了小韩，但却在家暴中度过了屈辱的前半生。直到40多岁，她才真正有机会做出抉择。

那个时代，人是很难与“大环境”对抗的。在20世纪90年代之前，同性恋一直被视作一种疾病，或是有伤风化，而且，人们对“异端”的包容度非常有限，听不得不同声音。老一辈中国同性恋者，遭遇了那个“大环境”，不得已服从了当时的形势。

美国同性恋运动先驱哈维·米尔克说过，同性恋问题不仅仅在于同性恋本身，而是因为它本质上是人权问题——一个人有没有权利选择他要过的生活？实际上，在美国20世纪70年代的“大环境”中，很多同性恋者照样是身不由己。正如有媒体评论的，“自由本身就是人类通过不断努力与牺牲换取的道路”，米尔克就是这样与“大环境”对抗，结果被一颗子弹夺去了生命。后来，他入选《时代》杂志“20世纪最具影响力的100个人物”。

“两股力量正在奔向未来。一股是披着华丽外衣的官方正史：用所有的暴力、战争、偏见对待异见者，由少数人把持全世界的财富，由谎言家和杀人犯掌握大权。另一股看似弱小，却生机勃勃。这就是民众的历史，这是反抗的历史，是公民对武力的不服从、对种族主义的反抗，是多元文化主义和对没完没了战争日益加深的痛恨。”这是美国历史学家津恩对社会运动的评价。

中国，这个刚刚将同性恋从心理疾病中分离出来的国度，逐渐开始对这一群体露出友善的微笑。但是，这仅仅是开始，宋女士还必将遭遇来自社会各层面的压力。

王小波有一名篇，叫《一只特立独行的猪》。“文革”时有一只猪，不服从人们给它做出的种种安排，抗拒着成为肉猪、种猪的命运。它热爱生活，无拘无束，到处闲逛，享受人生，个性十足。别的猪，过着乏味而不幸的一生，天昏地暗地生，毫无尊严地死，然后被送到罐头厂。但这只猪不一样，什么都阻挡不了它对自由的向往。然而，要特立独行，需要很高的成本。人最安全的生存方式依然是随波逐流；与“大环境”格格不入，就有杀身之祸。有农民说，这猪不正经；领导更欲除之以后快。他们带着火枪、猎狗以及众知青，试图捕杀这只猪。不过，这头猪幸亏武艺过人，冲开了层层包围，逃了出去。当然，我认为这个结尾采用了浪漫主义手法，猪又怎能逃过猎枪？但这个结局我们都喜欢，因为我们内心都有一只特立独行的猪。

有人曾问：为何历史上很多出类拔萃的名人都是 Gay？以前有图灵、王尔德、范思哲、福柯等，现在还有苹果 CEO 库克和谷歌商业发展副总裁梅根·史密斯。是不是同性恋者都特别聪明？

答案其实是残酷的。因为历史上，无论东方还是西方，“同志”都受到迫害，轻则流离失所，重则丢掉性命。只有真正出类拔萃、对自己极端自信的人才敢“出柜”，其余大部分“同志”都在柜中黯然度过此生。毕竟，不是谁都能抵抗那“大环境”，不是谁都有资格成为那只“特立独行的猪”。我相信这个答案，“同志优秀论”的背后，实际上存在着“沉默而胆怯的大多数”。

王小波在文章中说：“除了这只猪，还没见过谁敢于如此无视对生活的设置。相反，我倒见过很多想要设置别人生活的人，还有对被设置的生活安之若素的人。因为这个缘故，我一直怀念这只特立独行的猪。”这句话让我特别有感触：在传统价值观中，你不敢越雷池半步，不敢轻易暴露自己；你会因各种事情反复顾虑；你不需要出类拔萃，但必须不温不火，拿捏好“中庸之道”。否则，你就会有杀身之祸。

至此同性恋问题就成了一个关于宽容的问题。放过那只猪吧！在读王小波的文章时，相信所有读者内心都在这样呼唤。为何不能允许不一样的存在？为何不能包容多元的生命？农民也好，知青也好，为何要干涉这头猪的生活呢？亨德里克·威廉·房龙的话又将出现：“农民出身大字不识的帝国陛下（查士丁尼一世），下令将埃及神庙和附近的学校收归国有，牧师和文字专家则被投入监狱。当他们中最后一位也在饥寒交迫中无声无息地死去，有着悠久历史的象形文字成了一门失传的艺术。”

所幸的是，那个拿着红宝书背语录的时代已经远去，社会进步的一个标志是宽容，人们选择的空间也逐渐增大。那只特立独行的猪，到了今天或者可免于被吃的命运，甚至还可以拍电影、上综艺节目，成为明星猪。时代不同，可能性也大大增多。

当年宋女士不敢“出柜”，但今天她勇敢地走出了这一步。虽然阻力仍在，但那冷峻的“大环境”已开始消解。一个社会怎么对待“异端”，不仅仅关涉到一个国家的政治文明，也关乎我们每一个个体的福祉。

美国的“同志”运动，自从石墙事件以来，已经轰轰烈烈地进行了40多年。他们与反战组织、反全球化组织、环保组织、女权组织、黑人组织、印第安人组织等社团一起，掀起了规模宏大的社会运动。他们以各种充满想象力的社会活动，试图消融世界的歧视与敌意。在反抗声中，“一个新的美国诞生”。每个社会都会有这样的阶段，从不宽容走向宽容。

“在我们的一生中，一定会有某个时刻，我们会沦为异见分子，同主流或大多数人的意见格格不入，我们还有可能被大众孤立，成为少数派，被误解，甚至被欺负，”作家杨恒均说，“我们平时怎么对待不同意见的人士，最后都会在某个时候或某个阶段，折回到我们身上。”是的，我们创造了这个“大环境”，而“大环境”又反作用于我们。

“多少个年代过去了，生命本是一次光辉的冒险，却变成了一次可怕的旅程。而这一切的发生都是由于至今为止，人类的存在还完全由恐惧左右。我在此重复一下，恐惧是所有不宽容的根源。”房龙在名著《宽容》中说。

2014年年底，悉尼咖啡馆劫持案之后，澳大利亚的穆斯林很难过。本来就是少数族裔，在恐怖主义阴云下，他们有可能面临公众的敌意，遭遇一个不安的“大环境”。一位名叫Tessa的媒体人在推特上发起了一次“I ride with you”（我愿与你同行）的活动，表示愿意与伊斯兰教徒站在一起，随后有数万人参与。“如何在恶的面前维护善，在多样的信仰面前学会共存，这是我们应该共同学习的。”

出走的中年人

一

残酷的中年，揭开了它的面纱。

从2013年起，互联网给每个人都带来了冲击，打破了此前按部就班的节奏。身边很多“70后”、“80后”，都改变了生活轨道。原来在某某机构工作的员工，转眼间走了一半。改变轨道的原因，也是多样的：或是行业没落，或是上升渠道不畅，或是看到了新的商机，或是发现了自身新的禀赋。中年也是危险的，一个闪念就可能让你前功尽弃。平日走了十几年的康庄大道，突然告别，走进了野路。或是一番新天地，抑或掉进坑里。最近，就有一位著名创业者，春雨医生创始人张锐，倒在了路上，他才42岁。

这几年，很多人在讨论英国作家毛姆的小说《月亮与六便士》。放在20年前，中国人还是喜欢《红与黑》《基督山伯爵》《茶花女》这样的外国文学。再前沿一点的，读《百年孤独》《挪威的森林》《生命中不能承受之轻》等，像《月亮与六便士》这样的小说，很难让中国人理解。物质生活都填饱不了，谁去思考精神世界？但今天，逐渐有人理解了。

毛姆这部小说，戳中了很多中国中产阶级的痛处。他们面临着一个重要的人生议题：中年出走。

前无去路，四面楚歌，原来一直走的康庄大道，似乎走不通了。这一代知识精英，在某种意义上已经实现了物质上的富裕，赚到了房和车，基本达成了小康状态。他们面临诸多困境，身体大不如前，经验已不顶用，内心却有把火在熊熊燃烧。

中年这种诡异的情感，只有最杰出的作家才能捕捉得到。尽管它不新鲜，但又充满了纠结与矛盾，要把它写好，极其不易。男人要做这样的决定，也是自我挣扎很久，脑海中无数个 Yes 与 No 在反复撕扯。在《月亮与六便士》中，史崔兰，一个 40 岁的伦敦股票经纪人，一个取得商业成功及家庭美满的人，一个极少出远门、生活不能自理的人，会突然选择远走巴黎，去过一种与此前截然不同的生活。这看似天方夜谭。但这种心魔，是真实存在的。

二

我身边有这样的朋友老 G，毕业于知名大学，再到著名媒体机构工作。但在工作 10 多年后，突然急流勇退，辞掉工作，学摄影、写小说。他做这个决定时，身边各种流言都有。说什么厌倦了权力斗争呀，什么领导不欣赏他呀，但我知道，他已经迈过了这无聊的世俗生态，他看到了一个从未触摸过的精神世界，他得到了某种神圣的呼唤。

史崔兰在40岁离家出走的那一刻，采取的是一种极端做法，留下一张字条："我的决定决不更改。"就这样去了巴黎。连他的太太、姐夫都无法理解史崔兰的动机。某种意义上，老G也是如此，能理解他的，唯有叠加的时光。

在这个愚钝、不苟言笑的中年人的体内，有一种强大的魔力。这种魔力在他30多岁的时候开始苏醒，逐渐把他拉出原有的轨道。"正如恶性肿瘤在有机组织中不断生长，直到最后控制了他的全身。"他的表达就是："我非画不可。一个人掉进水里，他游得怎么样是无所谓的，好也罢，坏也罢，反正他得游出来。"

对于史崔兰来说，前40年股票经理人的生涯，只是世俗的成功，这让他有了体面的生活，但也无法得到再多。由成功迈向非凡的伟大，对任何人来说，都是一次冒险。

毛姆这本书之所以被我的很多精英朋友视为圣典，就是因为这投射了他们的内心。其实，他们都获得了（或是获得过）世俗的成功，这对于中国人而言，也非常难得：有体面的工作，在大城市中立足，年纪轻轻就已经买车买房。但是，这并没有给他们带来足够的满足感。他们被中产阶级的固有焦虑所折磨，总怕跌出自己的阶级，由小康跌回赤贫。于是，他们必须继续攀升——当然也包括"从成功到伟大"的疯狂尝试。

三

之前也有一个人引用这本《月亮与六便士》，那是时任澎湃新闻 CEO 的邱兵。早在投身自媒体之前，他便是《东方早报》的执行主编，毕业于复旦大学新闻系。作为 20 世纪 80 年代的大学生，他绝对是时代的宠儿。他在澎湃新闻客户端 2.0 版的开卷语中，标题就是“月亮与三千元”，直接讲述了内心的走向。

他从东方早报离职，投奔互联网的海洋。这次尝试谈不上多成功，两年之后，他便转投梨视频。不知道他过得怎么样，但这位熟读《月亮与六便士》的中年男子，很清楚没有回头路。就像史崔兰那样，迈出去了，要么成功，要么沉沦。当然，也有可能像史崔兰，死亡之后再名扬天下。

史崔兰的才华，只有少数人看得出来。另一位画家史特洛夫就说：“对拥有天赋的人来说，天赋是一种很大的负担，我们应当极力容忍他们，还应非常有耐心。”而在史特洛夫夫人看来，史崔兰身上则有别的东西：“他身上有种东西让我怕得要命，他会给我们带来极大的伤害。”显然，这对可怜的夫妇都看出了这个愚笨的中年人身上排山倒海的力量，并体验了它——史特洛夫夫人甩了她的丈夫，跟随了史崔兰，并在几个月后自杀。这一切来得如此迅猛。

史崔兰最后跑赢了时间。在他弥留之际，在塔希提岛上，他已经达到了匪夷所思的境界。他最后因麻风病变得面目全非，全无体面地死去，但是，他确实升华为杰出的画家。这是毛姆最后的安排——他成功了。

我不禁担忧，那些没能出走的中年人，是否也获得了自己所追求的东西？那些创业的中年人，他们的努力会换来回报吗？比如那些改了行、读了书的中年人，他们会获得满意的结果吗？像史崔兰这样的画家有不少，但能画出来的又有几个？

这些出走的中年人，可能大部分都会走向沉沦。

渡边淳一《失乐园》中的主角久木祥一郎，就为了一次爱情的体验，以殉情为中年出走做了注释。他与凛子一轮没日没夜的啪啪啪后，就一起服毒自尽。说不出这种结局是什么滋味，也无力评价这个中年男子的取舍。

44 岁的五岳散人说，自己还有泡妞的本钱，还得意地展示自己的战果，确实有点猥琐；李方老师说，中年是最庸俗的人生阶段，庸俗到你都没有资格表达自己的真实感受；最近，腾讯《大家》作者张丰写了一篇文章《到 40 岁不是管理层没技术，能在体制外混退休吗》。以前是忧心“未富先老”，现在是忧心 40 岁后“老无可依”……中年了，还是面临一场精神上的去留问题。是否出走，要月亮，还是六便士，视你而定。

但愿出走半生，归来仍是少年。

你所担心的事，99% 都不会发生

每个人都有特别焦虑的时候。

我快毕业的时候，特别焦虑。第一，我毕业论文动笔晚了，怕写不完。而且在写作过程中，导师提了好多意见，我压力很大。第二，我工作还没定，投了不少简历，但都没有回音。第三，也是非常实际的，就是我的盘缠快用光了，我可能连房租都交不起了。

我焦虑了好长一段时间，吃不好睡不安。这样的日子持续了两个月。但后来，印证了卡内基的一句老话："你所担忧的事情，99% 都不会发生。"事情向好的方面发展，先是我的论文答辩获得好评，顺利毕业拿到学位。然后，我因为猴年马月的一篇文章，收到 1000 块钱的稿费，一下子纾缓了我的财政压力。再往后，我的工作也敲定了，一家很有名的报社给我发来了 offer。

这样说来，我之前的担忧，其实都是多此一举。为了不确定性而担忧，不如快快乐乐过好每一天。虽然这话听起来很鸡汤，但确实很实用。生活就是这样，有时会关掉你的门，但总会为你打开一扇窗。你要做的，就是尽力做好该做的事，剩下的事，交给老天爷。

有一篇文章在网络上很火爆，标题是《深圳两房一车，面临失业，中年财务危机引发家庭悲剧》。文章讲述的是一个 IT 企业的中层干部，突然面临失业的打击，家庭失去了支柱。这篇文章引起了网络上一部分人的共鸣，因为在知识迭代速度加快的今天，中年失业的可能性并不低。尤其是文中这位男主角，从高收入阶层一下子跌落，高不成低不就，那种失落感可想而知。

不过，事情真的就这么糟吗？坦白说，他的收入已经是我的好几倍，如果他这是悲剧，那我早就可以死个好几遍了。还是那句话，船到桥头自然直。他现在忧心忡忡，患得患失，无非就是进入了一个钻牛角尖的状态。他在工作的十几年里，其实已经赚到了足够的钱。目前不过是调整战略，重新妥善处理自己的财产而已。他依然有很多选择，远未到无路可走的地步。

有一位理财专家给他支招：去小公司当高管不现实，不妨调低目标，先从小公司的中层干起，干得好，两三年就可以回到高层。如果他的太太可以复出，重新就业，也能很大程度上缓解家庭财政危机。更有网友指出，如果他愿意到内地发展，同时卖掉深圳的房子，再到内地置业，日子照样可以过得有声有色。所谓“退一步，海阔天空”，他依然手握主动权。

在互联网时代，个体的困境往往会被放大，甚至可以左右一个群体的情绪。这篇文章转发超过了 10 万次以上，可见很多中年人或多或少都有这个危机——每个人都担忧，自己会变成那位失业的男主角。某种恐慌正在缠绕着中国的中产阶级，令他们觉得随时可能会失去一切。在社会转型时期，确实存在着不确定性，有人可以逆袭，就意味着有人将会跌落。在社交媒体上有一个回音壁效应，就是处境相似的、想法相近的人共享一个朋友圈，然后不断强化彼此的观点，最后变成一群人共同对影自怜。悲观情绪就这样蔓延开来。

话又说回来，哪怕中产阶级财富缩水，但依然还拥有人脉、资源上的优势，再差也差不到哪里去。成天忧心忡忡，并不是一种可取的生活态度。被负面情绪所左右，在他人的故事中代入自己，多少有些矫情。这样的状况太常见了：现实没有那么糟，很多人都是被自己吓死的。

我很喜欢跟老人家聊天，总能获得很多人生智慧。他们经历过贫穷、饥饿、批斗，也经历过竞争、暴富、欲望的膨胀，一甲子，经历了大风大浪，看透了人生百态。我们觉得很难迈过的坎，在他们看来，或许不值一提。我们每个市民，都需要有个“大心脏”，不要被悲观情绪所左右，不要活在“真空泡泡”里。因为，你日夜担心的事，99% 都不会发生。

她交版去了，但没有回来

一

2014 年 4 月 11 日，一位南方同人——《南方日报》头版的美编黄育明离去。我在几天后才获悉这个消息。震惊，捶墙，难过，落下泪来。

我连她患病的消息都不知道！我连她的照片都找不到！我连她准确的年龄也问不到！

我试图在网上搜索她的信息，可是很少。她并没有署名文章。我们只有在头版一个不起眼的角落上，看得到她的名字。严格说来，她不属于真正意义的新闻工作者，她只排版，不负责内容。但她又是真正的新闻工作者，《南方日报》头版不少都出自她手，标题多大字号，稿子怎么排，她比谁都清楚。20 多年的排版生涯，她所经历的重大新闻战役不计其数。

癌症来得太突然，一下子把她夺去。她为什么会得病，大家都猜得出原因——长年的夜班工作，压力、熬夜、焦躁，都是对体力与心力的巨大消耗。在我们的印象中，她是那么优雅、美丽、温婉、举重若轻，但她还是经不起折腾。去世的时候，不到47岁。

我相信，她是交版去了，还没有回来……

二

2006年，我硕士毕业后被南方日报社录取，作为文字编辑，被分配进了要闻编辑部。育明就坐在我的斜后方，脸上总是挂着微笑，谈论着她可爱的女儿。

我刚进去的时候频频闯祸，是育明等几个大姐帮助我适应。我还记得交完人生的第一个版之后，他们一起带我去吃“食为先”，宣告我的“成人礼”。

我第一次编一版时（担任第三编辑），慌慌张张，手忙脚乱，是育明让我淡定下来，从抽屉中拿出饼干给我吃，告诉我稿子怎么放，图怎么摆，标题怎么打。在她的辅助下，我这个“菜鸟”涉险过关。

很多新闻硬仗，她既是冲锋陷阵的士兵，又帮文字编辑们做各种后勤，比如帮我们订汉堡、沙河粉、肠粉等。我们万念俱灰之时，她送上热气腾腾的饭菜。

北京奥运结束那天，当我们交完最后一个版，大吼一声，王更辉老总带着我们一起宵夜，育明姐给我们点了“青蛘”（一种青蛙），我们之前还没吃过这么好的菜。

广州亚运会开幕那天，正好是育明帮我排版，那晚真是折腾，不停地换稿、换题，一直折腾到早上 5 点 20 分。我都透支了，但育明足够顽强，她将版交上去后，把灯一关，大喊："回家。"

她工作毫不含糊，几乎是一步到位。她非常优雅，在忙乱的编辑部中自有节奏，在紧张的战斗中依然面带笑容。我在要闻编辑部没少挨批，唯有她，会在我身后给我鼓励——"没有出不了的报，没有做不出来的版。"

然而，当我 2011 年离开南方日报的时候，却没来得及跟她正式道别。结果，就成了永别……

三

《南方日报》的要闻编辑部，是 289 大院的真正核心。范以锦、江艺平、王更辉等报业巨擘，都成长于这个办公室。《南方日报》总编辑王更辉曾写过一篇文章《四楼的灯光》："四楼的灯光，折射出南方报人的精神……在四楼，每一颗心都如同灯光那样明净，他们无怨无悔，默默奉献。有的人尽管早早地就腰围变粗了，血压升高了，但依然恪尽职守。有的人甚至终生都献给了报社的夜班事业。"育明就是这个群体中的佼佼者。

记者部门总是吵吵嚷嚷，但编辑部却是鸦雀无声。这里最容不下的两个字就是"差错"。因此，办公室中的每个人，不论编辑还是美编，都是拿着大样从头看到尾，一根弦，从上班开始的那一刻便是紧绷的，哪有空说话呀。育明所编的一版，更是容不下一丝差错，哪怕是字体不一致，都是不可原谅的。“别的版上或许是小错，但在一版上就是大错。”可想而知，育明姐在美编中是何等杰出，才能肩负起编一版的使命！

但人非圣贤，肯定有错。不出错是偶然，出错是必然。尤其是一版，小小差错总会显得非常扎眼。她这个岗位，不出错的时候没人表扬，一旦出点问题就天下皆知。有几次，她成为评报部门批评的对象。这多不公平：如果她编的是体育版，是财经版，即使更大错误，她都未必会受到如此批评。

除了差错，更令人忧伤的是等稿子。碰到重大新闻事件时，前方记者在赶，后方编辑就在等。等，是一个非常痛苦的过程。要等的稿子，总是所谓的大稿，或来自记者采写，或来自新华社，可没人告诉你稿子什么时候来，夜晚的时光就在等待中流逝，种种不安、焦虑，会让人痛苦至极。一版编辑或美编，都要为此而备受煎熬。每个与育明姐搭档的夜晚，我的记忆都如一团迷雾。我大致只记得下班时间：汶川地震，早上6点下班；北京奥运开幕式，早上5点下班；60周年国庆，早上6点下班；亚运开幕，早上5点下班；就连省两会的版面，都要等到凌晨三四点……后来，在更辉老总的文章中，又见到了关于“9·11”、香港回归等新闻硬仗的描写，那必然是等到天亮。这些片段中很可能都有育明的身影。

打着哈欠，硬挺着躯干，努力撑开眼睛，夜班的兄弟们就这样奋斗着。唉，说传统媒体“养懒汉”的，恐怕是真的没干过这一行。

四

育明没读过大学。她是广州本地人，据说之前曾在印刷厂当女工。但后来编辑体系改革，她抓住机遇，成了一名美编。又因为出类拔萃，她就被固定安排编一版，可见大家对她的器重。

她确实非常优秀。虽然是美编，但她已经具备了较强的文字编辑能力。我跟她一起做版，发现她的水平并不在某些文字编辑之下，她能帮你拟标题，能发现错别字，能帮你砍稿子，让我们这些小编不至于出洋相。记者们说的新闻理想、南方情怀，她都懂。她在这个核心部门工作了 20 年，跟随过老范、老杨等历任社长，看着曹轲、黄灿、孙爱群、胡念飞等从愣头青变成传媒大腕。南方报业之所以风行多年，靠的不仅仅是大才子们的灵感涌现、即席挥毫，还有版面字里行间，育明及广大夜班同人的心血和汗水。

育明虽然话不多，文章不多，认识她的人也不多，但她，无疑是南方报业的基石。

报业不会消亡。只要有人，就有山河。

论文“杀死”那青年？

一

2014 年，中山大学历史系博物馆专业硕士生小蔡，在提交论文截止日期的前夜选择了自缢。他只在这个世界待了 25 年，还没有踏入社会，甚至连完整的毕业论文都没留下。

他之所以自杀，原因是多方面的，但无法准时提交毕业论文是导火索。他在交论文的前夜写下偌大的“痛苦啊”三字，是他心底对论文绝望的呐喊。通过媒体整理的支离破碎的信息，大概知道他的遭遇如下：毕业论文不过关—延期毕业—无法就业—进入“失败”的自定义。在论文及就业的双重压力下，他最后败下阵来。

有网友将矛头指向学校及导师：“就业形势这么差，他的专业又这么冷门，为何你们还要为难他呢？”在这条评论的下面，聚集了一群怒气冲冲的网友。是谁逼死了小蔡，很多网友认为就是那篇该死的论文。杨早在《勿代死者立言》一文中质疑：“是不是非要这样卡着逼着学生付出如许代价去完成一篇论文？未必没有可商榷之处。”

读过研的人都知道，这个毕业论文可不是好写的。首先，你要找到一个有价值的选题，即使没价值，也得做到“站得住脚”。其次，你还得翻阅大量参考文献，才能找到可供你使用的材料。最后，你还得想方设法拼凑出几万字的文字。自从引入了“查重”这一王牌大招之后，论文还得纯原创。研究生们说，论文写得“想死”——想跳楼，想上吊，想一头撞死。总之，一进入这节奏，就是死去活来。然而，不幸的是，总有些孩子真的因论文而死。

二

为什么要写毕业论文？毕业季的孩子们，很少会认真思考这个问题。过来人都知道，大学最后一年，各种事情堆积在一起，正经事就有求职、面试、考公务员、实习、租房等，不正经的就有各种离别、各种喝醉、各种与女朋友（男朋友）闹别扭……毕业论文只能排到最后。

美国学者亚历山大·温特说过一句很精彩的话：毕业论文可能是你这辈子写的最好的文章。因为你以后再也不会花这么多时间，查这么多材料，耗这么多笔墨去研究一个题目。如果你足够努力，你这篇文章将产生一定分量——至少在学术共同体上，填补某一领域的空白。对于这么多年的求学生涯，以一篇重磅的毕业论文画上句号，是多么美好的事。一位日本历史学家更是说过："你或许会平平淡淡地度过一生。但在你的墓志铭上，可以写下你毕业论文的题目，你在某个领域对人类做出了积极的贡献。你因这一点被人记住。"

更有一些毕业论文，可以直接奠定作者的江湖地位。我们都知道的罗纳德·科斯，制度经济学的鼻祖，他的本科毕业论文就一度震惊学界，以这篇论文为基础修改而来的作品——在他 27 岁发表的《企业的性质》——就是他的扛鼎之作。他的弟子张五常，其博士论文《佃农理论》也令人惊叹，在答辩之前便在权威杂志上连载四期。《道德理想国的覆灭》，这是一篇令学界泰斗王元化赞叹不已的博士论文，被称作"1992 年思想史上的重要事件"，其作者正是当时的复旦大学博士生、现在的知名学者朱学勤。当然，还有德布罗意那篇堪称伟大的博士论文就不用说了，它直接惊动了爱因斯坦……

这些道理，我们也不是不懂。曾几何时，我们也希望能写出如此的毕业论文。然而，理想与现实之间总存在鸿沟。论文就是人生的缩影：一开始心比天高，然后节节败退，最后惨不忍睹……

三

说论文杀死那青年，不如说我们毁掉了多少出品优质论文的机会。

一个月前，我参加了一场博士论文的预答辩（正式答辩前的"预演"）。一位被认为"潜力难得一见"的博士生，带着他的大作坐在答辩席上。他的选题非常有创见，但论文非常粗糙，没有成型的结论和观点，看得出来是“急就章”。为什么会这样呢？他太忙了，比写毕业论文重要的事情太多了——毕业生，你懂的。

一位博导说：“如果我再给你一年时间，相信你能写出一篇非常优秀的博士论文。”这位博导之所以这样说，并不是成心为难学生，只是提出了一个建议。毕竟这位博士生如此有天赋，顺着这个题目做下去，说不定真的能写出惊世之作。

这位博士生一听，非常紧张，大滴汗水落下。什么惊世之作，对他毫无意义，他只要如期毕业。

现在回想起来，如果这哥们儿真的延期毕业，难说不会像小蔡那样想不开。毕竟是大龄青年，时间耗不起啊。最后，导师只能放他一马。但是，可以肯定，他绝对交不出对得起他水平、对得起他选题的博士论文。这篇花两三个月写出来的论文，充其量只是应景之作罢了。他就这样匆匆“杀死了”自己的博士论文。

像小蔡这种被论文“杀死”的毕竟不多，更多人都“杀死”了自己的论文。其实，“杀死”自己的论文，等于另一种自杀。

四

是否世界太功利，容不下这一篇论文？

在很多学生看来，将精力放在写毕业论文上是愚蠢的。它对你的前途似乎没有什么直接的帮助。首先是时间不对，找工作时拼的是此前的成果，比如参与了什么课题、获得多少奖项等。毕业论文用处不大，因为大多数人在6月之前都定好了工作。“如果没定好，谁有心思写论文？”

既然是一件丧失了实际意义的事，恐怕大家也不会认真对待吧？搪塞应付是普遍现象，注水、抄袭、作假也屡见不鲜。有人用社会心理学来解释：当大家都不遵守规则时，你也不必把规则当一回事。你若认真，反而会成为异类。当很多学生将毕业论文看作“走过场”，自然会在学校里形成“羊群效应”。这就是“方便原则”，能不费力就不费力。就像“中国式过马路”一样，往往身不由己放弃自我，被群体意识所操控。而博导就像目睹大量行人闯红灯的交警，只能“目送”。当无节操的毕业论文层出不穷，博导们终于明白“法不责众”，已经没有捍卫原则的必要。一位教师无奈地说，今年看了10多篇博士、硕士论文，真正达标的寥寥无几。

当有人指责导师为何“为难”小蔡时，殊不知，跟国外的同行相比，中国的导师已经是很“善良”了。这种“善良”，对学生个人而言固然是喜讯，意味着他们绝大多数可以如期毕业；但对整个学术共同体而言则是灾难。

学术之路是如此艰辛，过来人都有体验。做好一件事，需要全心全意，以虔诚的态度处之。就像在水中畅游，心态平稳，动作协调，按节奏换气，定能到达彼岸。若是想得太多，心浮气躁，便会乱了阵脚，最终一事无成。毕业之年，想同时完成所有任务是不可能的，唯有聚焦于论文之上，才有机会写出问心无愧的压卷之作。今后，学校对毕业论文的把关将会越来越严，只有毕业论文水平上去，才是一个国家学术底蕴的真正提升。

毕业论文有什么用？或许没用，或许真的很有用。不是有科斯、德布罗意的例子吗？相信我，用人单位是识货的。

要立场，还是要学术

一

在一个云集了500位学者的微信群里，发生了一次“茶杯里的风暴”。辩论从中午持续到晚上，近百人参与了这次论战。

起因是一个学者指出，做国际关系研究的，“必须从国家利益出发，要有鲜明的政治立场，不能胳膊肘向外拐”。他又举出几个例子：“比如著名的国际战略家基辛格、布热津斯基等，他们关键时刻都在维护着美国的利益，在现实主义层面上，这一点都不含糊。”这个论点听起来“政治正确”，但慢慢看出其问题——中国学术的真正问题不是“没有立场”，而是“太有立场”。

很多学者，包括我，都质疑这种论调：“一个学科如果不是建立在尊重客观规律上，而是建立在基于立场的诡辩之上，那是得不到发展的。”“并联的时代有人还以串联的思路来思考问题。”对于基辛格和布热津斯基的例子，我也进行了反驳：这两人是有政府官员的身份，政府官员是有立场，但学术是独立的。怎么解释无明显立场的亨廷顿、基欧汉和戴维·辛格？又怎么解释批判美国的诺姆·乔姆斯基、爱德华·萨义德和苏珊·桑塔格？

双方各有拥趸，你来我往几百个回合，不仅覆盖大江南北的学者，还有远在新加坡、美国、澳大利亚、英国的学者加入战团。到了深夜，以“立场派”偃旗息鼓、几位学者愤然退群而告终。当然，这也并非意味着“无立场派”的胜利，因为一句话盘旋在多名群友头顶之上：“没有人掌握绝对的真理。”

这一次学术“立场之争”，看似小事一桩，实际上反映了整个学界的诸多问题，包括如何看待学术、怎么定义知识分子等。即使辩论完结，还是有很多值得进一步思考的地方。

二

有一种解释是，中国传统知识分子深受儒家思想影响，讲求“学而优则仕”，读书人最大的成就便是金榜题名，然后进京做官。学术与政治高度结合，做学问的目的就是“修身、齐家、治国、平天下”。所以，读书是为了“治国、平天下”，终极目标是“做帝王师”，这里面功利主义色彩非常浓厚。屡试不中的读书人，则生活在社会的底层，最有名的人物形象要数孔乙己。姜太公钓鱼也好，三顾茅庐请诸葛亮出山也好，都是权力相邀的佳话。某种意义上说，中国传统知识分子更看重权力，而非对学术的虔诚。

古希腊式的知识分子会与政治保持一定的距离，强调真理。赫拉克利特说过：“我不可能放弃我对因果律的研究，去当波斯国王。”古希腊有苏格拉底，意大利有伽利略，英国有达尔文，俄罗斯有索尔仁尼琴等，都是为了真理与权威抗争之人。而后世对这类知识分子也非常推崇。葛兰西对知识分子的阐释是：“叱责腐败、保卫弱者、反抗不完美的或压迫的权威，才是他们的本色。”而萨义德的表述更有代表性：“知识分子为民喉舌，作为公理正义及弱势者、受迫害者的代表，即使面对艰难险阻也要向大众表明立场及见解；知识分子的言谈举止也代表、再现自己的人格、学识与见地。”“知识分子的公共角色是局外人、‘业余者’、搅扰现状的人。”

按照这个解释，两种不同的风格造就了两个谱系的知识分子。在中国传统社会，当“仕”成为知识分子的首要甚至唯一选择时，中国传统知识分子的依附性就变得尤其突出，“道从于势”便成为必然。但在西方，“道”与“势”相对独立。两种路径孰优孰劣，19世纪东西文明相遇时，结果大家都知道了。

现在国内高校的学科建设，是按照国外的学术分科进行的，尤其是自然科学、医学、经济学等，都实现了“道”与“势”的相对独立。这是“五四”之后中国科技奋起直追的基础。但是在社会科学上，尤其是国际关系学上，这一问题依然悬而未决。

三

国际关系这门学科，非常直接地涉及“治国、平天下”，与现实政治、外交、博弈等高度结合，自然带有古典士大夫的情怀。作为一项国家干部、新闻工作者、出租车司机、个体商贩、中学生都热衷参与的“全民运动”，谁都可以就国际关系说上两句。“道”“势”不分，导致很多人的国际关系研究从爱国主义出发，带有明显的主观情绪，失去了对学科专业性、科学性的把握。在外交角力场上，空有爱国热情远远不够。

中国现代国际关系研究院中东研究所所长牛新春，在《现代国际关系》上发表文章指出：国际关系研究在理论、逻辑、研究方法等方面都有很大的硬伤。其中，涉及美国 2001 ～ 2004 年中东外交的 400 多篇文章，“无意识地”使用现实主义理论。实际上，现实主义早已经是过时的、不受欢迎的理论，但中国学者却爱不释手。牛新春认为，这是学界中“落后就要挨打”“国强必霸”等狭隘民族主义观点的投影。

除了水平问题，更突出的是学术投机。牛新春指出，中国国际关系学者热衷于讨论“大战略”，进行国别研究、领域研究的非常少。“大战略”是什么？就是政策研究，是一种对“势”的依附和投机。但是缺乏系统逻辑的大战略，无异于信口开河。难怪在一些其他学科的学者看来，中国国际关系学界“有病”。

实际上，外交风云瞬息万变，如果在研究中讲立场，会非常难跟进。比如1957年之前中苏友好时期，苏联是老大哥，学术立场要亲苏，什么都说好。后来决裂了，就变成苏修。后来与俄罗斯好了，调子又扭回来。

在这方面，我有一些感触。在学界和媒体界，批美国、批日本是一种政治正确，很多学者做美国研究时，依然使用着“美帝国主义”“霸权主义”一类的名词，表述中带有强烈的仇恨色彩，比如“野心”“剑指”“图谋”等。在媒体中，这种表述更加司空见惯，以《环球时报》为典型。有一段时间，国际关系研究就是一种“谋生之道”，只要立场正确就过关，事实、理论则完全被忽视。如果你研究的事实有利于美国或日本，就会被怀疑“居心叵测”，在网络上还会被扣上“汉奸”的帽子。这种“立场先行”的做法，导致整个学科依然停留在幼稚的阶段。

在那天的辩论中，“立场派”还撂下了一句狠话：“你不是存心为中国好，那就不要吃国际政治学者这碗饭，如果已经是学者，那么可以预言你不可能得到提拔，你就只能一辈子把玩些细枝末节了。”这句话，我觉得既表达了“当帝王师”的鲜明目标，也展示了“道附于势”这一立场。而认真做国别研究，在他看来就是“细枝末节”。这种观念巧妙地隐藏在爱国主义的话语中。你看中日甲午海战之前，主战派在朝廷上是何等自信，爱国总是永远的政治正确。

四

应该说，今天的中国已不是昔日贫弱自卑的中国。那种有“受迫害妄想”之嫌的悲情叙事已经不适用于今天的中国。如果说以前的思维是立足于现实主义的、对抗性的，那今天则已经进入新行为主义、新制度主义以及以全球共治为目标的新世纪。以前讲求实力政治，“弱国无外交”，但今天的国际状况，早已经颠覆了这种理论。现在，我们在国际上的交往99%都是靠制度，像瑞士、挪威、瑞典这些小国，仍是各种游戏的赢家。牛新春举了个例子：“你现在花1000美元买一张美联航的机票，美联航就有义务把你从北京送到华盛顿，而不是拿上枪，说你把我送到华盛顿。”

今天中国的成就，没有必要否认，但也必须清醒地看待。一个崛起中的国家自然要面临既有国际机制的限制、约束，又有守成大国要钳制的局面，一些小国也会由此产生不安全感。这是由国际政治结构决定的，而不是来自偏见、敌意，没必要以仇恨情绪对待。现在已经没有什么可以阻碍一个国家的崛起，除了民族主义。俄罗斯问题专家、学者杨成在辩论中说：“中国如果不能超出民族国家和国家利益中心主义的自我设限，中国崛起就是个梦话。”

我们真正恐慌的，是我们对世界了解多少？对于“一带一路”上的国家，我们是否都做过扎实的国别研究？我们的外交战略，怎样才能真正打动这些国家？建设海外基建设施比如中巴铁路、瓜达尔港等，面临着社会环境、政治环境、地质条件、气候条件的多重挑战，我们的研究是否可以预见到？对于世界，我们要亮出的是诚意，而不是拳头。我们需要的不是立场，而是专业。

不过，对于“立场派”，也未必全盘否定。中国学界中总会有人像基辛格、布热津斯基那样走向政坛，成为优秀的外交家。只希望他们的路径是先有扎实的专业研究，再从中确定立场，而不是进行学术投机，成为执政者的“哼哈二将”。

国际关系学院副教授储殷的一句话，勾出了为数不多的共识：“每个人都希望中国好，但什么叫好，大家是有分歧的。不是你希望中国好，不同意你的就是希望中国不好……要争取共识，方法规范，价值观多元，只要批评是有根据的，是从科学的方法做出的，就要接受。”

歌德写歌德的，你写你的

十几年前，我在广州一所大专任教，其中一门课程是“文章写作学”。开这门课并不是我所愿，而是系里的安排。读者中若有学中文的，便知道这课程设置值得推敲。陆游写了一辈子文章，晚年有句感言：“汝果欲学诗，功夫在诗外。”文章写作是多技能的综合，并不能说是一个学科。再说，写作这事，靠的是一辈子的修为，哪是一个学期就能学完的呢？

系主任看到了我的忧虑，往我怀里塞一本书说：“照着它讲，没错！”我一看，竟然是一本教材——《文章写作学》，再看看作者，竟然是他本人！这部著作野心之大，覆盖了公文写作、新闻写作、诗词创作等内容，完全是混搭，令我感到更加惶恐。

系主任最后叹了口气说：教大专生呢，别来太多花架子，直接来点实在的，他们毕业后做的也是文职，就教教公文写作吧！

因此，我硬生生地把这门课上成了公文写作课。在同学们的强烈要求下，又拿了两节课讲“广告文案”。最后，在一片欢乐祥和的气氛中，全班同学一起背诵了一首《登幽州台歌》，课程结束。

一所大专开这样的课程，也许是设置的随意，但是北京大学号称要培养“写作硕士”，就真的让人费解了。

有一类人是逢北大必喷，我不是那类人。我非常敬重北京大学中文系，我的教学经验仅仅限于教大专，必然要向北大诸学者请教。于是，我把新闻读了又读，试图找到北大培养“写作硕士”的先进经验，究竟北大这个野心蓬勃的培养计划，能造出什么惊世之才。思考了很久，我很绝望地预感到，“写作硕士”计划并不比我开授的“文章写作学”更合理。

写作在工作中是一件必备的技能。比如，写报销申请，写假条，写请示要求换复印机、传真机，等等，如果写得狗屁不通，就等于把你的智商暴露在领导面前啦。写好也不是什么难事，无非就是把意思表达清楚，按照格式套一套。教大专生不妨以此为目标，不求成为李清照，写好公文是王道。但北大写作硕士若是按这个目标来培养，那真的大材小用了。虽说大秘与小秘之间有差距，但这个差距并非来自公文写作技巧，而是你的思维——对主题的提炼，对意图的领会，对宏观事件的把握。在这个层面，学校真的没什么可教的，哪怕是北大。

当然，北大写作班还有更高的追求——培养顶级作家。这个追求恐怕让所有人摇头，令人想到这又是一次文化的“举国体制”。就像体育界那个经典的追问：“举国体制”能赢得世界冠军吗？某些市场化程度低的小众项目，确实可以，比如在举重、跳水、体操等项目中，或许你能称霸。但市场化程度高、民众参与度高的项目，比如足球、篮球、田径等，举国体制便毫无机会，国足便是明证。文学也一样，从世界范围看，为它着迷的人并不比足球、篮球的粉丝少。靠集体圈养，能培养什么样的作家出来？我想到了韩寒那句话："文坛算个屁，谁都莫装×。"话糙理不糙，"什么坛最后都是祭坛，什么圈最后都是花圈。"自娱自乐，最后只会死路一条。充斥着体制内作家的文坛尚且如此，更不要说北大的"写作硕士班"了。

这么多年来，我们逐渐明白一个道理：创意人才是培养不出来的。他只能在生活中历练，日积月累，突然开窍。最典型的是王小波，他一个搞统计学的，突然来了个华丽转身，玩起了文字。他这一玩，瞬间就让所谓的主流文艺圈崩溃，众人惊呼："想不到高手在文坛外！"正所谓，英雄莫问出处，高手尽在民间。我那个大专班中，倒是有一位富有才情的姑娘，她文采不俗，不亚于我后来遇到的很多名牌大学毕业生。她还有一个绝活，就是漫画非常棒，文字与画搭配的精致度，令人想起了名噪一时的几米。这在当时是一种极为新锐的表达模式，可惜我在这方面造诣不足，没法给她的成长指明道路。毕业后，听说她进了一家游戏公司，并成为骨干。假如她依然热爱写作，或许哪天我们可以在某个公共号中见到她的作品。她的才华来自她个人的气质与修养。她的提升，应当来自个人的历练，而不是"写作班"。

我们进入问题的第三个层面：写作究竟是什么？对于试图开设写作班、编写写作学教材的理论派，还是有志于从事写作或正在写作的实践派，这是必须弄明白的一个问题。有些人很快就想到了学生作文的层层规范，充斥着“红领巾更鲜艳了”“快乐的一天结束了”这种陈词滥调的写作，只是学生八股，不是真正的写作。不止一个作家说过，写作是很私人的事，它直接与你的思想、情怀、修养、境界、价值观相关。不管境界怎样，只要你是真诚写作，一定会获得肯定。暮年的莫里教授，以一本《相约星期二》（真正执笔者是他的学生阿尔博姆）袒露心声，让世界数千万读者获得了珍宝。歌德在创造《少年维特的烦恼》时，不过 26 岁，境界显然无法与老人相比，但他展示了自己的激情、欢愉与痛苦。虽然是小说，却是缘自歌德痛失所爱的真实情感。读者随着他的作品跌宕起伏，感受“狂飙突进”的文学高潮，与维特同喜同悲。在文学史上被奉为经典的作品，几乎都是作者的一次“灵魂释放”。在灵魂释放的过程中，任何矫揉造作、装腔作势，都会被读者一眼看出。

当然，我们不必成为歌德这样的大文豪，但我们也能享受写作的自由与乐趣。我们通过阅读增加知识厚度，我们通过写作沉淀思考。写下来可以给自己看，既是修行又是乐趣；也可以给别人看，与大家一起分享你的心得。你有些让自己暗爽的妙语，也期待着有人发现。或者，你永远把你的小情趣藏于箱底，只供自己把玩；又或者某一天，你突然决定将你的文字公之于众，就像当年王小波那样，让众人震惊于你的才情。

一些文艺圈中人，热衷于文字的形式美，讲究辞藻，讲究平仄，花大量心力思考如何遣词造句，这也是一个流派，里面各种讲究。他们在下笔之前，恐怕已把字典吞下肚子了。我曾经读过当代一位女作家写的小说，文字精美得像布满了名贵摆设的豪华餐馆。可我最怕这种场所，生怕不小心打烂花瓶，又生怕做出让女主人嫌弃的举动。唉，我们进餐厅不是吃名贵摆设的！形式大于内容，是颇为不幸的事情。我最爱的，还是随意、生猛、美味的大排档。

写作是属于全人类的，阳春白雪，下里巴人，口味有不同，但没有高下之分。歌德写歌德的，你写你的。中文系可以写，数学系也可以写。北大的可以写，社会大学的也可以写。只要你用心地活着，你就具备写作的条件。形式你定，题材你定，保持热爱，保持思考，自由地活着，真诚地发声，无须上北大写作班，你就是一个优秀的写作者。创造自由的思想氛围，无拘束无负担地使用文字，才是真正的“文章写作学”。

借用韩寒的一句话结尾：“文学就是认真地随意写。人能做的只有这些，其他都看造化了。”

“挖掘机”背后的粗暴与幻想

一个没有阳光的正午，我搭上公交车，随它在满是雾霾的城市中行驶。如此天气，车上多数乘客昏昏欲睡。这时，经过一工地，迎面看到一辆非常威武的大型挖掘机，造型像央视九套常播出的马门溪龙。全车男女都一下子来了神，争相观望。于是，车厢里响起那耳熟能详的段子：

“现在问题来了——”

“挖掘机技术——”

“哪家强——”

“山东济南找蓝翔——”

然后，很多人一起傻笑，完成了一次无厘头的自娱自乐。开挖掘机的师傅，面对乘客的围观，竟然还回了个礼，像20世纪60年代的先进拖拉机手，再次引发一阵尖叫。随着公交车开走，挖掘机的身影远去，乘客们又回归到瞌睡状态。与挖掘机的不期而遇，点缀了这个无聊午后；霎时的欢愉就像一次“快闪”，匆匆而来，又匆匆而去。不知多年后是否会有人记得，全车人曾经有一场秘密的狂欢。

虽然有不少蓝翔技校的负面新闻涌出，比如校长跨省打人、校长太太加入邪教组织等，真假难辨，但这是另一码事。人们对挖掘机的调侃，依然爱不释手，难以割舍。相关创作一浪接一浪，高潮迭起。这台灰不溜秋的巨无霸成了时代热点，民间还出现了“让挖掘机进春晚”的呼声……

二

关于挖掘机的故事，前几天我还听到一个。报社一个女编辑 C 姑娘，受了点刺激，冲到主任那里递交辞呈。问其原因，她在把报社上下都骂了一遍后，说了一句：“理想死了。”

这个主任不知怎么接。停顿了好久，他问：“那你下一步怎么打算呢？”

C 姑娘的答案语惊四座：“我去学开挖掘机！”

这位 C 姑娘曾经跟过我实习，我了解她的想法。她之所以成为一个理想主义者，恐怕也与我“放毒”有点关系。她毕业于一所全国知名学府，硕士论文研究的是德里达。她梦想成为苏珊·桑塔格，或者女版白岩松，老是把“铁肩挑道义”一类的话挂在嘴边，认为此生若不能有声有色，就应彻底湮灭。

正如孔雀开屏漂亮，屁股却惨不忍睹一样，当你窥清事件全貌，此前美好的印象便会烟消云散。这个 C 姑娘进了报社，干了 5 年后，就开始深深痛恨这个行业。加上一些偶然事件，比如偶像入狱等，更使她心灰意冷，听到了梦想破碎之声。而她挂在嘴边的“挖掘机”，在这里成了一种隐喻——成为“旧我”的掘墓人，将理想及青春一起埋葬。

二

“挖掘机”段子之所以能红遍大江南北，有人说是因为高超的营销手段，这点我当然赞同。但为什么它能准确无误地戳中中国人的G点呢？这背后反映了一种怎样的社会背景，一种怎样的社会心态？从大众心理学分析，挖掘机与现代社会必然有深刻的关联，里面显然隐藏了某种能刺激大众的密码。

近年来，先是国家投资4万亿元的经济刺激政策，高速公路、高铁、能源开采等大规模工程纷纷上马。接下来的“城镇化”，又是一番大拆大建。中国建筑行业也进入一轮前所未有的“野蛮生长期”，各种工程车辆争相出动，四处挖坑，从城市到乡村，烟尘滚滚。在诸多工程车辆中，挖掘机因为庞大的身形、出众的膂力，成为其中的代表。

简单，粗暴，直接，再给你挖个坑，这就是挖掘机的特点。一切都是那么单刀直入，直奔主题。生活目的性很强，时间很赶，分秒必争。在挖掘机的逻辑中，挖了一个坑，又是下一个坑，摧枯拉朽，滚滚向前。在一个没有道理可讲的时代，与其当一辆精致的小汽车，不如成为横冲直撞的挖掘机。相反，谈些风月，讲些理想，聊点情怀，已经变得很奢侈，甚至很可笑。音乐有《小苹果》，图腾有挖掘机，都是劈头盖脸的暴力美学。

这一切本来也无可厚非。只是有点苍凉和无奈。理想何处安放？情怀何处安放？一些梦，最终还是被惊醒：你看到“伟大事业”成为生意，看到“责任担当”成为工具，看到“公共利益”成为腐败链条，看到“圣徒”成为“囚徒”……庸俗化不可避免。如某人所说，“No zuo no die, why you try？”在这堆破裂的神像前，只有“挖掘机”是真实的。

长翅膀的不一定是天使，也可能是鸟人；言必称理想与情怀的不一定是导师，也可能是骗子。这是世界的冷酷真相，挖掘机只是将其一一解构。这是对人生无奈的调侃，对诗意世界的背叛，对理想破灭的自嘲，对实用主义的妥协。

所以，C 姑娘看到电影《黄金时代》中，萧红不断被日军投下的炸弹轰炸的镜头，就想起了自己。她跟我说：“你们全是骗子，包括你。当年骗了我入行。”我除了呵呵，也只能呵呵了。

不仅仅是传媒业，很多行业都进入了迷惘期。其中不乏电子、制造业、金融、高端服务等产业，不少昔日的精英都感到深深的迷茫。他们曾经引以为豪的母校，似乎已不能为他们带来多大的光环。被问到比如“哪里毕业的”一类问题时，他们索性回答“蓝翔”。

总之，黄金时代不再，神话坍塌破灭，这是黑铁时代，是活跃着挖掘机等史前巨兽的白垩纪。

三

电影《后会无期》中，提到了那颗肩负人类重任的“旅行者一号”卫星。这代表了人类最纯粹的梦想——飞得更高、更远，探索更多的未知世界。那几个年轻人越过半个中国，就为了目睹它的升空。圣徒将它视为偶像，谁不希望自己的人生像卫星一样，达到无人企及的高度呢？

然而，并不是每个人都能成为卫星。就连卫星本身，也有可能粉身碎骨。“旅行者一号”，最后在三人面前，以华丽的身姿崩碎，留下一串苍凉的问号。多少梦想，最后归于无声。电影谨慎地提醒我们：理想主义有毒。

中毒太深，必然神经错乱。看到挖掘机就傻笑的芸芸众生，包括你和我，就是这样的傻子。当不了卫星，就当一台挖掘机吧。

过于宏伟的口号，难免成为笑柄；而挖掘机的粗鲁，也注定不是归宿。理想和现实之间，应该取得一个平衡。理想其实未死，总以某种形式活着。现实也未必那么可憎，只要学会与其共处。人一生，谁没经历这个过程呢？只是有时入戏太深，难以自拔。如电影主题曲《平凡之路》中唱的：“我曾经跨过山和大海，也穿过人山人海，我曾经拥有着一切，转眼都飘散如烟，我曾经失落，失望，失掉所有方向，直到看见平凡才是唯一的答案。”

每个人对挖掘机都有不同的解读。一千人眼中，就有一千台挖掘机。我仅讲述我眼中的挖掘机。

雾霾的段子，如同一张秘密通行证

雾锁京城。微博上流传一篇《品霾》，作者不详，却值得我们好好品鉴："今天北京空气口味富有层次感，入口重涩粗糙，略带淡烟熏味。味蕾可感知西北方土壤枯萎，进而出现浓郁尾气，疑似劣质车排，大大提升回味饱和度。细品不难发现细微颗粒物，咽下居然有回甘……"

在雾霾中生活，竟得如此诗意与情趣，真是崇拜。之后有文章为《北京至少还要忍受雾霾 30 年》，看到这标题时大家都笑了，注定这一生要与雾霾慢慢变老。与其陷入哀怨之中，那还不如苦中作乐了。逃？无处可逃。环看全国几大中心城市，情况都差不多，谁也不比谁好多少。我所处的广州，也不见得就有蓝天白云。

老舍写过一篇名文《风》，描写了当时北京（还叫北平）的恶劣天气。"风来了，铺户外的冲天牌楼唧唧吱吱地乱响，布幌子吹碎，带来不知多少里外的马嘶牛鸣。大树把梢头低得不能再低，干枝子与干槐豆纷纷降落，树杈上的鸦巢七零八散……不能不出门的人们，像鱼在惊涛骇浪中挣扎，顺着风走的身不自主地向前飞奔；逆着风走的两腿向前，而身子后退。他们的身上、脸上落满了黑土，像刚由地下钻出来；发红的眼睛不断流出泪来，给鼻子两旁冲出两条小泥沟。”可见，雾霾之事，与当年春日之风何其相似，同样是天昏地暗，只是当年没有 $PM_{2.5}$ 的时髦表达而已。

一个朋友说，北京之所以是帝都，注定了必须持有帝都的格调。一般神话故事里，高大上的地方总是烟雾萦绕，显得深不可测。比如说，凌霄宝殿、雷音寺、普陀山，或者是中土世界瑟兰督伊的幽暗森林，皆在一团迷雾之中，若隐若现。北京这个地方，不说中南海、人民大会堂，就是“大裤衩”、鸟巢等，也是压场的，重要性、权威性就不用多说了。雾霾呢，你可以理解为北京的“气场”。所谓神龙见首不见尾，神龙出现，哪能没有点云雾？同理，北京的真身难道能让你轻易看见？对于我等欲进京者，北京雾霾可是一景呢。

同样是雾霾，北京人就能将其当作段子来讲，但广州人的段子就少很多。这说明，北京雾霾与广州雾霾还是不一样的。在我看来，雾霾是一个京味十足的玩笑，北京人笑，我这老广也跟着笑。我想调侃一下广州的雾霾，却找不到谁响应。

一年前，一个哥们离开广州挥师北上。他在广州已经发展得很好，在一家文化公司做到了高层。问及为什么要北上，那里空气差，房价贵，交通贼不方便。他说，搞文化这行，最后还是要落脚京城，京城资源大，机会多。平台不一样，效果就不一样。你做同一件事，在广州可能只有几十个人知道，但在北京，却有几千人知道。比如葛优，如果把他放到南方某台，就等于把他废掉了。这话我咀嚼了好久，为什么万千人骂北京，却又迷恋北京。原因就在那里。就像汪峰那歌唱的：“我在这里活着，也在这里死去。”

至于雾霾的段子、堵车的段子，其实是一张秘密通行证。餐桌上，几个原本不搭界的人各甩一个关于雾霾的段子，反正讨论雾霾就如讨论政局一样，谁都可以侃几句。乐了一场，便可以称兄道弟了。就像在 20 世纪 30 年代的伦敦，见面礼便从天气聊起，可见伦敦的坏天气，为多少人提供了话题。

经济基础决定上层建筑。19 世纪，那些欧洲文人骚客聚集巴黎，使巴黎成为欧洲大陆兴盛一时的文化大都。欧洲各国文化人，带几本草稿、一把小提琴，就只身闯荡巴黎。罗曼·罗兰笔下的约翰·克里斯朵夫，就参加过这样的沙龙，看着各路艺术家寻找着自己的“金主”。这一幕的中国版，正在北京上演。

中国近代史上的很多知识分子，也是在北京达到了自己的创作巅峰。

湘西来的沈从文，从北平站下火车时，视野一片茫然，但这个文弱的书生还是很爷们儿地大喊了一声：我是来征服你的！

鲁迅变卖了绍兴的旧宅，举家迁至北平。鲁迅是绍兴人，民国的政治文化中心在长三角一带，而他却义无反顾地住进了“一棵是枣树，另一棵还是枣树”的四合院。

徐志摩在北平念的大学，在北平遇上了陆小曼，开始了他罗曼史的第三乐章。后来，他飞往北平的飞机，在大雾中坠毁了。后人说：“他是一个死在前往北平途中的情人。”

张中行老人在耄耋之年回忆自己的进京之路:“走的是林黛玉进京那条路,入朝阳门一直往西,更前行,我是穿过东四牌楼和猪市大街,进翠花胡同。出西口,往西北看,北京大学红楼的宏伟使我一惊。”“念师范,常规是毕业后到外县甚至乡镇去当孩子王,所以其时看北京就如在天上。”

混在北京,需要诀窍。以雾霾做开场白,恐怕是新北京人的一个常备技巧。相比于民国,如今的北京更是成了文化高地,多少异乡文化人心怀一个北京梦。这些人有的已经鼎鼎大名,有的还奔跑在通往成功的路上。他们把北京当作神圣的巴黎,从下火车的那一刻起,就被逼迫着背水一战。一位流浪在北京的诗人洪烛写道:“北京 8 年,搬了 9 次家,说乔迁之喜是大大美化了,实际上是被各种房东赶出了家。闭着眼睛都能写《雾都孤儿》的续集了。学不会李白醉卧长安、天子呼来不上船的精神胜利法,至少也忠实地继承了杜甫苦大愁深的现实主义传统。”洪烛提到了一个从西安扒火车过来的男孩,他曾经一文不名,险些落魄街头。他的名字叫张楚,对,就是那位中国著名的摇滚歌手,曾在一夜之间红遍大江南北。

这种励志故事不少。很多“蚁族”,上班还得穿越半个北京城,但在北京地区以外的我们看来,他们离成功并不远,说不定哪天,他们就能迅速地拥有一切。这个阴霾密布、深不可测的京城,到处都有奇迹。

世界公民未死，世界公民永生

一

“世界公民”即将死亡？英国首相特雷莎·梅此前说：“如果你幻想自己是世界公民，那你就不属于任何一个国家。因为你不理解‘公民身份’这个词的真正意义。”从这番话的语意出发，英国艾克塞特大学助理教授殷之光撰文指出，世界公民只是一种“摧毁了政治理想，只属于少数人的想象”，这种阶级“有意或者无意地，将自己的偏狭当作一种普遍的理想福音”。最后，殷之光断言：“世界公民死了，它作为人类的理想活了大约30年。”

英国的脱欧、特朗普在美国大选中的胜出、欧洲左翼力量的崛起，都在证明全球化的逆转、自由主义的终结。以前在欧洲一体化的融合中，新闻中宣称的所谓“新国际政治时代的到来”，今天看来却陷入了层层危机。外来移民的冲击，治安的恶化，失业率的攀升，极端宗教势力的阴影，都让西方陷入恐慌之中。2016年或许是个转折点，因为人们意识到，全球化失去了动力。不仅英国，包括意大利、西班牙等饱受欧债危机迫害的国家，都有回归民族主义的冲动，退欧的声浪日益高涨。更有学者坦言，英国只是一个开始，紧接着是意大利、西班牙、希腊等国家，欧盟最终的结果就是四分五裂。

目前看来，默克尔对难民的开放政策，本来是一个充满人道主义色彩、符合欧盟开放包容价值观的举措，却加剧了欧盟各国的不满，甚至德国国内也爆发了如潮的抗议。梅姨的发言，无非就是响应了民粹主义者的诉求而已。

二

“世界公民”死了吗？这是我想重点讨论的话题。

自启蒙运动以来，一些超越一国一族的狭隘情感，具有世界情怀的知识分子，或者出于种种原因游走于世界各地的各色人等，被称为“世界公民”。在民族国家时代，尤其是当一个国家与外部世界隔着重重壁垒的时候，对一位普通“国民”来说，“世界公民”显然是个遥远的概念。但是，到了后冷战时代，在普世价值高歌猛进的近 20 年，人人都有机会成为“世界公民”。最典型的“世界公民”就是那些来往于多个国家的空中飞人们，参与扶贫、救助、环保的各路“无国界”组织，负责亚太区、拉美区、非洲区市场的跨国公司高管，参与国际性高端论坛的经济学家、商界明星等。

这些群体消亡了吗？从今天看，全球治理理念遭到了重大的挫折，贸易全球化大幅下降，甚至某些领域面临停滞，但这并不意味着这些群体即将消失，相反，这些活跃的世界公民并不会因此而停止脚步。哪怕战争与敌意在撕裂不同民族与群体，但这将让更多心怀崇高理想的 NGO 投身其中。我相信，“世界公民”与人类梦想一样久远，并不会因为某国某个领导人的一句话而被宣判死刑。

文明的冲突，自然带有痛苦与敌意，但这也增加了人们对“别处世界”的渴望与好奇。世界的起源是多个文明并存，人们在探究另一个维度的世界同时，更加深了对本体文明认识的深化。

2013 年 12 月，南非前总统、诺贝尔和平奖得主曼德拉去世，全世界几乎所有媒体都在显著位置上刊登了这一消息。这位杰出人物不仅属于南非，更属于世界和全人类。因为从他的身上，人们达成了共识，那是一种普世主义。随着互联网的深化，关注“别处世界”的人会越来越多。他们未必需要成为“空中飞人”，互联网已经可以将他们“带到”任何地方。

三

在中国，这样的撕裂也无所不在。

如果细心观察，会发现人们因为价值观不同而走向不同的生活方式。比如一部分人，成为文化保守主义者，喜欢国学、书法、养生与中国武术，喜欢看古代诗词与军事节目，这类人以“50 后”、

“60 后”居多；而成为“世界公民”的，多是“80 后”、“90 后”，他们随着商业社会而涌现。他们集中地享受了很多西方文化的成果：比如从小看《哆啦 A 梦》，喝可口可乐，穿阿迪达斯，读《百年孤独》，看 NBA 和好莱坞大片……还有一些人走得更远，获得了在英美留学的机会，在 A 站（AcFun，弹幕视频网）上煲美剧、韩剧和日剧，听 Ladygaga 演唱会，跑到世界杯赛场为西班牙队加油，甚至评论起美国大选来比美国公民还专业。

这样的世界公民，在生活中并不少见。甚至我本人，也符合其中很多特征。这个群体并非不爱国，也并非不爱传统文化，但他们具备着全球化时代的特征——如狐狸一样采集各国、各民族的文化名品，用其丰富自己的私人世界。从我的观察出发，这类世界公民越来越多。这不是殷博士所说的“只属于少数人的想象”，相反，这是一个巨大的基数，从 NBA 总决赛的收视率、Marvel 电影的票房就可以看得出来。

或者，殷博士所说的世界公民，与我所指的世界公民存在着很大的不同。如他所说，世界公民的理想是“坐着私人飞机，早上在香港维多利亚湾醒来，下午在巴黎的街头喂鸽子，晚上便到纽约的第五大道上吃米其林餐厅的生活方式”。这个说法有两个问题：首先，如果说这是生活方式，倒不如说是受罪。就我所知，从香港飞到法国，要花 12 小时。再飞到纽约，也需要 8 个小时。其次，这样的消费，一般的中产阶级恐怕吃不消，只有富豪阶层才有资格享受。当个世界公民，并不意味着高消费，喝杯星巴克，不会花你多少钱。

可见，收入水平与消费水准并非世界公民的判断标准，相反，视野、见识、价值观才是。如果殷博士此话是对世界公民的讽刺，我又觉得大可不必。

四

我对于“世界公民之死”这一说法，多少有些惶恐。一方面，因为它反映的并非现实；另一方面，它背后存在着某种目的。随着保守主义的崛起，这种论调很有市场，反全球化、反市场经济，甚至反智，带有民粹主义的浓烈味道。背后的逻辑与后殖民主义、文化帝国主义的左派逻辑似乎有所牵连，但实际上走得更远，渐渐暴露出一些粗鄙的内容来。

在中国的语境中，“世界公民”这一概念中隐藏着西方价值观、西方话语等令我们感觉不适的东西。但是，真正的“世界公民”的视野必然是宽广的，不会只盯着发达国家，不会成为某些网友口中的“美狗”，更不会忘记自身的文化传承。而且，在中央政府提到的“一带一路”倡议中，中国将大量介入中亚、南亚、非洲等国家的工程，这就意味着，有不少中国人将穿梭于多国之间，成为新一代的世界公民。如果唱衰世界公民，重新举起民粹主义的大旗，那岂不是与“一带一路”背道而驰？岂不是与文明发展的方向、中国发展的方向背道而驰？

我想到了改革开放之前的20世纪70年代，物资还相当稀缺，选择也极其有限，想喝饮料，也只有机关冰室提供的菠萝汽水。要买衣服，也只有寥寥可数的几个款式。其实，是全球化时代丰富了我们，照亮了我们。

辑二 社会的温度

香港从何时起失去温度

谁都知道，发生在香港的小童便溺事件，只是一件小得不能再小的事件，但从中多少可看到港人对内地人的敌意。这个事件是一次两地矛盾的升级：从地铁进食风波到“蝗虫事件”，从导游耍泼风波到冲击驻港部队事件，某些香港人一再表现出与内地决裂的一面。

学业、家庭的缘故，我从 20 世纪 80 年代起，就不时往返于粤港之间。打过交道的香港人，也有百人之多。以往，香港人给我的印象就是效率高、讲实际、口语中不时蹦出几句英文。对于内地人，虽不算特别友好，但也不至于粗鄙。

局势是从最近几年开始改变的。有些香港人突然对内地人好了起来，原来不屑说普通话的金融界精英，现在竟练成了“京腔”。有些香港人突然对内地人坏了起来，原来笑容满面的阿姐阿叔，突然变得很不友好，甚至怒气冲冲。香港人为什么会发生这种变化？

一

2008年经济危机对香港经济影响很大，导致了香港社会的急剧分化。作为香港主要出口市场的美国、欧洲和日本需求严重萎缩，依赖出口的香港中小企业，包括在珠三角的生产型企业经营困难。虽然中央政府与香港特区政府联手推出经济刺激对策，让香港渡过难关，但深层次的经济结构调整，对香港市民还是造成了长期的冲击。至少，香港可以提供的就业机会就比以往大幅减少。

香港的精英分子想得最多的就是“北上”到内地谋求发展的机会。在香港导演彭浩翔的电影《春娇与志明》(《志明与春娇》的续集)中，我们可以看到香港有为青年北上的群像。与其受困于香港这个弹丸之地，不如远赴内地寻求更好的发展机会。从2008年开始，“北上”成为港人找寻机会与财富的时髦路径。某财经媒体一篇文章称：“内地澎湃的经济图景，为已经在一个相对成熟的商业社会里获取丰富经验的香港人提供了广阔的创富空间，而内地企业对香港专才的需求量逐渐增加，因为这些香港经理人能够最快速度地为内地企业带来先进的管理经验、国际知识以及企业文化。此外，另一个最直接触发港人北上的原因是香港公司内地业务的大量开展。”

我认识的W先生，就是北上港人中的一个代表。他毕业于香港大学，在一家港资企业做高管，曾在北京、广州、深圳生活过，不时冒出两句“京骂”，在港人中算是“大陆通”。他打字用拼音输入法，使用的都是简体版的Windows。有一次，我开玩笑地问他：“是否嫌弃我们内地的穷亲戚?”他大笑说:“怎么可能!内地人是我们的金主，没有内地，我们哪有这么多的机会。我们很实际的，谁让我们发财，谁就对我们有恩。”所谓识时务者为俊杰，经济格局的洗牌，让香港的精英意识到不能再重复当年的路径，唯有及时调整心态，积极融入内地社会，才有发展做强的机会。

在众多的“北上”港人中，曾因参加湖南卫视节目一炮而红的邓紫棋算是成功的代表。虽然说整个比赛过程未必十分公正，但邓紫棋通过这个舞台展示了她的实力。谁说内地不是梦工厂?邓紫棋在香港娱乐圈据说混得很差，“说话得罪人，大佬不喜欢她”。但她鼓起勇气来到中国内地，并到湖南卫视参加节目，一下子红遍全国。作为新生代的香港人，哪怕国语不怎么标准，也不妨碍她成为亿万内地人眼中的“90后女神”。她的成功，是香港本地“大佬”始料不及的。

虽然如今的两地矛盾越发尖锐，但香港精英们却更加向往内地。这些精英不惧怕走到内地的平台中与各路高才生一决高下。输了，也不会没有面子，赢了，整个舞台都是你的。难怪有评论说:“两地富人联手赚钱，两地穷人互相谩骂。”

二

我认识的B女士，在香港一个超市当收银员，40多岁，离异，孩子10岁。她就像香港著名本土影片《麦兜故事》中的“麦太”，一个人带着幼子艰苦地为生活打拼。很多年前，她曾在一间大公司任文员，算是一个“小中产”，但后来，公司倒闭，她从原来的阶层跌落。

B 女士 18 年前去过一次上海，因为“厕所太脏”“秩序太乱”，而且听不懂国语，就再也没有去。

她非常重视手头这份工作，因为这是她生活的全部依靠。按她的话来说，“生活已经没有太多可能性”。她不会离开香港，也永远不会离开香港。

我最初认识 B 女士时，还是一个中学生。她对我非常友善，我跟她买过很多零食。她会说，这个饼干内地没有，你试试，很好吃。这话完全发自内心，没有任何的“秀优越”。那个年代，大部分香港人还非常简单，希望让内地客尝试最好的食物、游览最好的乐园，对香港留下好印象。

但现在，随着社会分化的加剧，很多像 B 女士这个年龄段的人成为人生的输家。他们在香港社会中艰难生活，承受着高房价、高物价的煎熬。他们一再试图回归中产阶级，但绝望地发现，很多工作岗位已经被内地优才所挤占。这些受过高等教育的内地高才生，除了粤语水平有所欠缺外，无论是综合素质还是工作热情，都远胜于这些上了年纪的香港人。而目睹来港消费一掷千金的内地土豪，又会让他们感慨万分：自己反而成了被同情的对象。

有学者认为这叫结构性失业，是外部环境变化和产业偏食的后果，因为香港只鼓吹金融和高端服务业，不能提供足够的就业机会。

香港作家陈冠中说："失业打击了我们这代人，而将继续打击下一代。"目前，香港的失业率之所以还保持在 3% 的偏低水平，原因在于特区政府开发"低价值、高就业"的机会，比如快餐店职员、清洁工、收银员等。B 女士就成为其中之一。虽然工作是有，但重新回到中产阶级则变得遥不可及。

这个群体的香港人，变成了超级大都市中的贫民。其实每个城市都一样，最排外的，往往是社会底层之人。他们太过脆弱，没有生存技能，没有竞争优势，甚至脑子也没有跟上这个时代。经济一体化的大潮冲垮了他们小富即安的香港梦，他们必须接受挑战，哪怕他们完全不具备应对能力。

他们未必真的会侵略内地客，但他们会成为视频中冷漠围观的路人。当内地客遭到欺负、攻击的时候，他们不再挺身而出。

三

一个城市，总有精英和穷人，双方观点不一致也是寻常事。但第三股势力的出现，打破了这种平衡。这就是一群喊着"港独"口号的青年。他们大多是"80 后"、"90 后"的青年，他们冲动、偏激，任务是"捍卫民主""捍卫本土价值观"，会唱《蝗虫歌》，在网络上发帖，参与各种社会活动。

ID 为"热血公民"的阿 K，就是这样一个人。我与他在一个模型主题的网络论坛上认识，在他那里买过一些东西。他 28 岁，开了一间小小的玩具模型店。他没有考上大学，中七（大学预科）之后就出来工作（香港本地生源大学录取比例只有 30% 左右），在社会上打拼好几年尚无成就，只能接受平凡一生。可他考上大学的书友，也没有谁特别优秀，虽然不少人进了 500 强公司，但被生活反复折磨，每天加班，累而无所获。阿 K 陷入了一种“殖民怀旧”的情绪中，总认为“97 回归”破坏了香港的繁荣。他说：每晚会听 20 世纪八九十年代的歌，比如《一人有一个梦想》，也会看无线的老剧集，比如《笑看风云》，常泪流满面。

这一代香港年轻人，很多人都加入了各种社团。社团生活是他们寻求自我坐标的一部分，在网络空间上，“港独”这个词如野火一样蔓延。阿 K 等人将自身的挫折，视为中央政府的管制所致。正好碰上“国民教育”的推广，一些港人“揭竿而起”，阿 K 也乘机在网站上发表宏论，甚至连玩具的测评，他都要喷喷内地人，将玩具论坛弄得乌烟瘴气，似乎只有如此方才解恨。巧合的是，与内地夫妇发生冲突、拦着婴儿车的两个香港年轻人，正好与阿 K 同一岁数——这种年富力强、血气方刚但前途渺茫的年轻人，既脆弱又蛮横，容不下一泡内地的童子尿，在错误时机中显示强硬。香港本地的批评者将他们形容为“废青”（废掉的青年），恐怕并不过分。

同样，台湾的反服贸运动在强调捍卫本土价值观的同时，也提出了针对大陆的口号。台湾学生《行动宣言》中说：“我们不是不愿意接受挑战、不是不愿意面对竞争的青年……我们要掌握我们自己的未来，我们要的是一个给年轻人公平发展和竞争的环境和机会。”

香港的“港独”运动与其在本质上极其相似，就是在全球化时代中的“本土觉醒运动”。全球化浪潮将重新引导国际分工，造成各国、各经济体的巨大变化，传统的方式受到冲击。从1999年西雅图反全球化运动开始，每年总有弱势群体——农民、工人、边缘人冲入主流视野，提出反对这个“新自由主义全球体制”，甚至要求某一区域进行自治。这是弱者的一次呼号，反对的是全球化的“暴戾一面”。香港以国际城市自居，但在东亚，中国已经成为经济一极，香港不可避免地被卷入内地经济体系之中。所以，香港青年成了弱势群体，成为了反体制的呼号者。

他们虽然张牙舞爪、强词夺理，实际上，他们已经被时代所抛离。他们在这个时代找不到自己的坐标，还活在《笑看风云》的想象中。当他们试图取笑一个两岁的内地儿童时，他们已经“废”了。

四

香港的发展，必然是机遇与挑战并存。

有人能在中国的发展中寻到机会，并获得巨大舞台，从而成为新贵；

有人却受制于内地人才的冲击，生存空间不断受到挤压，生活在无休止的抱怨中；

有人成了偏激的爱港者，不愿努力，不求上进，怀念往日的荣光，在网络上与内地人对骂……

综上所述，香港的阶层已经非常清晰，之所以逐渐对内地失去温度，实际上是香港社会的裂变。

然而，在内地儿童便溺一事上，内地人也须反思。的确，作为长期基础文明不过关的内地人，要补的课还很多，包括如何过马路、排队、上厕所等。但在这件事上，港人无疑是暴露了最脆弱的一面：在急剧的经济形势变化下，优越感荡然无存，自我迷失，逃避现实，怯于接受挑战……

陈冠中曾经在作品中总结："香港人有了这样的全民共识：明天一定会比今天好，因为今天的确比昨天好；楼价是不会跌只会升的，打一生工赚的钱不如买一套房。我的前半生就是在这种情况下过来的。至此我们整代的精英都强化了本来已有的投机习性，一心想发容易财。"

香港经历了10年的徘徊，"发容易财"的时代已经一去不复返。

香港人应当重新回到原点。这片土地上曾经创造过经济奇迹，这里的人曾经援助过经历天灾人祸的同胞。不要再被民粹主义所劫持，不要沉寂于30年前的回忆不能自拔。

《麦兜故事之菠萝油王子》有一句经典台词："爸爸活在过去，妈妈活在将来。只有我，留在现在。"这反映了当代港人的迷惘：过去不可追，未来难如愿，能把握的只有当下——追寻"现在"吧。

1996年，我们没聊好

我的堂弟比我小三岁。我在广州长大，他在香港。我们长得很像，兴趣也很接近，名字只差一个字。我们同说粤语，在讨论动漫、流行歌、体育等题材上，很容易找到话题。但当我们讨论“回归”时，却不欢而散。我发现他与我存在这么多的不同。换句话说，很明显地体现了“一国两制”。

那是1996年，我在香港与堂弟聊了一次。我和万千内地同胞一样，是带着自豪与喜悦看待这次回归的，理由不用多说。表现得喜气洋洋，应该是一种“政治正确”。但是堂弟告诉我，他有点忧虑。

堂弟为什么忧虑呢？他说，回归了，怕香港发生变化，或者保不住“香港这片土地成长的东西”。他还说了其他一些东西，比如意识形态之类。但坦白说，那超出了我当年理解的范围。现在回想起来，我认为他的想法值得我们重视——这是香港民众对回归的一种本能的恐惧与质疑。堂弟当时才读初中，还没到足够独立思考的年纪。因此，这一想法来自他的社会舆论氛围——当时香港社会上下都存在着普遍的担忧，存在着可能出现的沟通障碍。然而，这一切都被“政治正确”的回归喜悦冲淡，内地同胞几乎完全看不出来。

可惜的是，堂弟并没有从我这里得到任何安慰。作为一个“品学兼优”的内地中学生，我立即对他的“荒诞言辞”进行回击，结果发展成一次政治辩论。我的套路，相信内地读者不会陌生，无非就是“社会主义替代资本主义是历史的必然”等政治课本上的标准答案，可能还有“无产阶级是资本主义的掘墓人”之类的言语。这些话，堂弟当然没有听懂。

这次辩论持续了两个小时，双方都没能说服对方，或者说，也根本不知对方在扯什么。我第一次发现，堂弟与我广州的小朋友完全不一样，他的逻辑、他的话语模式、他的论证技巧完全来自另一个世界。很显然，他有着与内地人截然不同的世界观。

这次辩论，很多年后我仍然清晰地记得，因为它不是偶然，而是两个意识形态体系的必然相遇。当我的智商、阅历慢慢提升之后，我开始理解堂弟的话，这里的信息量非常丰富——有他们对香港本土文化的爱惜、对自我认同的迷茫、对个体何去何从的焦虑。或者，还有很多我至今未能理解、未能触摸的部分……

当时，胜利显然属于我。因为我是哥，而且政治也学得不错，掌握一整套滴水不漏的政治话语模式。他的“本土价值观”被我无可辩驳的政治经济学理论轻易覆盖。堂弟郁闷而委屈，但又无可奈何。这种郁闷，一直悄悄地生长。

因此，对于如今香港发生的一切，我已不感到奇怪。因为我知道，20 年前在我堂弟身上展现的思维，今天已经高度凝练。这些人已经具备了统一的诉求、目标、口号、斗争方式。他们甚至成了粗暴的“占中者”。

与其指责对方，不如反省自身。港人的想法必然有其逻辑起点，有其内在机理，对于自己难以理解的部分，决不能轻率地指责其“矫情”或“不可理喻”。将过错推给对方容易，但这会进一步激化矛盾。我们面对的，是一直未能顺利解决的问题。

只有对话，才能真正化解矛盾。真正的问题未必在字面的“普选”，而是一种价值观的相互理解。香港人与内地人的价值观肯定是不同的，但双方应当寻求兼容的可能，至少应当保持一种彼此尊重的状态。香港新一代年轻人发展受挫的现实，内心的不满与无助，应受到重视。对于内地而言，重要的不是针锋相对的辩论，也不是行动，而是倾听——当然还要力图“听得懂”对方的诉求。

假如 20 年前，我听懂了堂弟的倾诉，并耐心安慰他，尝试打消他的忧虑，而不是进行“掘墓人”的说教，我或许可以化解他内心的不安，引导他走上互信之路。这样的话，他或许能更理性、更客观地看待回归，也将与“占中者”划清界限。可惜，当年我们没聊好。

毕竟是一家人，还有机会继续聊。

天秀大厦与隐蔽的“虫洞”

在广州越秀区小北路与环市路的交界处，有一栋楼叫“天秀大厦”，与登峰村遥遥相望。这栋楼在 20 年前曾是广州最优秀的住宅小区之一。但现在，老住户已经撤离，聚集了数千外商，汇聚了各色人种——它已经变成了一个小型的“联合国”，更准确地说，应该是一个小型的“南南集团”。

我在几年前到过天秀大厦调研，简单梳理了一下，出没于此处的外国人至少来自 20 个国家。我遇到的，就来自加纳、尼日利亚、尼日尔、马里、南非、津巴布韦、巴基斯坦、孟加拉国、蒙古、土耳其、墨西哥等国。我还听说有人来自埃及、苏丹、刚果、委内瑞拉、毛里塔尼亚、坦桑尼亚等，还有一些我也说不清的地区。据说，东欧人也有一些，比如俄罗斯人、罗马尼亚人、匈牙利人等。至于美国人、日本人或德国人、英国人，倒是很少见。

如果粗通世界经济，你就知道，这些人都来自第三世界国家。“发展中”（developing）只是一个委婉的说法，更准确的提法应该是“欠发展”（less developed）。这些商人显然是这些国家中颇具眼力、掌握资源的群体，他们以广交会为媒，漂洋过海来到广州，是看中了中国带来的财富机会。中国商品低廉的价格，可以给他们带来极大的利润。他们都通过与中国商家的贸易，赚了大钱。2004 年，我曾采访过一位尼日利亚商人 IKE，他说他一年的纯利润可达 100 万元人民币。

但也有不少人的日子可能非常落魄。他们中相当一部分，很可能是非法滞留者。此外，语言不通、饮食不习惯、遭遇诈骗、行李被盗等，都会遇上。我曾经见过一位来自马里的憨厚年轻人“尼卡”，不会讲英语（更不会中文），没有门路，也没有钱，完全依靠另一位“在北京大学读书的朋友”。那个“朋友”在电话中用中文对我吼——不要与尼卡说话！似乎尼卡就是他的私有财产。外国人来到这里，很快形成了各种帮派。但是，“老乡骗老乡”这样的事情，也时有发生。同族之间，亦敌亦友，相互利用。这个天秀大厦，就是冒险家的乐园。

广州这座城市，在 20 世纪 90 年代曾有一个响亮的口号——建设国际性大都市。作为改革开放的前沿，它开门迎接四方宾客，等待着资本与外国品牌的降临。在一片欢呼声中，这座千年商埠竖起了麦当劳、耐克、东芝、爱马仕的广告牌。人们以为一个像香港、新加坡那样的繁荣盛景将复制过来，可是到了 21 世纪，却发生了奇迹般的转变。

以天秀大厦为圆心，方圆 5 公里，都被亚非人民所占据。广州的国际性大都市梦，已经完全实现，不同的是，它被市民调侃为“第三世界的首都”。

天秀大厦的北边，就是登峰村，这是一个建立于明代的古村，现在已经变成“非洲一条街”。再过去2公里，瑶台、王圣堂等地，已经是黑人聚集区，被称作“巧克力村”。在环市路、童心路一带，有不少清真餐厅，老板们似乎来自中东。

天秀大厦往南走不到1公里，至越华路、仓边路交界，就有著名的清真寺“小东营”。此地修建于明代成化年间（1465—1487），由于广州本地穆斯林人数不多，去的人也少，一度失修。但亚非穆斯林的大量涌入，让小东营重现昔日辉煌。每周五下午，去朝拜的亚非穆斯林从天秀大厦出发，成群结队，场面恢宏。在街头遭遇，真有“不知身在何方”之惑。

不知是来自哪些国家的哪些“英雄人物”，在21世纪初“攻陷”了天秀大厦，成为这片江湖的霸主，从而将这座大厦打造成“亚非大卖场”。日后，说不定某国将拍出一部《天秀风云》，记录一段连广州人都陌生的“激流岁月”——剧中人有着黝黑的皮肤。

这是全球化吗？毫无疑问，是。

十几年前，我还在广州的暨南大学东南亚研究所参加“全球化是不是美国化”的讨论，却料不到全球化的另一面正在我眼皮底下发生。与可口可乐、麦当劳、好莱坞领衔的全球化不同，这是另一个维度的全球化。有学者将它定义为“低端全球化”。广州在追求“高端全球化”（或者叫“美国化”）的同时，却不小心遭遇了“低端全球化”（我觉得可以叫“中国化”）。在天秀大厦周围，形成了一个新的图景。

美国人类学家麦高登（Gordon Mathews）写过一本书——《香港重庆大厦：世界中心的边缘地带》。他的研究样本是香港的重庆大厦。在香港这座繁华的国际大都市中，重庆大厦是一个很突兀的存在——小商贩、非法劳工、毒贩、恶劣的居住环境。那里混居着各国的“难民”“黑户”，都是来自亚非拉第三世界国家（电影《重庆森林》就提到其中的“印度佬”）。麦高登发现了重庆大厦这个奇异的存在：“我对低端全球化的定义为，人与物品在低资本投入和非正式经济（半合法或非法）情形下的跨国流动，其组织形态常与发展中国家联系在一起。”

实际上，天秀大厦已经成为重庆大厦的升级版。同样是低端全球化的写照，如果说重庆大厦是“世界中心的边缘”，那么天秀大厦就是“世界边缘的中心”。这里都是在西方中心主义的主流叙事中找不到位置的国家和国民，来到珠江三角洲流域，在中国博一把。不同的是，在香港则是“地下”进行，因为香港管得很严，但在广州，却要洒脱得多。无论是从亚非籍人员的人数、贸易额还是活动范围、规模来看，广州无疑更受欢迎。相比于香港移民局的打压查处，广州有关部门甚至还想“做大”中非贸易。因此，不到10年，天秀大厦已经赶上并远远抛离了重庆大厦。麦高登指出，“原先为了挑货、等货、买货，非洲商贩们在重庆大厦一住就是几周甚至几月，但现在他们大多只住几天，只把重庆大厦当成频繁来往于香港与珠三角的中转地。越来越多的非洲商贩成为广州天秀大厦、三元里、登峰路的常客”。非洲小商贩也开始抱怨：“对做生意的人来说，内地是大洋，香港只是个小水塘。”如果说在香港，“低端全球化”在暗地里进行，而在广州，却是光明正大、坦坦荡荡地进行。

在美国人麦高登看来，重庆大厦或天秀大厦确实是“恶名昭著”，但从另一个角度来说，对于第三世界的来客，这何尝不是梦的起点？在这个陌生的国度，难得在天秀大厦中觅得一个暂时的安居之所。说不定，这里已经比他们的家乡好了千百倍。在这个国际化大都市，他们暂时实现了“中国梦”。

著名学者尤尔根·哈贝马斯写道：“全球化不尽然是好消息，它是一个多元的维度，世界的融合在不同维度同时进行。”在一些方面，可能表现为美国化，这是全球资本主义社会的逻辑；但在一些方面，它也可能表现为伊斯兰化，比如在法国、德国、英国越来越多的穆斯林移民；而在更多的第三世界国家，则表现为中国化，他们吃着康师傅牛肉面，喝着香飘飘奶茶，穿着国产不知名品牌的拖鞋，热衷于“金坷垃”。这些非洲人、南亚人的心中，说不定也有一个“中国梦”。广州的天秀大厦，就是他们心中的圣地。

或许，我们要重新思量“第三世界首都”这个称谓。它不是调侃，它已经是全球化对中国的一种肯定。中国不知不觉间输出了一种特定的“普世主义”：低价、保质、简单、殷实，哪怕其中也有野性、权谋及潜规则。带有华裔血统的加蓬外长让·平曾说过：“非洲不是美国，建设民主政体很难，但东亚的成功模式，我们还可以学到一点。”

这十几年，非洲发生了一个重大的变化：人口增加了一倍，达到 12 亿。按照这种增长速度，到 2050 年可达 25 亿。随着卫生水平的提升、婴儿死亡率的下降，非洲已经是世界上人口增长最快的地区，将拥有世界上最广阔的市场。这些第三世界国家和民众，将成为“低端全球化”的主力，隆隆地向“小康”社会进发。麦高登说：“重庆大厦不是全球化的过去，而是全球化的未来。”在西方社会经济低迷、人口出生率下降的今天，“高端全球化”已经显得动力不足。

美国记者、观察家欧逸文以“野心时代”一词来形容这 40 年的中国：10 亿国人对财富、真相、权力的巨大欲望，驱动着中国的复兴。而这一幕，很可能在非洲再次上演。伴随着“低端全球化”的浪潮，这数十亿人的崛起，将是世界经济未来 50 年内最引人注目的变化。

天秀大厦，在某种意义上就是一个“虫洞”：从这里，通往未来。

新卢德主义宣言与互联网输家

一

我们都听说过 19 世纪初期的卢德运动。

在夜色下，工人们在城镇的郊区聚集，然后潜入工厂，用锤子捣毁机器。先是爆发在莱斯特郡，然后是诺丁汉郡、约克郡、兰开夏郡，最后蔓延了整个英伦。有些地方还演变成对企业主的人身攻击。那些捣毁机器的工人，被称为“卢德分子”。在卢德运动最高潮时，英政府不得不派大量军队进行镇压。

卢德运动兴起的原因，是新技术、新科技的发展，工业自动化程度的提升，令工人工资下降，失去就业岗位。作为弱势的一方，工人不得不采用极端的方式向资本家报复。将怒火发泄到机器上，就是比较常见的报复方式。不少人认为卢德分子是“暴民”，因为他们的行为与恐怖运动无异。但事实上，卢德分子当时获得了很多民众的同情与支持，很多市民甚至为他们打掩护。著名诗人拜伦就是卢德运动的支持者，他在《卢德分子之歌》中这样写道：

When the web that we weave is complete,（唧唧机杼，苦织绫罗）

And the shuttle exchanged for the sword,（ 绫罗既作，易梭为兵）

We will fling the winding sheet, O'er the despot at our feet,（桀纣污血，浸没我足）

And dye it deep in the gore he has pourd.（染此绫罗，投彼裹尸）

在19世纪，卢德运动获得了很多左派知识分子的支持。包括马克思、恩格斯、伯恩斯坦、罗素等，都对工人的组织性与斗争性加以肯定。那位勇于破坏机器的“卢德王”形象（后来证明是传说），成为指引工人战斗的明灯。卢德运动的一些斗争经验，甚至成为撰写1848年《共产党宣言》的依据。在这些知识分子的论述里，卢德运动被看作工人运动的一部分。工人阶级之所以对于制度采取斗争的姿态，通过卢德运动可见一二。

西方一些历史学家对工业革命赞不绝口，但对于卢德运动却不屑一顾。他们认为：“历史没时间倾听弱者的哀鸣。”但是，工业革命的后果，绝不仅仅是生产力的提升，也是17—20世纪一系列社会动荡的起因——从本国的资产阶级革命到此起彼伏的工人运动，从两次世界大战到一系列社会主义国家的出现。市场原教旨主义的傲慢，必然会进一步激怒弱者。正因为如此，欧洲的上空出现了“共产主义的幽灵”。之后摧枯拉朽的暴力革命，席卷了全世界。

如果无视卢德分子的愤怒情绪，就是对历史的不负责任。

二

之所以要重新认识卢德运动，因为卢德主义的基因再次降临于今天的世界。

“新卢德主义”（Neo-Luddism），出现在 20 世纪末期，是一种反对多种形式的现代技术的哲学思想。这些团体和一些 19 世纪的卢德主义者的共同特点，是捣毁技术设备或弃之不用以及提倡简朴的生活。以前的工人反对的是机器，而今日的新卢德分子，憎恨的则是现代工业文明的生活方式。一般认为，现代新卢德主义运动与反全球化运动、无政府原始主义、激进环境主义、深层生态学有关。

有一个极端的新卢德主义者，希尔多·卡辛斯基（Theodore Kaczynski），曾在他的宣言《工业社会及其未来》中写道：“工业化时代的人类，如果不是直接被高智能化的机器控制，就是被机器背后的少数精英所控制。如果是前者，那么就是人类亲手制造出自己的克星；如果是后者，那就意味着工业化社会的机器终端，只掌握在少数精英的手中。”

卡辛斯基认为，精英控制会导致两种结果：一种，由于机器的高度智能化，人类的工作不再是必需的，人类就变成这个系统的负担。如果精英们是残酷的，他们就会直接消灭大部分人类；如果他们仁慈，就会利用宣传手段或生物学技术，降低人口出生率，直到大部分人类灭绝。无论使用哪一种方法，地球都会归于精英之手。另一种结果，如果精英中有一些心软的自由主义者，他们就会成为人类的牧羊人。他们会用科技改造人类的生理和心理结构，"治疗"他们的问题，使他们变得完美。这些被改造的人也许是快乐的，但绝不是自由的，他们更像是精英们饲养的家畜。

卡辛斯基是个疯狂的人。他智商 170，曾是当地有名的神童，很年轻就成为伯克利大学数学系的助理教授。30 岁那年，他放弃了现代的生活方式，返回森林里成为"隐士"。后来，他为了引起社会的注意，给一些科技工作者寄去了自制的炸弹，17 年间共有 3 人被炸死，20 多人受伤。由于卡辛斯基出众的反侦查能力，FBI 居然迟迟无法破案。

尽管卡辛斯基最终被处以终身监禁，但他的文章《工业社会及其未来》却展现了惊人的洞察力——他深深地诅咒着高科技环境下现代社会的不自由，工业革命带来的人类灾难、社会动荡、生命意义的消失。文章呼吁，人们应当摧毁现代工业体系，恢复工业社会之前的生活状态……

从 21 世纪开始的互联网浪潮，在某种意义上印证了卡辛斯基的预言。互联网诚然是一个伟大的科技发明，但同时也是一个巨大的旋涡，将每一个人吞没。不能接触网络的人，将被排挤在社会的边缘。它令人们都醉心其中，成为“低头族”，但同时也俘获了他们——如同毒瘾一般。

今天，在美国已经有一些年轻人主动选择远离网络，不再使用社交媒体。克里斯蒂安·罗森在《华尔街日报》上撰文指出，不少年轻人越来越倾向于认为，在 Facebook 和 Instagram 上无休止地求赞，是一件很无聊的事。他们离开社交媒体之后，突然发现幸福多了。

厌倦只是其一，其二是仇恨。很多传统产业受到互联网技术的冲击，甚至不断破败。美国制造业从业者就是互联网浪潮的输家之一，因此他们展示出了强烈的反精英倾向。他们担心，在不远的未来，卡辛斯基的预言将变成现实；类似《黑客帝国》那样被母体控制的网络，将成为人类的主宰。他们将怒火撒向新技术，虽然他们暂时还未能摆脱网络。

总之，新卢德主义者的阵营正在壮大。

三

写这篇文章的真正目的，是我已看到新卢德主义在中国出现的可能性。

近 30 年，中国的知识分子一直笃信“科技是第一生产力”。因此，对于科技的革命与进步，都张开双臂迎接。但事实上，很多人忽略了，科技也是第一破坏力，它对社会结构会带来巨大冲击。社会若飞速进步，意味着落后的小生产者将跟不上节奏，从而遭遇被淘汰的命运。原有的社会结构也会发生改变，既有的稳定或许将不复存在。

近几年来，飞速发展的移动互联网技术，在提升我们的生活便利程度的同时，也在冲击（或者说“摧毁”）着我们的传统行业。2014 年，曾经有一篇评论说，移动互联发展起来后，将有 17 个行业大受冲击，包括传媒业、出版业、零售业、教育业等。如今看来，受冲击的行业远远不止 17 个，互联网的影响无处不在。在 2016 年一系列热点新闻中，经常可以看到新势力对传统行业带来的冲击——打车软件对于出租车行业、移动新媒体对于传统纸媒、共享单车对于传统的自行车销售店、网络慕课对于普通高校……在这样的对峙中，后者固然处于一个被挑战的不利地位，但讽刺的是，前者大多也因为缺乏制度性的变现渠道而难以获利。在这样的环境下，很可能会形成挑战者与被挑战者双输的局面。

更可怕的是，技术革新依然不断进行。有观察者指出，每 3 至 5 年就会出现一次科技革新，既有格局就会重新洗牌。今天的赢家，明天就可能成为输家。这样的游戏玩个几轮，发现一路赢下来的寥寥无几。如果狂欢过后一地鸡毛，自然有人会质疑：这么折腾，为了什么？

这时，卡辛斯基的言论就会找到市场，只是换了个表达：“互联网时代的人类，如果不是直接被高智能化的网络控制，就是被网络背后的少数精英所控制。”

届时，互联网世界的边缘人，能够选择的抗争方式，要么是“黑”掉网络，要么是成为在网络上四处“喷粪”的暴民。这与200年前的卢德分子砸机器，何其相似！

此前，网络上一直流传着“淘宝不死，灾难不已”的呐喊，某种意义上是新卢德主义的投射。实体店的式微，被归咎于淘宝的普及。这些言论有升温的趋势。

现在，网络上依然充斥着各种即将普及的新技术：从基因工程到人工智能，从VR(Virtual Reality，虚拟现实)技术到3D打印……人们由原本的好奇与期待，逐渐变成了不安与恐惧。因为谁都怕被甩出时代的列车。而这辆列车，已经开得太快。

砸共享单车，仅仅是素质的问题吗？

一

“十年前，张师傅来到深圳，一直以修单车、卖二手单车为生。那时候，在深圳关外地区，骑自行车的人还是很多的，张师傅的日子也过得安稳。2016 年下半年的一天，张师傅门口突如其来地放置了几辆橙色的共享单车。当时张师傅不以为然，虽然政府一直在提倡单车出行，但没想到，共享单车进入市场后，凭借价格便宜、停放方便、支付便利等优点，迅速收割了大批用户。再也没有人买他的二手自行车，也不再有人来修车。”

——以上是深圳某电视台一个节目讲述的情节。不知怎的，看得我很心酸。共享单车或许对很多用户来说很有趣，对资本来说很有吸引力。但对于这些底层民众，比如依靠修单车、卖二手单车为生的张师傅来说，共享单车的出现就是在砸他的饭碗。之前一天能卖出好几辆二手单车，现在一辆都卖不出去了。

有人说，张师傅可以去修共享单车啊。这么大的市场！理论上，有十年修车经验的张师傅，还是可以去修共享单车的，但是记者进一步了解到，无论是摩拜还是小黄车，这些单车都有固定的制式，必须拉到自家的店才能修理。因此，这块蛋糕也不是留给张师傅的。

张师傅能怎么办呢？跳槽吗？转行吗？

如果他做不到，他的小店只能黯然倒闭，成为互联网时代的失败者。

中国的精英笃信，科技是第一生产力；却没有想过，科技也是第一破坏力。它带来的时代进步不能被否定，但对既有社会制度的冲击，也是暴风骤雨式的。底层民众的利益，谁来保证？对于抗风险能力不高、知识储备不足、年龄偏大的张师傅们来说，他们又能怎么应对？

二

最近，有媒体报道，在不少城市，共享单车遭到了人为的破坏。有评论称，这是国民素质的镜子，破坏缘于素质低。但经媒体深入挖掘，发现事情没这么简单。诚然，有道德低下者将单车据为己用，但刻意搞破坏的，更多是被共享单车砸了饭碗的群体——张师傅这类依靠修、卖单车为生的个体经营者，摩的司机，出租车司机，等等。他们是最有理由将愤恨发泄在共享单车上的一群人。

在 19 世纪初期，就有工人破坏机器的“卢德运动”。新技术、新设备的出现提升了生产效率，同时也减少了对人力的依赖，造成大量工人失业。于是，工人就把愤恨发泄到了机器上，逐渐形成了席卷英伦，甚至欧洲大陆的卢德运动，并成了最早期的工人运动。

破坏共享单车，我更倾向于视为一种最新形态的卢德运动。这是某类社会底层劳动者的不满，是他们被伤害后的自然反应。正如英国的产业工人一开始并没有把矛头指向资本家，因此机器就成了他们复仇的对象。而中国的摩的司机、修车师傅，也找不着共享单车的 CEO，只能对着无辜的“小橘”“小黄”开刀。

这个问题暴露的，实质上是一种社会情绪。这种情绪无从表达，但我们却感受得到。在这个互联网飞速发展的时代，已经有人被甩在后面了。他们赶不上变化的步伐，在无奈中踌躇。他们就像 200 年前的卢德分子一样，在夜深人静的时候行动，对新出现的各种事物进行破坏，发泄自己的不满。如果时代按照这样的节奏狂奔下去，那么反弹将会更大，被破坏的就不止共享单车这么简单了。

对于因仇恨而破坏共享单车的底层民众，我更多的是同情。他们太脆弱了，几辆共享单车就能将他们逼到绝路。如果我们忽视这些民众的情绪，那是非常危险的。因为 19 世纪的卢德运动，经过 20 年的发酵，最终发展成欧洲 1848 年革命风暴。若是把历史画卷再拉长一点，那一年，正是《共产党宣言》的诞生之年。

三

从发展主义的观点看，社会是不断向前发展的，科技是第一生产力。一次工业革命，就能推动社会大幅发展，生产率极大提高。但是从保守主义的观点看，社会的发展、科技的进步，必然导致新阶层出现，与旧阶层叫板、分肥。如果这种对立进一步激化，那么出现暴力事件就是不可避免的。从社会的稳定性而言，“进步”反而孕育着风险。

我们重读历史，就能知道，在第一次科技革命之后，欧洲的资产阶级革命就此拉开帷幕。新兴的资产阶级与传统的旧势力——国王、教会、贵族、骑士阶层进行了一番暴力对决，最后以前者的获胜告终，同时血流成河。而第二次科技革命之后，是国际格局的变化，是世界大战的爆发。科技革命之后，紧跟着就是社会动荡，谁敢说这两者之间没有逻辑关系？

这次互联网革命（或许算是第三次科技革命吧），同样是造就了一批新贵，一批年轻的亿万富翁，但同时也造就了数以万计的失意者。与之前的科技革命类似，有些人走上了快车道，但更多人已经跟不上时代了。

网络上，一直有“淘宝不死，国难不已”的说法。有人将实体店的式微，归咎于淘宝的出现。这些言论有升温的趋势。

有一位网友这样分析：

“如果机器大大提高了生产率，又没有相应的保障制度的话，会有大部分人失业，而失业的人没有饭吃，是会出乱子的，这是人性。大部分失业的人没钱买东西了，那么机器生产出来的东西也卖不出去。

“淘宝把中间环节砍掉了，而中间这些人本来可以在商品的流通中吃一口饭的，而现在没有了，这部分人失业了。太透明的东西有时候很好，但有时候也不好。如果没有相对的制度出台限制的话，淘宝真的是灾难。看东西要从一个国家的整体来看，不要只看眼前。你没有钱给别人赚，别人也就没有钱给你赚了。”

恨淘宝，也是一种卢德主义式的情绪，跟张师傅等人恨共享单车是一个道理。只是，淘宝没有一个“东西”给实体店主来砸，他们也不敢跑到杭州去围攻阿里巴巴。但是，这种情绪是真真切切的。很多新事物的出现或许能带来某些便利，但也可能是堵住了某些人的财路。

不要说社会底层民众，很多高学历、高收入阶层也遭到了新技术的挑战。打个比方，现在人工智能技术逐渐成熟，机器人能写稿了，报社记者谁不紧张？谷歌翻译的水平马上就要比真人翻译更准确了，翻译人员谁不彷徨？这样一来，很多传统行业都遭到了颠覆，哪怕是精英，也会面临下岗。媒体热炒的“中产阶级焦虑症”，不仅是因为房价，也是因为新技术带来的恐慌。面对一个不确定的未来，他们很可能会遭遇失业，从原有的阶层滑落。被不安全感驱动的他们，会不会也加入卢德运动的大军呢？

我非常担忧，技术的进步，会进一步削减人的尊严。正如很多科幻小说中描述的那样，很多人将成为“无价值的人”，因为他们会做的东西，机器都能做得更好。《人类简史：从动物到上帝》的作者、历史学家赫拉利认为，历史上每个物质取得突破的关头，人类的生活质量反而变得更差。“机器未必会奴役人类……但真正的危险其实是，机器把人类变得无用了。”让赫拉利更忧虑的是，一小部分特权阶层可以借助科学技术不断更新自身，操控基因，甚至实现人脑与计算机互联，获得一种不死的状态……

今日，我们逐渐看清了这场互联网革命的真相——虽然它看似充满机遇，但随着时间的推移，最后的赢家只有少数。而更多人，将沦为陪跑者。

从整个社会结构而言，改变已经发生，秩序已经颠覆，这一切都将成为未知的变量，影响着可能发生的社会变迁。30 年之后，我们将面对一个怎样的社会？人类是否已经成为技术的奴隶或是愤怒的新卢德分子？某个由不满产生的“幽灵”，是否又会徘徊在太平洋上空？

补记：在写完本文之后不久，我看到了一组报道，说天津近郊一个盛产自行车的小镇，因为共享单车人订单的到来而重新变得繁荣起来。那几家一度没落的自行车厂突然有了暴富的机会。确实，当机遇垂青你时，来钱是那么容易。但是，能吃到这块蛋糕的，毕竟是少数。大多数人是没那么幸运的，他们只能焦虑地观望。

记者就要失业了吗？

不久前美联社通过 Wordsmith 平台，实现了财报新闻撰写的自动化。美国苹果公司当时公布的季度财报就是通过它生成的，这篇新闻由自动化系统依据美联社编采方针撰写发稿。这篇稿子写得怎么样呢？稿子写得很完整，各个新闻要素、数据都很齐全。

美联社商业助理编辑帕特森说，写稿之前，员工对这套系统持怀疑态度，但当稿子完成后，老记者也绝望了，这篇稿子不需要再经过任何人工编辑！

Wordsmith 的稿件与人工的稿件有什么不同之处？最显著的提升，是速度。Wordsmith 的专业人员表示，如果有需要，Wordsmith 每秒最多可以生成 2000 条报道；其次，是精度，“相较于过去几年传统人力撰稿的方式，现在系统写稿的错误率反而比较低”。就这两点，似乎标志着传统人力撰稿模式走向消亡。

在一片“新闻已死”的哀怨下，Wordsmith 的出现，加深了文字记者的绝望感。首先，传统新闻业在互联网时代遭到巨大冲击，美国各大报刊的发行量、广告投放量都直线下降，不少报纸都面临停刊的风险。为了节省成本，很多报纸，比如《西雅图邮报》《芝加哥箴言报》等，都取消了纸质版，只保留了网络版。短短几年，美国报业编辑部门大概有15000名全职记者和编辑因为职位锐减而被解雇。其次，互联网时代，信息严重过剩，很少人为优质的内容埋单，内容提供者的权益也无法得到保证。而Wordsmith的出现，将成为压垮骆驼的最后一根稻草吗？

这样的故事，在历史上并非孤例。随着科技的发展，多少职业被时代抛弃。工业革命时期，机器生产逐渐排斥手工劳动，使大批手工业者破产，工人失业，工资下跌。产业工人的回应就是“卢德运动”。当时工人把机器视为贫困的根源，用捣毁机器作为反对企业主、争取改善劳动条件的手段。1811年年初，诺丁汉郡的一些织工秘密组织起来，以“路德将军”的名义捣毁了大量织袜机，甚至与军警产生了冲突。

而随着科技的进一步发展，不仅从事简单体力劳动的工人，甚至连艺术家也走到了失业的边缘。比如，照相机的发明，令很多画家都走到失业的边缘。大量靠帮上流人士绘画的古典画家，在摄像技术、印刷技术普及之后迅速失宠。摄像技术快速、真实、色彩丰富，远远胜于传统的绘画。于是，文艺复兴延续下来的主流写实派画家迅速没落。同样，模具的应用、留声机的发明，对雕塑家、音乐家也造成了极大的冲击。

本雅明的著作《机械复制时代的艺术》，或许能给我们带来一些启迪。在20世纪，大机器生产的普及，孵化了新的艺术样式——

机械复制艺术。他从制造技术的角度，剖析了古典艺术与现代艺术的区别。机械复制技术制造了“世物皆同的感觉”，消解了古典艺术的距离感和唯一性，导致了古典艺术的“灵光”消逝，即艺术美境的流失。“在机械复制时代，艺术不再以仪式为基础。”在这个到处充斥着复制品的时代，哪怕站在一幅名画的真迹面前，你很可能已经感受不到艺术的庄严了。

所以，自动撰稿系统的出现，也是一次对文字工作者的追索。哲学地看，人类历史上的各种工种，都会被技术取而代之，只是时间早晚的问题。第一次工业革命之际，大机械生产取代工人和手工业者；而在信息化革命之时，一些脑力工作者——教师、医生、司机、编辑、窗口工作人员，都有可能面临下岗之命运。撰稿人面临生存危机，有着历史的必然性。

虽然科技总是能推动社会的进步，但百年来总有人被抛在时代之外。那些失业的工人、手工业者，从此遭遇动荡，展开其他的营生，但这也是发展的代价。不过，人之所以为人，拥有系统自动化所不敌的特质，在于他的创造性。于此，万千文字工作者也应当以此为警醒，以趣味性、独创性超越拼凑文字的机械。像卢德运动那样拒接机器显然不可取，但我们必须看到：系统能完成的文章顶多是“凑合”，那些到处闪烁着思维火花的文章，富有前瞻性的犀利的分析和评论，充满幽默感和小机灵的文章，机械能完成吗？至少目前不能。有人提醒，Wordsmith 系统完成的只是一份财报新闻，这属于讲求严谨、对文本要求较低的文体。更高级的文字，比如评论、特稿、小说、诗歌，它能胜任吗？或许有一天它能做到，但不是今天。人超越机器的禀赋，不在于严谨与规范，而在于他的灵感和骄傲。

西方绘画从20世纪发展至今，虽然经历了摄影技术的冲击，但它高贵的格调并未因此而消退。既然现实主义风格之路受到了限制，那就走上了后现代主义之路，在马蒂斯、毕加索、达利等现代美术大师领衔下，西方绘画在20世纪反而迎来了新的繁荣——达达主义、表现主义、抽象主义群星闪耀。

同样，我们应这样理解，Wordsmith这种自动化软件的诞生不是撰稿人之悲，反而是撰稿人的幸运。机械是要解放人，而不是取代人。人要超越它，掌握它，成为它的主人。

很多当代画家在进行构图、配色之时，都需要借助照相机保留景观、掌握画面。也就是说，照相机的出现，没有成为画家的敌人，相反成了助手。同样，原来进行生产的工人，可以将简单的重复劳动交给机械，而自己从事更有创造性的工作——设计、模拟、实验等。文字工作者也是一样，简单乏味的财报新闻，就交给机器吧。这是末日吗？只是“码字工人”的末日，只是毫无创意、行为固化的文字工作者的末日。你炮制的文字，不是“产品”，应当是“作品”。

大洗牌仍在继续，但人不能被机械打倒。超越机械，一次次地把它甩在身后，把它变成你“作品”的一部分。新的时代在敲门。媒体承载的是信息吗？不是，承载的是艺术。记者是码字工人吗？不是，他们是创客。

选择平庸才是纸媒真正的死亡

在纸媒圈子的聚餐里，一个话题就是“我们当年”，然后就是一番追忆似水年华的感叹。其实，纸媒没落也是自然，花无百日红，没有一个行业长盛不衰。在信息匮乏、文化生活落后的时代（就是“我们当年”所指的时代），报业能依靠话语垄断，一枝独秀，甚至占尽体制内外的好处。进入 21 世纪之后，随着网络、智能手机的普及，媒体发展呈现多样化，各种声音、意见、信息越来越多，报业一家独大的时代已经过去。从某种意义上讲，报业衰落映衬的是社会的发展。

直到现在，我还是“内容为王”的坚定拥护者（我也不怕做经营的朋友们取笑）。没有优质的内容做支撑，渠道做得再好也没价值。但也有人说，不对啊，我们也有很好的内容，但市场反应很平淡。这只能说，时代的审美观念发生了很大的变化，今天的读者已经不是 20 年前的读者，老一套的表述方式很可能吃不开了。什么叫作“优秀的内容”呢？经济的发展，阅历的丰富，生活节奏的加快，网络时代的到来，都会改变读者的阅读习惯。不同时代，“优秀的内容”

定义都有变化。比如，20 年前我能很有耐心地读完一篇 6000 字的深度稿件，今天我恐怕就没这个耐心了。一个很好玩的案例是，我注意到一些刚入行不久的年轻人创作的自媒体，由于风格清新活泼，在网络上受到读者的欢迎，同样是他们，写在报纸上的文字则完全失去神采，读起来味同嚼蜡。当过多年编辑的我认识到，扼杀了年轻记者才华的是纸媒的工作流程及新闻写作的条条框框（当然，作为流程中的一环，我也是“杀手”之一）。为了“求稳”，编辑很少创新，排版永远是循规蹈矩，标题永远是一板一眼。媒体讲到底是一项创意产业，失去创意就如同死路一条。一个极端的例子是，广州某报一位编辑特别爱用“香饽饽”这个词，要形容某事物受欢迎时，总是习惯性地以“香饽饽”作形容，一用就用了 20 年，这是怎样的一种庸碌？（要知道广州人是很少吃饽饽的）

除了报纸的文本形态外，更为关键的是报纸的思想性。报纸总是非常时期的非常之物，总在社会重大节点中起到关键作用，引导社会思潮，促进社会变革，成为时代先声。仔细看中国新闻史，每个激流澎湃的岁月都有一份报纸，如同一面旗帜。

1896 年，甲午战争失败之后，中国朝野遭遇沉重打击，“变法图存”的思潮开始涌动。这时，刚创刊的《时务报》一下风行全国 18 个省，乃至海外，创下当时发行量的最高纪录，“举国趋之，如饮狂泉”，就像“开了一门大炮”。年仅 24 岁的梁启超主持评论，文章豪迈，喊出了亿万中国人心底的声音：“变亦变，不变亦变。”整份报纸的新闻、资讯，无不围绕着“维新”两字进行。

到了 1937 年，执历史之牛耳的换成了《大公报》。抗日救亡的关键时刻，成就了这份百年大报。张季鸾在社论中写的这几句话，成了当时的时代强音："我们是中国人，办的是中国报，一不投降，二不受辱。"当时多有报人被逮捕、枪杀，家国破碎，生灵涂炭，但"一支秃笔，始终在手里不放"。在日军的追捕下，当时大公报的几位编辑，冒着生命危险护卫着印报机。有人就有家园，有报就有抵抗。

20 世纪 90 年代《南方周末》的兴起。一个巨大的时代洪流之中，个人福祉如何保障，个人权利如何维护，引起了人们的深思。聚焦个人命运、有温情的深度报道，是《南方周末》兴起的根源。1999 年元旦那篇著名的新年致辞，说出了多少人的心声："你的希望就是我们的希望，因为你的苦难就是我们的苦难。""让无力者有力，让悲观者前行。"《南方周末》的每一篇报道，都以"微雕"方式聚焦平凡人的命运，有毫无尊严死去的举重冠军，有被遗忘的东吴大学法学精英，有被屈打成招错判多年的无辜公民聂树斌，还有生于贫瘠乡村的追星者杨丽娟……

不仅是中国媒体，在国际上有重大影响力的报纸、刊物莫不如是。让 - 保罗 · 萨特办的《现代》杂志，成为欧洲战后存在主义知识分子的战场。加西亚 · 马尔克斯办的《改变》杂志，成为拉美左派知识分子捍卫本土价值观的根据地。专栏作家、诺贝尔奖得主保罗 · 克鲁格曼，则在《纽约时报》有一方阵地，用以批评"流行的国际主义"，孜孜不倦地抨击着美国的经济政策……

说了这么多老皇历，不完全是废话。虽然这是个“谁说新闻理想谁傻 ×”的时代，但如果没有这种境界，办媒体又有何益？要知道，媒体的爆发，都是“不寻常”的时代。报纸就是其中的“非常之物”，如同匕首，是战斗的利器；如同号角，是新时代到来的预告。报纸永远是推动时代向前的，是为一个具体的理想而不断启蒙、不断抗争的，而不是某种利益的追逐者，更不是某种权势的依附者。它是冲在最前方的勇士，高举旗帜，奋勇向前。死对其而言从来不是末日，而是永生。

读者对信息的渴求，一点没有消减，反而更加强烈。在微信朋友圈中，一篇好文经常“刷屏”，甚至获得数百万的点击量（这是纸媒不可想象的）。一些隐秘又睿智的话语，在网络上悄然流淌着。只是，这些文字出于种种原因，很难出现在报纸上。

不少纸媒早已被磨平了棱角，令读者失去了兴趣。不仅仅在排版上失去创意，在一个和平但又暗潮涌动的社会，它已经丧失了灵感，抓不住时代的命脉，摸不清社会的走势。就连它们的名字，“某某日报”“某某周报”“某某周刊”，都显得如此平庸。“纸”只是新闻业的一张死皮，注定要脱落，这一点我们已经达成了共识。与“纸”一起死去的，必然是传统媒体陈旧的生产套路。我觉得，相比于纸张，这种庸俗化的套路及与之相伴的保守、僵化的管理体系更加不合时宜。

其实，改掉自身的沉疴，新闻业必有重新闪耀的时刻。不要总归咎于新闻管制，其实空间还有很多。实际上，一些小规模的聚会，也在暗示时代的脉络：社会的多元发展，亚文化正在兴起，受众进一步细分的时代正在到来。读者期望更专业、更有学术价值的专题报道。一个例子是，女性主义的兴起，是当下重要的社会思潮之一。女性主义正在教育、就业、婚姻等领域冲击着社会的一些陈旧观念。如果以此为视角办一份刊物，相信千万女性读者能从中获得共鸣。

要办好媒体，需要认清这个时代，了解这个时代内部蕴含着的巨大张力。在这个基础上，你需要一个梁启超，一个张季鸾，一个让-保罗·萨特，一个加西亚·马尔克斯。有了这样的思想家，有了这样的锐气，才有黄金时代的媒体。

报因时代而生，这绝不是一个浪漫的表述。

“人艰不拆”与文化断代

一年前，我写了一篇评论，标题用了“人艰不拆”这个词，然后被报社领导表扬了。这位50多岁的老人家说：好，转文风，接地气，有创新，非常符合中央的“走转改”精神。后来，稿子还被评为好稿，奖了我400大元。但到了今天，“人艰不拆”这个词突然被某部门禁了。他们说，“怕因为肆意乱改乱用，造成文化断代和语言混乱”，必须“严格规范使用国家通用语言文字，不得使用或介绍根据网络语言、仿照成语形式生造的词语”。

我不知道，领导会不会收回我的好稿奖，没收我的400块钱？但我更好奇的是，这些新词，是不是真的会造成“文化断代”？

达尔文的进化论，放在语言上也同样适用。《辞海》中19485字，但真正成为常用字的，不超过5000。很多生僻的字眼，恐怕只有在古书中才能看见了。比如“菿”（dào）字，指的是“草大的样子”，但在日常生活中，这个字几乎绝迹了。又比如“辒”（wēn）字，是指“古代的一种马车”，但这种马车如今已经没有了，这个字也丧失了生命力。其实，这种字占了《辞海》的绝大多数，它们都被现代人所遗忘，静静地躺在词典之中，如同三叶虫化石。不客气地说，这些词早就“断了代”，就连最资深的语文老师，都无法准确地认出它们。

另一方面，我们耳熟能详的一些词，比如“脑筋”“邮局”“思想”“精神”“经济”……没有哪个语文老师会怀疑它们的规范性。可是很多人都不知道，这些词是19世纪末从日本传入的。对于之前的汉语来讲，它们是不折不扣的“新词”。当时，中国人使用“经济”“思想”等词时，就像我们今天说“屌丝”“脑残”一样，也是颇具争议的。但正如鲁迅所说，“其实，地上本没有路，走的人多了，也便成了路”，词语也一样，用的人多了，这个词就从新词变成了正统。

学者雷颐先生讲过一个故事。晚清重臣张之洞，也是个文化保守主义者，对来自日本的新词非常反感。他极力反对使用新词，禁止学校向学童教新词。他说：我泱泱大国，文化悠久，为何要引入新词？谁要是在他面前提新词，他会立即翻脸。有一次，一位幕僚拟办学大纲，张之洞见文中有“健康”一词（也是来自日本），便勃然大怒：“健康乃日本名词，用之殊觉可恨。”说完，当着幕僚的面，将这份大纲扔了。幕僚针锋相对：“‘名词’亦来自日本，用之尤觉可恨。”张之洞一时语塞，无言以对。最反对新词的人，竟也不知不觉地使用了新词。

更让张之洞伤心的是，这些“新词”，在今天早就响遍神州，成为不可撼动的“汉语纯洁性”的一部分。百年历史巨变，科技不断进步，文化之间相互试探触摸，新词大量涌现、旧词逐渐被淡忘，这也是客观规律。就说改革开放30多年来，就有不少新词喷涌而出，比如“镭射、埋单、打的、泊车、唱K”等。这些词或来自英文译音，或来自方言，是民间的灵光一现，被赋予了强大的生命力，至今仍然通行大江南北。

近10年，随着互联网的兴起，又有一批调皮用语走红网络。如“菜鸟”“犀利哥”“给力”“屌丝”“土豪”“有木有”“神马”“伤不起”等，同时也包括那一组生造的成语，包括“人艰不拆”“十动然拒”“喜大普奔”等，这些词颠覆了规范用语严肃刻板的一面，以活泼、调侃的风格获得了人们的喜爱。就连我那位50多岁的老领导，也为“人艰不拆”的幽默叫好。更重要的是，这些词表达了一些传统汉语中无法表达的意思，比如“屌丝”一词，我一直试图用别的字眼来替代它（因为“屌”字确有不雅），但一直找不到。我逐渐发现，这个时代的一些现象，真的只能用新词来命名。

不过，这些词能否具有如生命力，像19世纪那堆新词那样被人们沿用至今，还要经受历史的考验。语言的发展，必须符合历史的潮流。语言有势利的一面，流行语会迅速成为话语中心，就像张之洞，也无意识地使用了“名词”。这说明新词的魅力不可阻挡，在不知不觉中进入人们脑海。像“给力”一词，确实瞬间成为强势词语，从广告词到报纸标题，多处出现“给力”，至今也非常火热。但是，一旦词语被边缘化，便会迅速被民众遗忘。比如“伊妹儿”这个词，十年前还是热词，如今已经很少人使用。又比如一度十分火热的

“囧”字，现在也逐渐淡出视野。今天你看“土豪”“挖掘机”这些词，貌似红遍网络，但过个十年，说不定就在网络上绝迹了。这说明，潮起潮落，花开花谢，有其规律；文化现象来也如风，去也如风，何必过多干预？

今天，试图以权力实现语言纯洁化的人，还大有人在。但控制语言，这是多大的狂妄呢？百年前，张之洞的事例表明，反对语言的新陈代谢，无异于螳臂当车，又如抽刀断水。语言这东西，有生命力的拦不住，没生命力的扶不起。

“主要看气质”背后的社交焦虑

“主要看气质”，这个游戏引爆了微信朋友圈。发一张旧照，病毒式传播，加上无厘头的一句话，依托社交平台，掀起一场网络狂欢。

这种游戏在社交圈子中经常出现，在前网络时代，它以信件、字条、同学录、信物等方式存在；而在网络时代，它则变换着各种方式——有时叫“点名”，有时叫“挑战”，存在于QQ、微信、知乎等网络空间里。它们以不同的方式秘密接头，有所觉察的人便会心一笑。

据说，这个游戏此后引起了一些网友的反感。关于“晒不晒”照片，似乎真有人闹了别扭。有非常较真的网友抨击道，这是一种反社会的无聊表达。

这个事件，有点像观众席的“人浪”游戏。到过现场看球的朋友都知道，在比赛僵持阶段，为了给队员增加激情，观众就会有节奏地轮流起立，一起欢呼，看上去就像是波浪一样，非常壮观。这个游戏需要全场观众一起参与，而且需要准确地踩中“步点”。从理论上说，若是全场观众都很投入，非常认真地参与，“人浪”完全可以维持到比赛结束。但显然，这是不可能的。观众玩个两三个回合，就会疲惫，最后不了了之。那些拒绝玩“人浪”的观众，会得到其他人的嘘声。但是，游戏的乐趣，就在于你有权决定玩或者不玩，如果一定要玩，那就不是游戏了，是任务。如果你自己不玩，也见不得别人玩，那就是强迫。所以，赛场上的人浪，总是偶有出现，来得快，消失得也快。它被看作赛事的一种调节，一道风景。总之，它无伤大雅。

有些读者会认为，这样的举措多少有些无聊。但从心理学的角度上看，正是这种门槛低、易模仿的游戏，才有流行的可能。正如“人浪”往往发自比赛的僵持阶段，尤其是比赛对观众的吸引程度有所下降之时。发照片的游戏，也是出现在网络社交的疲劳期。心理学家唐映红认为，无聊的消遣是人们的天性之一，所谓“不为无益之事，何以遣有涯之生”。正是这种无聊的姿态，才能在朋友圈走红。回想中国互联网这些年出现的文化快闪，都与无聊有关。从此前“哥抽的不是烟，是寂寞”开始，到“杜甫很忙”，到“元芳你怎么看”，再到“挖掘机找蓝翔”，实际都是关于空虚、无聊的段子。但讽刺的是，这些网络狂欢的主体，并非吊儿郎当的无业游民，而是朝九晚五的上班一族。段子中的无聊世界，正是忙碌的人们幻想中的彼岸。我想到了贝克特的名作《等待戈多》，这是一部无厘头的话剧，剧中人不断地徘徊，等待一个人物——戈多。至于他是谁，是干什么的，剧中并没有交代。由始至终，他都没有出现。此剧于 20 世纪60年代在欧洲巡回演出多场，场场爆满，可见那种深入骨髓的孤独，那种荒凉的寂寞，确实是时代的癔症。

中国的社交圈子，在某种意义上都是“约吗”的状态。每个人看起来都很忙，但又惧怕被遗忘，期待被邀约。但是这种无聊及饥饿的状态，不能直接表达，只能通过一些隐晦的方式去呈现。“主要看气质”就是这样一种委婉的方式，间接地表达了这样的状态——期待被关注，期待被拯救。事实上，人们很忙，生活很焦虑。而社交，一直被国人寄望为改变命运的方式——中国人可能是世界上最热衷社交的民族，人们穿梭于各种饭局、酒局之间，寻找所谓的“贵人”。微信时代，这种社交的冲动延续到互联网上，期望网络中能出现这个“贵人”，实现资源、职场上的突破。难怪现在的互联网创业者们，无论做什么产品，都要考虑“社交”功能——社交是多么地被需要！

“主要看气质”，同样是无厘头的术语，与“然并卵”“图样图森破”一样，带有调侃性质，据说是出自某位台湾女明星的自拍照。当然，这已经不要紧。按照结构美学的观点，图文之间强烈的对比和反差，能带给人强烈的视觉冲击。也就是说，文字和图片内容越是风马牛不相及，越有趣味。当然，后来又有人称这句话的真实意思是“God wants to see the air quality.”（“主”要看看空气质量），这又与北京雾霾相呼应，可谓幽默的升级。这样的互相调侃，能创造出适合社交的气氛，哪怕是闹了别扭的人，也有充分的机会打圆场。

总之，所谓的“气质”必然是一次文化上的快闪。它的本质，无法勾勒。一千个网友，就有一千种对“气质”的理解。它来去如风，道出了人们心底的寂寞，道出了对“朋友圈”的期待，狂欢过后，也许什么都不会留下。

网络狂欢之后，或许是智商的集体沦陷

2015 年在网易刷屏时看到一个标题——“高校教授谈光棍危机：低收入男可合娶老婆”，瞬间觉得三观尽毁，天旋地转。再一看留言数，已经达到 5 万多条。第一反应，决定点击进去看看到底是何种谬论，结果恰好 Wi-Fi 断了，流量不足，让我心急如焚。然而，正好是这读不到新闻的两小时，让我有了一些时间，去琢磨这个标题。

基于我对学术圈的了解，我相信不会有高校教授会这样胡乱点评。首先，“合娶老婆”违背了婚姻法，属于重婚罪，是要拉去坐牢的。一个高校教师绝不会号召人们去做违法的事。其次，这严重违背了传统道德，撼动了传统一夫一妻制的基础。最后，不得不否认男性中心主义在这个社会的广泛存在，刺激了男性网友的神经，注定要被男网友群起而“问候”。因此，我相信，此新闻的“标题党”属性一定很严重，新闻编辑存在断章取义之嫌，目的就是提升新闻的点击量与留言数。

事实上，5 万多条留言已经充分说明了此事件的火爆程度。可

以想象，不少网友光是看了标题，就可能怒气冲冲地直奔评论区。有些网友将错就错，就着这一标题开始编段子，带领其他网友一起进入娱乐至死的狂欢状态。

果然，当网络恢复后，我遗憾地发现，状况果然与我的判断相符。这位名叫谢作诗的教授尝试以经济学的供求理论来阐述光棍问题。且不说是不是生搬硬套，但至少还有一些启发意义。文章中大部分逻辑清晰，有理有据，只有这一段确实值得商榷："收入低的男人怎么办呢？一种办法是几个人合起来找一个老婆。这并不是我的异想天开，在那些偏远的穷地方，就有兄弟几个合娶一个老婆的，而且他们还过得其乐融融。"

这段话，谢作诗指的是客观存在的一种解决方案，并不是他"倡导"。据《重庆晚报》报道，原巫山县官阳区硝洞阡确实存在这样的情况：

> 这些人家都姓陶，扯来扯去都是一家人。因为太穷，曾经有陶姓两个堂兄弟合娶一个媳妇，共生育了4个娃儿，兄弟俩身高接近1.7米，身体健康，乐观勤劳。10多年前，由于居住的地方太差，没有人愿意嫁进来，他们才半明半暗地合娶一个媳妇。

可见，此事确实不是谢教授异想天开，在一些落后地区，确实存在这样的情况。这是复杂中国国情的一部分。因此，谢作诗这句话，可能逻辑不够严谨，但确实不能说是错。再说，这句话，被编辑挑出来当成全文标题，绝对是以偏概全，把好好的一篇经济学分析文章概括成离经叛道之语，令人哑然。本来只是想讨论点社会现象的谢教授，一时之间被不明就里的网友们喷了满脸“口水”，确实有点冤。

我们真正应当思考的，是如何利用好互联网这个工具。此前，有学者宣称互联网是“上天给中国人的礼物”，因为它可以接近真相、凝聚共识，甚至“围观改变中国”，促进社会向公平、公正迈进。但是，通过近年来一系列公共事件的演变、发酵，我们看到鲜有共识达成，倒是反智主义盛行，新闻被娱乐化，真相总是被集体狂欢所掩盖。有人曾经总结，当互联网上出现纠纷，如果是官员与民众之间，挨骂的总是官员；如果是城管与小贩之间，挨骂的总是城管；如果是男人与女人之间，挨骂的总是男人；如果是男司机与女司机之间，挨骂的总是女司机。无论是多么严肃的新闻，最后都会变成段子。事情到了最后，依然缺乏理性的反思，互联网并没有被很好地利用。

在这个唯点击量的时代，需要打造更多的关注，就需要有耸动的标题。所有内容制作者都热衷打造“10 万 +”，对于制作哗众取宠标题有着强烈的冲动。比如“静香是个绿茶婊吗”“长张碧池脸真的很吃亏吗”“马克思就是公知 + 大 V”“叫鸡失败反被偷拍”等等，几乎都是无中生有，文不对题，看了内容你很可能大为光火。这就意味着，在互联网上有一个充斥着夸张言语的荒谬世界。

更重要的是，网友们需要认识到这种“快感”背后的危险，而不是沉溺其中。有些文字在内容制作者的巧妙应用下，带有某种“魔力”，很可能将你误导。比如前文所举的例子，会让你直觉地认为这位教授是个离经叛道之徒。因此，很多头脑清晰的网友，在留言处指责编辑故意混淆视听。但是，有更多的网友，没有经过认真的思考，就气鼓鼓地开喷，发泄自己的情绪，甚至制造语言暴力。他们变成了内容制作者的同谋，共同制造了一个乌烟瘴气的舆论环境。如果大家都缺乏独立思考，以低质量的话语进行公共讨论，就不仅永远达不成共识，更离理性越来越远。

因此，互联网这个礼物，想要接好不容易。它给我们的不仅仅是发泄的快感，更是促成理性思考的工具。它需要数亿的网友克制自己的情绪，认真甄别、独立思考、精准用词、尊重他人，负责任地发言。只有这样，互联网才能成为社会进步的阶梯。

创造新世界，需要更多的黄段子

一

在东莞扫黄事件中，央视的姿态遭到了公知们的一致嘲讽。

高喊“保卫东莞”的公知们，未必真的不赞成扫黄，而是他们以一种调侃的方式面对央视的道德说教。生硬的话语体系总是难以下咽，总需要一点娱乐精神。以央视的话语体系回击，更显得犀利。

主流媒体与公知的话语战又一次拉开帷幕。不是说存在着两个舆论场吗？在这一刻，两个舆论场打通了，两派盟主开始交战。央视被骂是装 ×，公知被骂是傻 ×，刀光剑影，唾沫横飞，精彩纷呈。

讲到这里，已与东莞无关，与扫黄的必要性无关。两套话语之间的 PK，结合了江湖恩怨，新仇旧恨，总之，笑点颇多。

二

我们需要欢笑。笑声是面对强权的最佳回击。

我们所处的世界，总有些道德帝，总有些装 × 的言论。虽然它们面目有些可憎，但也非常可笑：它太严谨，严谨得滑稽；它太无聊，无聊得有趣；它太装模作样，但又处处有槽点。总之，它们可以恶心你，你也有发笑的自由。审丑未必不是一种乐趣。在这个冰冷的时代，我们可以用有趣对抗无趣，做一个懂得幽默的人。

我认为，幽默感是智商的表现。比如说跟帖，一楼是高级黑，二楼却要较真，这被认为脑子缺根筋的表现。王小波讲过一个故事，一个传教士被异教徒逮住了，被放在火上用文火烤。看到自己下半身烤糊了时，传教士大喊一声：喂！下面已经烤好了，该翻翻个了！虽然这个传教士还是被吃掉了，但他的幽默却令人肃然起敬。虽然他只是一块烤肉，却以幽默感打败了吃烤肉的人。只要你不怕做烤肉，就没有什么能阻止你说俏皮话。

因此，我们期待着让我们发笑的机会。“创造新世界需要更大的笑声，哈哈哈！否则它生下来是方的，会转不动。”这是副司令马科斯的妙语之一，据说大文豪爱德华多·加莱亚诺对这句话非常欣赏。马科斯是墨西哥的一个游击队长，被政府军揍得东躲西藏，但逃跑过程中却不忘调侃伟大的“超级政府”。他虽然带兵不怎么样，但心态好得很，一路上写了一大堆段子，甚至出了好几本文集，全球热销。

“超级政府”没有弱点，却有槽点。我们所处的世界也一样，可供大家自由吐槽。吐的槽多了，地球也会转得快一点。

三

一些歌曲、戏剧、文学之所以让我们感到不安，不是因为作品不好，而是因为它们是“有颜色的”。殷海光说过，有些思想充满了“特殊的色调”。比如样板戏的表现形式、歌曲歌词的气势，都暗藏着意识形态的密码。红歌在当代社会中是一个受争议的存在，就是因为它藏有一种刺激性的颜色。就像春晚，一下子冒出《红色娘子军》，不少人被惊呆了。尤其想到这是冯小刚主导的春晚，更是令人诧异。

因此，中国人试图以另一种颜色进行解构。黄色是一个可依赖的路径。一个有点“嚼头”的黄段子，就能在酒桌上赢得一片笑声。中国人对于黄段子的需求非常大，不仅每天都花时间寻找各种段子，而且总在对话中不停地进行语态变换、词语变换，形成新的黄段子。不仅黄段子，与性有关的新闻，比如东莞扫黄，比如李天一强奸，比如雷政富惊天动地的“12 秒”，都会成为餐桌上的话题。这一点，无分圈子，无分职业，无分阶层，不少笑点都与性有关。

中国人的段子，外国人不懂。黄段子要放在特定的氛围下理解，比如外国人看扫黄，看不出笑点在哪里。但央视批东莞，却有很多人看着主播怪笑。男的在笑，女的也在笑。说不定央视的员工，也在后台窃笑。也就是说，多个文化要素秘密接头，才会形成令人回味无穷的魔幻幽默。孙立平说，东莞扫黄这是两个“隐喻性象征”的遭遇，“一个是央视，代表着权力或体制，一个是失足少女，隐喻着底层或社会”。在孙立平看来，“人们所表达的与其说是对弱者的同情，不如说是对公权力的反感；与其说是掉进道德的陷阱，不如说是被挤到粪坑里进行草泥马式的反抗”。此外，对央视“大裤衩”造型的联想，对人民日报“屌爆了”大楼的调侃，无不是这种“红色”与“黄色”的生动聚合。

四

反复的禁止激发了好奇心，潘多拉终于打开了盒子。越是秘不可宣，越是渴望打开；越是成为禁忌的东西，越有解构的冲动。历史上最吊诡的一点就是：满口仁义道德之下，却是一肚子男盗女娼。对于“存天理、灭人欲”的宣传，结果就是走到了宣传的反面。

王小波还讲过一个故事。维多利亚女王时期，英国的风气极其假正经，上等人说话都不提到腰以下的部位，连裤子这个字眼都不说，更不要说屁股和大腿。为免引起联想，连钢琴腿都用布遮了起来。结果出了件怪事情：就在维多利亚时期，英国出现了一大批匿名出版的地下小说，通通是匪夷所思的色情读物。

前几天，苏小和老师以一种学术般的姿态讨论性。我欣赏其文章的学术含量，更欣赏他讨论的姿态。他很努力地掩盖着心中的窃喜，努力地装出一本正经的样子。这样，道德帝也没法往他身上扔鸡蛋，否则就显得自己很低俗。苏老师就在“蛋蛋忧桑”中完成了他对性欲的解读与吟唱。这种语态十分大气，获得了更多同学的拥护与支持，就像赵忠祥《动物世界》著名的解说——“雨季过后，又到了交配的季节”，总有些智商很高的同学禁不住笑出声来。

张晓舟将这个时代称为“苍井空时代”，说这是女权主义，不如说是一种庶民狂欢。长期潜伏在边缘的庶民话语逐渐占据强势，网络舆论引爆了亚文化的轰炸。还记得十几年前一部“高大上”的《英雄》遭到全国人民的疯狂解构，张曼玉那“一夜之情”与“一夜之欢”的辩论遍布网络；还记得那部中国魔幻巨著《无极》遭遇更无语的“恶搞”，“一个馒头引发的血案”将电影各种雷人槽点一网打尽。随后，两个舆论场便分道扬镳：这边“感动中国”，那边“敢动中国”；这边“德艺双馨的某老师”，那边将AV女优请来……在“屌丝”“女汉子”层出不穷的时代，所有装模作样的权威都被悉数瓦解。

五

回到主流媒体与公知的PK，这或许是场宿命的对决。就像班主任对台下窃窃私语的学生终于忍无可忍，一场暴风雨席卷而来。他们争论什么已经不是重点，而国士与流氓的战争终于拉开序幕。这场战争席卷性、卖淫、节操，双方在东莞的泥潭中较起劲来。

文化学者朱大可写过一本《流氓的盛宴》，构建了一套“广义流氓学体系”。所谓广义流氓学，并非传统理论给定的狭隘对象，而是拥有身份危机、异乡情结和精神焦虑三种识别标记的个体，这包括体制外的文化人，尤其是公知。在身份危机的语境中，以异乡情结、焦虑心理和反叛立场为精神特征的流氓意识形态，形成了朱大可所谓的“流氓主义”，而流氓主义的自我叙写，相应地被称为“流氓话语”。很显然，在网络上张牙舞爪的“东莞挺住”的宣言，以及此前调侃城管“一秤砣平天下”的邓正加事件、调侃赵红霞反腐女英雄的雷政富事件等，都是流氓话语。如朱大可所言，流氓话语是国家主义的一个“刺客”，时刻将国家主义尽情解构。

“流氓主义不仅是国家主义的‘反题’，也和国家主义‘正题’一起构成总体意识形态‘合题’。”按照传统的理论，流氓是国家永不饶恕的敌人，但在朱大可的话语体系中，流氓主义却是国家的“对偶”。官媒和公知的 PK，远远不会结束。他们相互拆台，却都无法抹去对方，他们相互以对方为土壤，谁也离不开对方，吵得再厉害，还是一对儿。

吵累了，约个饭，怀念过去的好时光。

快手：网络“草野时代”的失意者同盟

一

有人给我转发过来自快手的视频，我看后，感觉有点难受。

视频的背景是熟悉的农村，几个一脸坏笑的、穿着人字拖的少年，个别还留着“杀马特”发型，都是走在街上你不敢惹的那种。镜头里总是穿梭着几条土狗——哦，现在是叫“中华田园犬”。之后，镜头里出现了一些土里土气的房子，暗示着农村的凋敝。然后，那些少年开始表演：或是全无营养的低俗笑话，或是各种飙歌和黄段子，或是各种疯狂真人自虐。让我印象最深的表演是：一个男主播把鞭炮放到裤裆里，然后一轮噼里啪啦被炸个半死，半死了还在喊“双击 666”……

X 博士曾写过《残酷底层物语：一个视频软件的中国农村》一文，成为爆款，并将快手这一软件引入精英视界。文中讲述了一群农村网红：自虐、拼白酒、吃异物、跳冰河、炸裤裆……“即使你没有毛主席的洞见能力，凭直觉就能感到其中充满了残酷而荒诞的场景，令人不适，隐约看到了我们这个光鲜时代的暗面。”

贫穷、底层、愚昧、低俗，非常符合城市精英群体对农村人的固有印象。嘲笑农村人，似乎是城市人日常生活的一部分。哪怕城里人相互调侃，也会冒出一些对农村人不敬的词来，比如“土得掉渣”“村姑”“农民”“洗剪吹”等。X 博士一文，再度印证了城里人“东方主义”式的想象，再次掀起了嘲笑农村的狂欢。我记得一位城市精英这样评价：“哪怕农村实现了‘互联网 +’，也会充斥着恶俗的气味。”

快手是中国用户增长最快的 App 之一，它成功的奥秘，就是抓住了农村这个市场。在以粉丝为王的世界里，谁的用户多，谁就是巨人。因此，快手很快就成为“隐藏在 BAT（百度、阿里巴巴、腾讯）后的巨头”“互联网一极”。毕竟这不是一篇产品介绍，我对它的投资前景不作判断。仅仅从社会学的意义来看，它是“读懂中国”的一扇窗口。因为有了快手，这些“隐形的群体”才能进入主流视野。

二

有些你认为不可理喻的荒诞，就来自苦难的现实。

之前，深圳大学新闻学院本科毕业生的一个团队，写了一篇“快手江湖风云录”的调查报道。这个团队的指导老师是我的好友尹连根博士。这个团队经过半年的调查，深入贵州、湖北、辽宁等地进行实地采访，收集了十几个“农村网红”的故事。调查触摸到了一些核心的东西。那些被精英阶层认为“恶俗拙劣”“不登大雅之堂”的东西，藏匿着一种深刻的痛苦。

一个名叫“蛇哥”的网红，原来是一个一事无成的中年人，曾经种过田、经过商，但都没干出名堂，本来以为人生已经没有什么可能性的时候，突然在快手上火了起来。他是多么珍惜这个好不容易得来的命运转机啊。他每天取悦粉丝，讲段子，做高难度动作，动员妻子、儿子一起参加直播，甚至装死了好几天。一开始是才艺，但很快就发展为“狠活”。他对前来采访的学生说，他的走红，让他在村里的地位飞速提升，在赚到快钱的同时，也扬眉吐气了。

在调查报道中，还出现了一位名叫“搬砖小伟”的网红，擅长在高低杠上做各种体操动作。在工地简陋的脚手架上，他空翻，打转，赢得满堂喝彩。然而，他毕竟不是专业人士，经常摔得伤痕累累。为了赢得打赏，他玩了命地展示高难度动作，腿因此断过几次。这些只能听他悄悄地说出来。有一次，一个网友挖苦他：为什么来来去去都是那几个动作，还会不会点别的？他回复说：“我宁可在单杠上摔死，也不愿意度过庸碌的一生。”

对于众多农村孩子来说，快手在无望中点燃了希望，照亮了灰暗的世界。其中有些人甚至通过快手实现了“逆袭”，实现了阶级跨越、财富暴涨、摆脱平庸，完成自我的救赎。比如快手第一网红MC天佑，赚到了此前自己难以想象的财富。有些中学生，放弃了高考和大学梦，将目标定位为“网红”。

能在直播海洋中脱颖而出的，大多是农村的精英。他们的共同特点是“满满的不甘心”。在镜头中，他们是小丑；在镜头外，他们是哲人。

三

几年前，我认识了一位在深圳打工的青年小 K。他曾经尝试给我所在的报社投稿，但很遗憾，我没有采用任何一篇。后来他通过手机号码加了我的微信，我们一直在朋友圈有互动。

在我的印象中，小 K 很聪明，很有幽默感。虽然学历不高，但书读得不少。他会弹吉他，唱《怒放的生命》。他曾经说过，愿望就是留在城市，创一番事业，娶个女大学生。我本以为凭他的智商，应该可以实现目标，但是不知为什么，几年后，他回到了湖北老家。

他努力过，也并非没有成功的可能，但不是每个人都能成为幸运儿。我可以想象他有多么不甘心。如今，他总是在朋友圈发些神神道道的东西，比如军事、国学、鸡汤之类的。我没看到有人给他点赞，或者在他的社交圈子里，他发的东西获得了一片叫好之声吧。我知道他也玩快手，因为他经常会在朋友圈里转一些快手题材的内容。我没有多问，只记得小 K 曾经说过自己对快手的看法：“看到了更多跟自己处境相同的人。纠结的人聚在一起，就不纠结了。”

看快手的“吃瓜群众”们一开始纯粹是逗乐，但慢慢也开始了哲学化的思考。一部分人，放下了手中的课本，跟父母说，“不读书了，我要拍段子去”。一部分人，看到了自己无奈的人生——视频中那些拼了老命却又显得荒诞无比的人，不正是他们的人生吗？还有一部分人，已经将快手的网红视为生命支柱。曾有一位在城里务工的保安将月收入的三分之一给了一个网红。他说了这么一句话：“××这么努力，却没有人为他叫好。我作为粉丝很不甘心。只有他过得有面子了，我们粉丝才有面子。”

四

关于农民工阶层的苦难叙事，其实没必要再重复。

他们建设了城市，又被城市所抛弃。能留在城市的寥寥无几，大部分只能回到故乡，重新开始原有的生活。甘心或不甘心，都是这一代打工者的命运。新民工短暂地尝试过城市，又很快退出了竞争。更多的农村青年可能从来没打算去尝试，一开始就秉持反城市的情绪。

在主流话语里，他们是“影子”，是资本市场上的“零”。在老家，他们被认为“没出息”的代表，始终被长辈嫌弃。在与同龄人的竞争中，他们早已落败，或者根本没想过什么时候能赢回来。当高考、打工、经商等进城的路径都逐一变得难走之后，他们真正陷入了彷徨。网络成了唯一的救赎。

快手的视频虽然低俗，但吓人的点击量、用户数，意味着还有一个巨大的“水下世界”。草根的崛起，如今已经令互联网变成了

“草野”，形成了足以撼动网络精英世界的另一个舆论场。在这个“草野时代”，爆发了一些规模宏大的民粹事件，从抵制乐天到追杀马蓉，从吊打赵薇到讨伐杨舒平，人们看到了网络上极端愤怒的群众——那既可怜又可惧的群体，既有力又无力的群体——他们无力改变自身的命运，也无力扭转在话语场中的弱势。唯一能拥有的力量，就是网络暴力。

今天，通过快手这个 App，人们看到一个镜像般的世界——在繁华物欲背后的贫瘠和荒诞。对于精英而言，不要取笑那些努力表演的草根，收起那些居高临下的东方主义姿态，镜头内外的中国人，都活得不易。农村不应继续被城市精英所消费，这两个群体相互依存，并没有本质的区别。

他们知道自己的不体面。恰恰，他们就是要反抗那种“体面”。

理解就好。

辑三 一个更好的世界

他不仅仅是拳王

一

2016年6月，拳王阿里去世。对于不了解他的广大年轻人而言，这仅是一个点蜡烛秀情怀的时刻。但是，这也是一个了解伟大人物的好机会。

国际奥委会将他评为“20世纪最出色的运动员之一”，但《时代周刊》甚至连“之一”都去掉了。这种“关公战秦琼”的比较，往往充满争议，但在情怀、价值观上，阿里确实展现出了圣贤的光辉。他推动黑人平权运动及反战运动的深化，成为那个僵化粗鄙的冷战时代最有力而最温柔的一记右勾拳。阿里不仅是拳士，而且是走在时代思潮前沿的斗士，他是20世纪60年代的明星，是全世界黑人的英雄，是向往良善厌恶战争的哲人。就连奥巴马也直言不讳地说，阿里就是他的精神偶像。NBA巨星“微笑刺客”托马斯则说：“他让世界更美好。”

从这个角度上看，另一个时代的拳王泰森在他面前只是侏儒。

我们只能在黑白录像里看到阿里的身影。在擂台上，他灵活，有力，迅速，总是将对手直接击倒。有专业媒体评论说，他采用的是一种高风险的攻击战术，可见其性格中破釜沉舟的一面。三次夺得重量级拳击冠军，还获得罗马奥运会的金牌。这就是他的实力。

任何竞技上的成功，都是天赋和勤奋的结合。在这一点上，他与世界上所有优秀运动员一样，享受了体育给他们带来的快乐与荣耀。

但是，阿里没有止步于此。人们在镜头前看到了这位重量级拳王的愤怒与悲悯。

二

1955 年，蒙哥马利公交车事件点燃了美国的舆论。黑人妇女帕克斯，因为不肯为白人让座而成为名人。黑人领袖马丁·路德·金发起了非暴力的抵制运动。但这只是起点。一位参与公车抵制运动的黑人工人说：“我们现在头抬起来了，我们不会再低头——决不，先生——除非是在上帝面前。”

种族隔离制度在摇摇欲坠，它在等着一记有力的直拳。

1960 年罗马奥运会，18 岁的阿里获得奥运金牌，成为国家英雄。那一次，美国代表团夺得了 34 枚金牌，这次国际性的盛会造就了一批体育明星。但是，阿里更惊人的壮举还在后头。

成为国家英雄的阿里，有一次被阻挡在白人用餐的餐厅之外。服务员暗示他应该离开，但阿里不想。阿里说：“我是冠军！我是金牌得主！”但服务员说：“我们才不管你是谁呢！”这深深刺伤了他的自尊。

于是，阿里将奥运金牌扔进了大海。他说：“我再也不愿为这样的国家效力。”

这事件堪比帕克斯的抗争。

这次举动，有可能断送阿里的运动员生涯，因为，他已经无缘任何一届奥运会了。但是，在那些“非主流”圈子里，阿里成了英雄，那些被压迫、被边缘的群体，需要一个真正的英雄。阿里的思想和言语极具锋芒，威力远甚于他的铁拳。在公交抗争之后一度陷入低潮的黑人运动，又寻找到了新的火山。

阿里不仅是一个拳手，他还是斗士。参加职业联盟的每一场比赛，都肩负着巨大的使命。他的每一次胜利，都意味着平权抗争的胜利。每一次他出战，身后都有铁杆支持者们排山倒海般的呼喊。当20世纪60年代黑人运动终于席卷美国甚至整个西方世界时，当马丁·路德·金开始那历史性的演讲时，当国会在1964年通过民权法案时，这个国家不断地发生着变化，以前坚如磐石的种族隔离制度，逐渐被消解。

三

20 世纪 50 年代末的美国，曾在冷战的阴云之中，随时准备与“社会主义国家”打一场核战争。在军人出身的总统艾森豪威尔的支持下，美国五角大楼野心勃勃，在亚太、中东、非洲、欧洲四处布局，这被乔姆斯基等左翼批评家认为是一种“国家恐怖主义”，整个国家处于一种高压之下。以冷战的名义，“国家”这个利维坦在吞噬着每个人。

与此同时，民权精神则慢慢地苏醒。那些被压迫、被驱逐、被冷眼相待的群体，走上了抗争之路。走在最前面的是黑人，紧接着是产业工人，此后是失业在家的妇女、印第安人和同性恋者。这些边缘群体一旦团结起来，便爆发出惊人的力量。在这个进行曲中，不断出现新的可能性。先是学生中的嬉皮士运动、性解放运动、喇叭裤运动，然后是“生态主义”的兴起，并以环保为名向秉承发展主义的政府施压，最后达到高潮的是一次反暴力的盛大游行——反越战运动。青年们一边喊着胡志明的名字，一边喊“二四六八，组织起来，粉碎国家”。这场运动贯穿 60 年代，延续到 70 年代。

运动伴随着社会思潮的澎湃。在面对政府生硬的面孔之际，思想界在辩论：我们为什么要抗争？我们在争取什么？路径是什么？怎样建设“更美好的世界”？什么才是现代文明？每一个抗争，都体现了思维的力度。此刻，知识分子坚定地站在了抗争者这一边，最巅峰的力作，就是新闻人对美国总统尼克松“水门事件”的报道，这是后话了。

在那个时代，为少数派而战的左翼斗士们，都不同程度地成为时代巨星。比如普雷斯利，他有个更响亮的名字——猫王，他的歌曲《贫民区》《肯塔基的雨》，反传统，反城市化，凄凉，唱出了人们心中的愤怒。又如拉塞尔·米恩斯，他是印第安人运动的领袖，后来参加了美国总统选举，再成为好莱坞明星。还有就是拳王阿里，他的每一次出拳，都击向这个社会最冷漠、最阴暗的部分。平权运动，本质上就是“个人—国家”的较量，而在这场博弈中，阿里走在了最前面。

1966 年，阿里曾在一次新闻发布会上发表自己的反战言论：

> 我决不会跑到万里之外去杀死那里的穷人……我想要自由，你们不给，我想要公正，你们不给，我想要平等，你们也不给。你们却叫我去别处替你们作战？！在美国你们都没有站出来保护我的权益和信仰，你们在自己国家都做不到这些！
>
> 如果我要死，我就死在这里，咱们来拼个你死我活！

说这句话的代价是，阿里在全美各州的拳击执照被没收，此后近 3 年，他都赋闲在家。一个拳王，在职业生涯最黄金的 3 年时间，竟然被剥夺了比赛的权利。据说那段时间，阿里还遭到情报部门的监控。

但阿里仍在擂台上——这是另一个擂台，一个更艰难、更凶险的擂台。他的对手有能力直接把他送进监狱，可他毫不畏惧。

四

当他复出时，他就是“人民的冠军”。不仅是美国的，还是世界的。

他的竞技依然保持高水准，被他击败的，包括福尔曼、弗雷泽、斯平克斯等名将。在整个70年代，他让全世界疯狂。从竞技水平上看，他或许已经过了巅峰期，但凭着人气和经验，依然保持着拳坛的地位。

当他得了帕金森病，不得不提前偿还被透支的身体时，不少粉丝痛哭流涕。

1996年亚特兰大奥运会上，阿里接过了国际奥委会主席萨马兰奇送来的一枚特制的金牌，梦三队的篮球巨星们和亚特兰大的观众们，都见证了这动人的时刻。在阿里的推动下，经历了30多年的奋斗，这个国家和世界已经变得更好。经历了那个抗争的时代，多元文明已经形成，一个新的美国诞生了。

一个伟大的运动员，不仅仅是赛场的王者，同时还是思想的巨人和无畏的抗争者。他不仅为自己而战，还为心中的正义而战，为自由而战，为全世界受压迫的人而战。他面对的不仅是场上的对手，还有他的命运、他不认可的谬论和他看不惯的世界。

而我们，还在讨论知识分子是否有“沉默”的权利，我们的运动员，还由于夺冠后没有先“感谢国家”而遭到批评。尽管在上一个百年，拥有冠军头衔的运动员千千万万，但与人民站在一起，为人类共同理想而战的冠军，还真不多。花了好多年，我们才读懂了真正的英雄未必是“为国争光”，而是为弱者挥拳。

马拉拉有的武器，塔利班没有

一

看着她的面庞。她的大眼睛像清泉，但眼神之坚定，像一道闪电。她的脸还有点婴儿肥，稚嫩而红润，但嘴角却有无尽的倔强。鼻梁挺直，柔弱中隐隐有棱角。她戴着麻色的头巾，这是巴基斯坦穆斯林女性典型的打扮，但她的眼睛锐利而充满活力，头巾完全无法掩饰。这是一个少女，一个在贫瘠国度中寻求解放、寻求自由的勇敢少女。

还有谁有这样的眼神？我想到了圣雄甘地。

他们都不是世俗意义的强者，一个是少女，一个是老人。但他们不迷信武器，而同样拥有一双能传递力量和决心的眼睛。

“英国人想让我们用机枪来战斗，因为他们有武器，我们没有。我们唯一能打败他们的机会是提高斗争水平，在这个水平上，我们有的武器他们没有。”80 多年前，甘地展示了非暴力的力量，展开了一场让世人费解却又波澜壮阔的斗争。在甘地的指引下，20 世纪很多伟人都借助了非暴力的力量，巧妙地赢得了斗争，比如马丁·路德·金、曼德拉、副司令马科斯、昂山素季……今天，站在镁光灯下的这个人，成了马拉拉，一个花样的少女。

二

巴基斯坦的斯瓦特地区，原本风景秀丽，是闻名世界的旅游胜地，曾被英国探险家称为“南亚的瑞士”。但自从反恐战争以来，灾难接二连三地袭击了这里。先是 2005 年的 7.6 级大地震，导致近 8 万人死亡；更糟糕的是，一群来历不明的男子占据了这里，“当他们露出真面目时，武装分子的实力已经很强，人们不敢反抗”。因此，斯瓦特进入了塔利班统治时期——除了大量的清规戒律，还有无处不在的恐怖，山谷里不时出现死尸。对于小学生马拉拉来说，除了恐怖，她还遭遇了“禁止女生上学”“禁止彩色”等反常理的规定。

马拉拉是弱小的，2009 年开始写博客的她，只是一个 12 岁的少女。在这个血肉横飞的炼狱里，谁知道将发生什么？但马拉拉又是强大的，她有开明父亲齐亚丁——一个杰出的教育家，为马拉拉指明斗争的方向：“教育是光明，无知是黑暗。”她更强大的力量来自互联网，来自她数千万的网友、粉丝。“马拉拉日记”在全世界的网友支援下迅速走红，人们记住了这位署名“矢车菊”的女英雄。她用笔战斗，她的文章通过互联网，到达斯瓦特之外，走向全世界。

“互联网是弱者的主场”，在话语的斗争中，坚信道义与人性的一方终究能获胜。而迷信枪支与暴力的歪理邪说最终必将落败。而马拉拉体格上的“弱小”，恰恰又造就了她影响力的强大，一个弱女子都能如此战斗，这就是非暴力的力量。

“我有受教育的权利，我有玩乐的权利，我有唱歌的权利，我有逛商场的权利，我有大声说话的权利。”这是这位女孩子冒着生命危险的发言，每一个音节都在嘲笑着塔利班的愚蠢和荒谬，最简单的话语勾勒出极端主义者的反人道与混乱逻辑。“我将继续发出声音，如果我不这样做，谁会做？”

当2012年10月9日那枚子弹穿过了她的面颊后，多少马拉拉的支持者为此义愤填膺，多少原本不认识马拉拉的人变成了她的支持者。越弱小，就能展示出更具爆破性的力量——一个女孩被刺杀，这恰恰说明马拉拉的强大，以及塔利班的渺小与猥琐。在开枪的一刹那，塔利班已注定失败，而马拉拉则迎接她的胜利。“他们以为子弹能让我们沉默，但他们失败了。那一沉默中响起了成千上万的声音。”

马拉拉的斗争有多层意义。首先，她为受教育的权利而斗争，认为书本比枪支有力得多；其次，唤醒了逆来顺受的巴基斯坦女性，让更多的女子勇敢地站出来，为世界女性平权运动注入了巨大力量；最后，展示了人性的力量、常识的力量、宽容的力量，哪怕在极端主义统治的贫瘠土地上，仍能闪耀于世。当马拉拉奇迹般地康复时，世界在欢呼。

2013年7月12日，马拉拉16岁生日，她来到位于纽约的联合国总部，并许下世界各地女孩都能平等接受教育的愿望。这一天成了“马拉拉日”。

三

80多年前，美国著名记者威廉·夏伊勒目睹了甘地的非暴力不合作斗争。他深刻地分析了这种类型的斗争：

> 这是历史上最为独特的争取自由的方式，它比流血对抗更为凶险。这种方式的关键在于每个参与者无比一致的忍耐与坚持，以及来自全世界的正义声援。第一点，需要甘地非凡的感召力。第二点，则需要一个记者。

有学者总结，甘地的非暴力主义来自古代耆那教、佛教和印度教道德观中的“戒杀”原则，并且吸收了基督教“以善抑恶”的主张以及美国作家亨利·梭罗“非暴力抵抗”的思想等。但不管怎么说，都紧紧围绕着“人性”两个字。甘地深信人的本性是善的，神性在心中，因此他才主张通过非暴力的手段，感化和唤醒人的内在善性，从而使恶人改恶从善。如他所言：“非暴力是以感化他人的能力为前提的。”至今，仍有很多人认为非暴力主义就是“消极抵抗”，是懦夫的行为。但恰恰相反，“爱是勇敢者的特征”。在诸如“食盐进军”等一系列斗争中，甘地这个干瘦的老人表现了他的英勇和担当。

同样，马拉拉承认，她也受到了圣雄甘地的启发，始终坚持非暴力主义的路线。在联合国大会的演讲中，马拉拉说：“我甚至不怨恨射杀我的塔利班成员。即使我手上有支枪而他站在我面前，我也不会射杀他。”她找到了战胜武装分子的方法，这办法不是通过武力以牙还牙，而是超越武装、器械层面的较量——“确实如此，极端主义者害怕书与笔。他们害怕教育的力量。他们害怕女性。他们害怕女性声音的力量。”

但是，必须指出的是，马拉拉拥有比甘地更优越的非暴力斗争的条件。在甘地时代，还需要“一个记者”，比如夏伊勒及其身后的强大媒体资源。而马拉拉，有幸生活在这个自媒体发达的时代。她在人间炼狱的写作、记录以及不屈，足以获得公众的注视。

她在联合国的发言，她对巴基斯坦女同胞的寄语，迅速传遍整个网络。而在积极的网友之中，又诞生了各种支持马拉拉的民间组织，一个跨国的支援网络由此形成。不仅如此，在这个媒体高度发达的时代，所有记者、专栏作家都会加入她的“观念斗争”，掀起“造词运动”，向她输送“话语炮弹”。她的粉丝团人数之多、覆盖面之广，或许早已超过了80年前的圣雄甘地。

四

非暴力主义被视为一种后现代抗争的模式。通过不流血的“话语斗争”“观念斗争”，实现底层抗争的目的。在现代媒体手段的帮助下，像马拉拉这样弱小的女孩，只要被认为拥有了善良，就能成为一面旗帜。

作为19、20世纪最热门的词语之一，战争与革命已经远去。以暴易暴的武装行动并不能使我们的世界变得更好，枪支、暴力并不能让人们走向民主富强，而会让人们充满仇恨。海明威在《永别了，武器》中认为，战争摧毁了人的幸福，只要有武器的存在，就有凄惨的杀戮，战争荣耀只是谎言。而在21世纪初的美国反战诗歌运动中，诗人们更是彻底摒弃了英雄主义的传统，转而瞩目于战争的本质，审视操纵战争的强权和战争导致的恶果。一个最现实的追问是：美国前总统乔治·布什发动的10年反恐战争，真的消灭恐怖主义了吗？马拉拉的经历，显然给出了否定的答案。

生长在反恐战争时代的马拉拉，实际上经历着恐怖主义的统治。她很明显地看到以枪炮方式反恐，只会越反越恐。恐怖主义的土壤是仇恨，人陷入仇恨，就等于走进了历史的迷宫。以暴易暴的手段，不仅无法消灭恐怖主义，甚至还消灭了和解的可能。一个非常讽刺的现象是，现在大多数恐怖分子都是在反恐战争中成长起来的。马拉拉拿出的结论是：如果这一代人没有接受书和笔，那很容易被简单的复仇主义点燃，就会接过极端主义者递来的枪。

马拉拉推动的，是一项漫长而必要的工作。通过教育，以及争取受教育的权利，人们学会尊重和包容，从暴戾和疯狂中沉静下来，以书本和笔替代枪。只有教育，才能搭起斯瓦特地区从地狱通向天堂的桥。

虽然诺贝尔和平奖多年来一直充满争议，但马拉拉的获奖，却获得了一致的认可。这位柔弱而坚定的女孩身上，深深地体现着对和平的信仰。在这个不完美的世界中，爱、非暴力、人性和理想，可以产生极为强大的力量，能够战胜枪炮和刺刀。

马拉拉有的武器，塔利班没有。

日本“赤军女王”的世界革命

一

2015年9月，重信房子在狱中度过了她70岁生日。

在同年10月份爆发的反安保运动中，数万公众走上街头，呼喊着安倍下台的口号，人群淹没了国会前的人行道。上了年纪的人们，或者会想起重信房子与那个愤怒的时代。

重信房子是谁？以下是简单的介绍：

——她出生于政治世家，在明治大学主修史学，20岁起就名震日本，她长相甜美，一度被明大同学称为“京都第一美女”。她才华出众，年纪轻轻就发表大量诗作。

——在20世纪60年代末的日本学运中，她走在最前面，反对越南战争，反对美帝，同时也反对学费上涨。

——她崇拜毛泽东，认为毛是世界革命的领袖，当1972年毛泽东与“西方帝国主义头子”尼克松握手时，她深感绝望。

——她与另外几个激进分子建立了“赤军”，坚信“枪杆子里出政权”，走上了暴力夺权的道路。后来，她带队驰援巴勒斯坦，成立“赤军派阿拉伯委员会”，拉开了“世界革命”的序幕。

——1972 年 5 月 30 日，房子的丈夫奥平刚士及两名“赤军”成员冈本公三、安田安之袭击了以色列特拉维夫的罗德机场的旅客，百人伤亡。奥平和安田当场自杀，冈本自杀失败，被捕。

——此后，重信房子多次涉嫌参与中东恐怖袭击活动，被西方媒体称为“黑发魔女”。

——2000 年 11 月，重信房子被捕。在狱中，她宣布“赤军”解散。

这就是重信房子和“赤军”的故事。这先是一个有理想的知识分子群体，又是一个“日本红卫兵”组织，再变成残忍的“恐怖分子”。将这种身份串起来的逻辑是什么？历史的评价在她身上投射出不同的侧影。

二

“60 年代的日本是红色的日本。那时候的世界，很多国家也是红色的。”“他们一聚就是上万人，手挽着手肩挨着肩，神情激动地高呼反美口号，行走在东京、京都、大阪和冲绳的大街小巷。”这是日本著名作家大江健三郎对于学运的回忆。

看当时的国际形势，亚非拉民族解放运动如火如荼，西方世界也掀起了规模浩大的反战运动，黑人、印第安人开始呐喊，而中国更是掀起了排山倒海的“文化大革命”。全世界都被红色的激情所燃烧，毛泽东在天安门接见红卫兵的照片，同样激励着远在日本的青年们。

时势造英雄，重信房子就是这样登上舞台的。她可不是凡脂俗粉，从小怀有远大的志向。父亲重信末夫是日本战前有名的右翼暗杀团体“血盟团”成员，希望她能“解放人类”，同时告诫她“不流血的革命无法成功”。重信房子美丽、博爱、大气，极富人格魅力，她很快就成为左翼青年们心中的“女神”。

如果重信房子能及时回归正常生活，那她或者将迎来不一样的人生。她或将凭借着学潮为她带来的知名度，步入政界或商界；又或者与名门子弟联姻，度过美满幸福的一生。但是她没有，她用力过猛，冲到了时代最前面，当整个时代戛然而止的时候，她也没有停止前进。

她不是没有想过以和平手段解决问题，这时候，父亲告诉她，不能妥协，必须建立自己的武装。很多人相信，在房子很多重大决策中，激进的父亲左右了她的选择。1969 年，房子与她的信众们开始潜入大菩萨山口，并四处搜罗武器装备，走的完全是格瓦拉的道路。他们的目标就是通过武斗，推翻现有政府，最终目的是实现某种如大亚细亚主义之类的乌托邦。在他们看来，最有资格成为世界革命领袖的人，就是极富诗人气质和才华的红色领导人毛泽东。因此，他们的组织，干脆就以“赤军”来命名。据一些左翼运动的亲历者回忆，他们还搞到了日文版的毛泽东语录，奉此为圭臬。在与日本警察肉搏的过程中，学生们用高音喇叭喊着“毛泽东思想万岁”，同时被当作领袖拥戴的还有胡志明、切·格瓦拉、马丁·路德·金等左派领袖。在 1970 年反美日安保条约运动中，运动抵达了高潮。

日本警察很快就知道“赤军”不是普通的学生组织，而是一支态度激进的势力。而更危险的，是“赤军”在深山中已有了一定的军事储备，并有袭击首相府的意图。因此，大规模的阻击接踵而来。被“永久运动论”和“继续革命论”支配的“赤军”，索性就与日本警察直接交火。他们希望与巴黎公社战士一样，献身于革命。

“赤军”的成员，不是疯子或暴徒，而是当时名牌大学的学生，堪称那一代年轻人的精英。有人回忆，除了几个“赤军”头目，大部分“赤军”成员都是思想单纯、怀有理想的中产阶级青年，他们大部分人都痛恨当时的日本社会，仇恨既得利益团体，同情底层民众。“他们甚至可以说是无私的、高尚的人。”重信房子当然是其中最为杰出的一个。投身于革命的女子，显然是怀有大爱的。“‘赤军’的纲领是建立所谓平均主义的工人世界，打倒帝国主义和资本主义。他们相信，实现革命的途径就是进行恐怖主义暴力活动。”

三

1971 年前后，一封邀请信《给战斗的你》，在日本大学生中流传，它是这样写的：“世界的斗争，已经徐徐化为一体。只要你拿着一张单程票走出来，那么我们就会在欧洲、美洲，或者亚洲相遇。不管在哪里，朋友的天线，会发现陌生的你为了斗争，正渐渐地靠近我们……来吧，只手提着行装，走向未知的城镇，和我们一起开始战斗吧！在你一边劳动一边学习革命、等待机会的期间，伙伴们会送去战斗的邀请……”这封邮件的执笔者，正是重信房子。在警察的镇压后，这支武装变得更加疯狂。重信房子及几个“赤军”头目经过商议，决定化整为零，开始采取国际化路线。“赤军”开始分化，一部分人劫机飞往朝鲜，一部分人则奔赴中东。当时，第三次中东战争刚刚结束不久，重信房子认为，阿拉伯人民将支持他们的事业，因此他们来到西亚。

在这封信发出不到一年的时间内，“战斗”马上就爆发了。震惊世界的特拉维夫机场袭击事件，就出自“赤军”之手。这事件让西方媒体也非常吃惊：一群日本大学生，不远千里地飞到此前从未到过的阿拉伯地区搞恐怖袭击，这是怎样的一群“疯子”！

当地媒体这样描述当时的情形：

> 下机的人们很快融入机场海关大厅熙熙攘攘的人群中，谁也没有注意到那3个年轻的日本人。他们直接来到3号行李传送带旁等候自己的行李。等到背包一到，他们立即打开，竟取出了3支苏制VZ58型狙击步枪和几颗威力巨大的霰弹手榴弹。他们不分青红皂白地向拥挤的人群开火，并扔出了3枚手榴弹。

刹那间，大厅变成了鲜血淋淋的屠宰场，血肉横飞，叫声连天，碎玻璃满地。这场恐怖袭击来得如此突然，以至于在场的持冲锋枪的警察都没有来得及还击。待硝烟散去，地板上已躺着26个无辜丧命的旅客，以及72个奄奄一息、呻吟不止的伤员。遇难者中，大多数是美国籍的波多黎各人、耶路撒冷朝圣团成员，还有一些以色列商人、前来接人的亲友及机场工作人员。以色列最著名的科学家之一、韦茨曼研究所生物学教授卡齐尔也当场被打死。

那三个日本人是奥平刚士、冈本公三、安田安之。其中，奥平刚士是重信房子的丈夫，他们是什么时候结婚的，至今说法不一，但两人在政治立场上却完全一致。奥平与安田在袭击之后迅速自杀，而冈本则被捕。身为“赤军”派阿拉伯委员会的重信房子被视为此事件的总策划之一，虽然作为女性的她没有在现场。

此事在国际社会上引起了轩然大波，西方社会当然认为这是一次恐怖袭击事件，“赤军”也是一个崇尚暴力的恐怖组织。仅对无辜民众开枪这一项，就为西方社会所不齿。但在阿拉伯世界中，“赤军”却赢得了英雄般的赞誉，不少阿拉伯人认为他们是“反帝反殖的先锋”。

1972年2月，美国总统尼克松突然飞至北京，并与“世界革命领袖”毛泽东握手。重信房子盼望的“世界革命”还没有到来，中美关系就正常化了。这件事被认为是对他们最大的打击之一。此外，在浅间山庄事件的对峙中，一位“赤军”成员的母亲用喇叭向儿子呼喊：“孩子们，回家吧，毛主席与尼克松握手了。”痛苦的儿子则以一串枪声回应。

其实，早在这之前，一些“赤军”成员已经变得绝望，开始脱离组织。但是，可怕的惩罚随之而来，担心士气低落和人员流失的组织开始了“肃反运动”，连党内高层也不可避免。

也就是那个月，警察攻陷了“赤军”执行“革命法律”的执法点轻井泽深山营地，从后山坡上挖出一年来被处死的14具“赤军变节者”的尸体。关于“赤军”内部的恐怖事件开始为人所知：

> （他们）全都是被脱光衣服打得血迹斑斑后捆绑起来丢在雪地里冻死的。其中有四个年轻的女学生。有一个是因为戴耳环而被打死的，因为戴耳环被“赤军”看作资产阶级思想严重的表现。还有一个是因为结婚和怀孕，违反了组织法律，“被指控为阻碍集团行动”，赤条条地绑在树上冻死。她死的时候已经妊娠八个月了。

当时，重信房子已不在日本，没有直接证据说明她与内部清洗有关，但根据她在组织内的威望，她很难逃脱责任。显而易见的是，她并未觉得有什么不对，只是认为革命必须付出代价。当一个战友在电话那边哭诉组织内部清洗时，房子在电话那头非常兴奋，说“革命即将到来”，但战友告诉她，“这不是革命……”

浅间山庄事件之后，日本国内的“赤军”迅速瓦解，世界革命的理想破灭，不少“赤军”成员选择自杀，也有一些成员改头换面，与同伴过上了与世隔绝的生活。

村上春树的著名小说《1Q84》中，写到了两支极端组织，一个是“黎明”，一个是“先驱”。在左翼思潮退去后，“黎明”与警察枪战，而“先驱”则封闭起来，建立了一个“乌托邦”——实际上成了邪教组织。青豆那“两个月亮”的世界，就建立在这样一个荒唐的维度上。村上春树所描写的，被认为是策划了东京沙龙毒气袭击的奥姆真理教，但是，也有人认为它的思想源头正是走火入魔后的“赤军”。

四

“世界之所以不得安宁，都是因为圣人太多。”在《九三年》中，维克多·雨果通过观察，认识到了革命的矛盾之处——出于崇高的目的，最后走向了极权与暴政。暴风骤雨般的法国大革命，由理想主义者们发动，道德高尚的郭文和西穆尔登，却以断头台来解决一切政治问题。若不是雨果及时地加入了“营救三个孩子”的人道主义反思，令小说主题升华，圣人们之间就将互相毁灭。其实雨果想告诉我们的是，真正的杀人狂，不是穷凶极恶的坏人，而是被某种崇高目标所蛊惑的圣徒。

再看人间的种种悲剧，从土耳其青年党的大屠杀，到南斯拉夫的种族清洗，还有巴黎发生的大规模恐怖袭击事件，其背后都有某种“神圣的东西”在左右，或者是宗教，或者是民族主义，或者是某种意识形态。社会学家齐格蒙·鲍曼的著作《现代性与大屠杀》，提到了大屠杀是现代文明的产物，来自一种“园艺式”的国家治理观。迈克尔·曼的《民主的阴暗面》也认可了这一观点，认为这是一种理性的自负，迫害者带有“牺牲一些，拯救多数”的原则，让杀戮变得理所当然。

20 世纪 70 年代之后，世界左派运动进入低潮。在日本浅间山庄事件之后，挖战壕的大学生已经散去；在南美，格瓦拉的游击队已在玻利维亚全军覆没，军政府相继成立；中国的“文化大革命”结束，昔日的红卫兵们开始投身“四个现代化”建设；美国从越南撤军，反战运动进入低潮，那些嬉皮士们成为“垮掉的一代”；在法国，1974 年上任的德斯坦否定了戴高乐的激进主义政策，开始自由主义改革，“红五月”成为记忆……世界已经转变，正如邓小平当年总结的，世界的主题已经从“战争与革命”转向了“和平与发展”。

但是，仍有一部分人没有放弃抵抗，在愤怒中越走越远，比如意大利的“红色旅”、秘鲁的“光辉道路”等，当然还有重信房子和她的“赤军”。由于在阿拉伯世界受到欢迎，重信房子定居于此，并与一位阿拉伯人结婚。此后，她还策划了一系列恐怖袭击，包括袭击法国驻海牙大使馆、劫持吉隆坡的美国和瑞典大使馆工作人员、在印度洋上空劫持了日本航空的 DC-9 航班、协助菲律宾新人民军绑架三井物产马尼拉支店长等。在 20 世纪七八十年代，“赤军女王”

带领其信众南征北战，四处寻找“世界革命”的突破口。但是，赠她掌声的人越来越少，指责她的人越来越多。

冷战结束后，苏联解体，阿拉伯国家外交转向，“赤军”失去了庇护，其成员逐一落网，并被引渡回国。重信房子不得不隐姓埋名，在国际上流窜，最终于2000年在日本被捕，“赤军”也随之土崩瓦解，一个时代走向终结。

五

然而，历史并未终结。

在日本，有一些老人，讲起“赤军”时依然热血沸腾，两眼放光。他们或是重信房子的信徒，或者还能背出一段革命者语录。他们喝酒，很容易醉。对这个时代，对现在的电视节目，对如今的年轻人，他们充满愤怒。在反安保条约大游行等各种集会上，他们是积极的响应者，借一切机会猛烈地批评政府。

在外人看来，他们是穷光蛋，是失败者，是老愤青。但他们认为自己没错，错的是这个世界，错的是整个时代。

若是有人跟他们说，“赤军”是恐怖分子，他们或许会狠狠地瞪你，并以“赤军”成员长塩见孝的一句话作为回复：

> 如果说你们有权杀死越南人民，我们就有权杀了你们；如果说你们有权杀了民权运动领袖（指马丁·路德·金）、武力

镇压平民百姓，我们也有权杀了尼克松，让防卫省、警察厅和你们的家爆炸。

据说，日本京都大学西部讲堂的屋顶上，至今还有当时为纪念特拉维夫机场袭击事件而画上去的日本“赤军”标志：猎户座的三颗星。因为参加袭击的奥平刚士、安田安之是京都大学学生。当年日本众多大学中，京都大学始终是反对日本政府、追求个性自由与独立的旗帜。我相信，这不仅仅是“京大后辈们对学长的敬意”，而且是因为左派斗争的火焰从未熄灭。也许某一天，年轻的“重信第二”“奥平第二”会重回这里，收拾这个“不像话”的社会。

2006年，重信房子被判处20年监禁。在法庭外，重信房子的辩护律师念起她的诗篇：“这仅仅是个开始。坚强的意志还会继续传播。”

村上春树写道：“阴影就是邪恶的存在，与我们人类是积极的存在相仿。我们越是努力成为善良、优秀而完美的人，阴影就越加明显地表现出阴暗、邪恶、破坏性十足的意志。当人试图超越自身的容量变得完美，阴影就下了地狱变成了魔鬼……”这或许就是“赤军”的悲剧所在。

拒绝“转不动”的世界

一

墨西哥萨帕塔运动司令纪廉·维森特与IS领导人巴格达迪有很多相似之处：都是大学讲师，一个研究哲学，一个研究宗教；都率领着一支两万多人的武装力量；都有一个宏大的目标，一个是建立“多元世界”，一个是建立伊斯兰国；都蒙面示人，深藏不露；都热衷使用网络和媒体……

巴格达迪使用的手段是军事扩张和恐怖主义，他的未来不难预料，IS必然被超级大国主导的反恐力量推翻，就像当初的萨达姆、本·拉登一样。巴格达迪即使不死，也将亡命天涯。底层抵抗有很多种，恐怖主义是最不受欢迎的一种。

但是纪廉不同，他的抗争事业取得了成功。他与其印第安人手足在拉坎顿山区获得了自治，他也成了世界著名“反叛偶像”。他的斗争策略是写诗、写童话、拍电影、与名人开派对，他的成功，依靠的是他的想象力、创造力，以及幽默感。

你可能没听过纪廉的名字，不要紧，他还有一个举世闻名的绰号——“副司令马科斯”（Subcomandante Marcos）。是的，在亚马逊网站输入“副司令马科斯”，你会发现他还是一位畅销书作家、一位演讲家、一个明星。他是一个难以被定义的人。一开始媒体把他叫作“切·格瓦拉第二”，是因为他拿着枪，一副要解放拉丁美洲的样子。后来，人们发现他只有一副样子……

美国著名导演、作家奥利弗·斯通参加了他的革命宣誓大会，悄悄地跟随行的记者说：“这人可真会演！”（What a show man!）不愧是名导演，一眼看到了本质。

从某种意义上说，萨帕塔游击队全都是“演员”。

二

2014年，正是墨西哥萨帕塔运动20周年，也是“副司令马科斯”这个拉丁美洲最著名的蒙面人宣称“退役”的一年。这个曾经让全世界摸不着头脑的叛军头目已经完成了历史使命——“后现代革命”，并以胜利告终。

由于萨帕塔运动在国内少人提及，因此有必要介绍一下其背景。萨帕塔运动是一场印第安人平权运动，爆发在墨西哥南部的恰帕斯州。印第安人的悲苦命运大家都清楚：历史上，在西方殖民者的侵略下丧失了大半人口，灿烂的阿兹台克文明、印加文明在野蛮的征服者面前土崩瓦解；现实中，印第安人生活在社会的底层，在城市中难以谋生，只能在深山中聚居，从事原始的农业劳动。他们被称为“历史的遗民”，伴随着空洞、无助的眼神，苟且在不属于他们的世界中存活。古巴爱国志士马蒂有句名言——“印第安人凝固了的血液不会恢复流动”，充分说明了印第安人的绝望，年复一年，周而复始。诗人索飒说：“印第安人绝非天性冷漠……当他们在暴政下不得不选择集体自杀，当殖民主义者肢解了自杀者的尸体，以无法进天堂相威胁，使他们不得不忍辱负重地生存……他们就成了沉默的人群。”

同样是历史的受害者，伊拉克人选择了激烈的斗争方式，而印第安人则是一路隐忍。直到 20 世纪 90 年代，才出现了零星的反抗。1992 年，欧美举行发现新大陆 500 周年庆祝活动，狂欢的盛典被愤怒的印第安人冲散。在厄瓜多尔、智利等地，哥伦布的石像被推倒……在印第安人的大叙事里，哥伦布的到来是灾难的开始。

终于，抗争在 1994 年爆发，地点是恰帕斯州。一支叫萨帕塔的印第安武装军队，迅速占领了圣克里斯托瓦尔等五座城市。历史潮流似乎要走向暴力革命与恐怖主义。一个民族被逼得走投无路，解决问题的方式就是一场战争。

三

我必须说，我是怀着崇高的敬意描绘我的研究对象——绰号“副司令马科斯”的哲学系讲师纪廉的。虽然我的一位墨西哥朋友纳瓦罗认为，纪廉是个装腔作势、故弄玄虚的傻瓜，但我觉得他一点也不傻。当然，我说的不仅是智商，更是智慧。他的反抗是一种“人道主义的反抗”。有人说，不毁灭一个旧世界，就不能创造一个新世界。但他说：“创造新世界需要更大的笑声，否则新世界生下来是方的，会转不动。”亲爱的朋友，请看他的措辞，“笑声”“转”，多么温暖的字眼。所以，一方面，作为被压迫群体的怒火在他心中燃烧；但另一方面，他努力克制，并逐一说服激进主义者。纪廉手中有枪，有武装，但他没有把萨帕塔游击队变成一个恐怖组织。在他看来，世界若是“方”的，必然充满对抗，民族、文化之间就会发生剧烈碰撞；美好的世界应该是个“圆”，这样才能和解、包容。因此，他开展了一次人道主义的抗争，引导冲突的双方走向和平。

一旦展开杀戮，斗争就将失败。纪廉的“导师”、印第安人老安东尼奥告诉他一个故事：宝剑可以劈断岩石，但却不可劈断水；相反，宝剑放在水里会生锈。因此，纪廉悟出了一个道理，抗争不仅是比谁强硬，也得比“软”。以弱者为姿态的反抗，说不定收效更大。

总之，吸引了整个拉美的关注之后，纪廉开始了一系列炫目的表演。他蒙上了脸，在镜头前作秀，全世界都在猜测他是谁。然后，他写诗、写童话、写战斗檄文，在互联网的引领下，整个西班牙语世界都发现了纪廉出众的才华。再然后，他与法国前第一夫人达尼埃尔·密特朗传绯闻，他接受诺贝尔奖得主加西亚·马尔克斯的专访，他与阿根廷队长萨内蒂踢足球。他在倒腾“演艺事业”的同时，做了两件事——一是通过发动民众弹劾迫害他的墨西哥革命制度党政府，间接导致了这个执政71年的政府下台；二是他在与新政府（福克斯政府）的谈判中，改善了印第安人的条件，实现了萨帕塔地区的自治。对了，还有第三件事，就是依靠他的名气，将萨帕塔村庄变成了一个景点——每年数以万计的年轻人前来“朝圣”，给村庄带来了可观的旅游收入。

在这个年代，真刀真枪的暴力革命已经不再流行。和平、宽容、人性已经成为普世的呼声。某个组织开枪杀人，哪怕理由多么崇高，都将遭到谴责，落得恐怖分子之骂名。但是与此同时，纸面上、荧幕里又行走着英雄。毕竟，在乏味的生活中，英雄主义还是有难以抗拒的魅力。人们渴望拥有一个勇敢、正义、英俊的偶像。纪廉就这样建构出一个带着面具、持着木枪、叼着烟斗、骑着骏马的“副司令马科斯”。“这是真家伙哎！”每个在网络上看到他形象的孩子都这样说。“我愿和他一起消失在丛林里。”一个名媛在给他写情书。“我看到他的眼睛，直觉感受他是一位英雄。”墨西哥资深记者斯塔文斯说。顺理成章地，“马科斯”的面具、玩偶被抢购一空。

人们讨论纪廉，就会讨论到印第安人。历史的遗民，总算重返主流话语。在萨帕塔运动的带动下，整个拉丁美洲印第安人运动快速发展，近年来，还出现了以莫拉莱斯（玻利维亚总统）为代表的印第安领导人。可以说，号角来自20年前的萨帕塔运动，来自哲学系讲师的天才表演。

我的朋友纳瓦罗是一位白人，算是“精英阶层”，年纪也不小了。

虽然他不喜欢矫情的明星，但最后不得不承认：这个叫“副司令马科斯”的偶像，带来了和平，也改善了印第安人的生存状态。对于拉美底层人民，他是救世主。

四

“格瓦拉式的革命是一个陷阱。”多少年后，曾经跟随格瓦拉一起革命的法国人德布雷在接受采访时这样说。在那个年代，很多人像青年德布雷一样，天天为革命着迷，恨不得举起枪，立即解放全人类。厮杀你来我往，格瓦拉处死了他的敌人，也死在敌人的手上。德布雷也遭到了玻利维亚军队的折磨，多次险些丧命。事实是，这场革命什么也解决不了。今天的德布雷彻底反思：“我认为我们在成为革命先锋之前可能陷入历史的诡计，没有考虑到历史的长度和真实的情境。”痛定思痛的他出版了一本著作，名叫《武器批判》。

所幸的是，纪廉没有。他并没有像格瓦拉那样输出革命，他只是不停地写作。他联系与他相好的记者，让他们帮他出书，趁机给了他们一个发财的机会。因为只要封面上有他的头像，就必然成为各大书店的畅销书。他配合纪录片导演的拍摄，与他的战士们一起出现在镜头中，这部纪录片就叫《大噪音电影》（*A Big Noisy Movie*）——非常传神。

萨帕塔运动与其说是印第安人运动，不如说是所有“他者”的运动。就连旧金山的同性恋组织和女权主义者，都戴上了面具，模仿纪廉的姿势，在广场上高喊："我们都是马科斯！""我们就是萨帕塔人！"是的，纪廉的面具是送给所有少数派的礼物，无论是少数族裔，还是LGBT、女权主义者、性工作者、异教徒，甚至是左撇子，都通过萨帕塔获得力量，从"他者"勇敢地变成了"我们"。发声、表演、舞蹈，这就是萨帕塔人的斗争。网络时代的抗争，早已经不需要诉诸武力，谁要打仗，只会显得智商不足。

现在，纪廉老了，烦他的人也多了（如纳瓦罗）。没有一个偶像能红20年。最近，他宣布，"副司令马科斯"这一称号将退出历史舞台。这个人是不是也要退出呢？恐怕在所难免，因为灵感枯竭难以避免。不过，创造力战争在这个时代还将继续。这个世界，还不够宽容，还有太多东西需要改变，纪廉的接班人还在路上。

我看到了多个底层抗争的例子。很多聪明人优雅地、迂回地调侃，笑着，唱着，表演着。有人拍电影，有人写微博，解构的同时也在建构。刀剑和枪炮不能建立一个新时代，要建立新时代的，只有人。

严肃点，我们革命呢！

一

在研究萨帕塔运动的同盟军时，有一个不知如何归类的群体：青年学生。

有必要介绍一下这起著名的反全球化运动。1994—2006年，一场规模宏大的墨西哥草根抵抗运动（抵抗政府签订的《北美自由贸易协定》），在副司令马科斯的率领下，一个以恰帕斯地区印第安农民为主体的武装部队，开始了其与政府的漫长对峙。后期，抗争超越了国境，成为全球性运动，在北美、欧洲、大洋洲都有“萨帕塔之友”同盟军。它们构成了萨帕塔武装部队的坚强后盾。

这群反全球化的抵抗者，却获益于全球化，恐怕是一个令人啼笑皆非的事实。作为一群目不识丁的农民，怎么会有“海外背景”？这些“境外势力”从何而来？这是困扰萨帕塔研究者的课题。一个说法是萨帕塔运动的领导人之一、“副司令马科斯”拥有哲学博士学位，他与奥利弗·斯通、密特朗夫人、萨内蒂等国际名人通信，增加了他的影响力。但更大的原因是这种类型的反全球化运动与海外左翼群体产生了共振，他们需要一面共同的旗帜来支撑自己的运动。两者阴差阳错找到了结合点。

因此，这是一支成分复杂的杂牌军。其中有女权运动组织、同性恋组织、土著人平权组织、少数族裔组织、环保运动人士、民主化人士、反全球化人士等。他们组成了声势浩大的萨帕塔同盟军，并在伦敦、巴黎、马德里、格拉斯哥、阿姆斯特丹、盐湖城、西雅图等地掀起了线上运动，对墨西哥政府造成了舆情上的冲击。墨西哥政府甚至怀疑，这支农民武装是来自西方的“第五纵队”，暗中目标是要实现“和平演变”。

这些左翼组织成为萨帕塔的同情者，实际上也是为自己的利益考虑。从营销学的观点看，它们实际上是在消费萨帕塔运动，通过“蹭热点”，来获得别人的关注。

二

在萨帕塔运动的支持者中，为数众多的年轻人，以义愤填膺的姿态成为同盟军。他们并非印第安人，也未必是“少数派”，更不是穷人，只是胸怀激情的正义青年。他们是这支“杂牌军”中最难被定义的一群，但人数最多，是具有颠覆性的力量。

他们来自西方社会，是早期的触网者，带有“后现代”的特质，富有娱乐精神和正义感；

他们拒绝任何标签，声称独立思考，有一套自洽的理论；

他们很多人不知道恰帕斯在哪里，对墨西哥历史知之甚少；

他们对社会缺乏深入了解，对左翼理论未必清晰，但行动力很强，表达欲旺盛……

他们或者是某个群体的潜在支持者，但又与这些群体毫无关系。他们只是不自觉地加入了“萨帕塔之友”。1998 年 4 月，美国一批青年学生访问了恰帕斯地区，其中一个女学生写道：“我在恰帕斯获得了一件珍宝，那是一个决心。面对这么多人必须忍受的非人道生活，我决心再也不闭上眼睛……我希望有越来越多的人能找到他们自己的‘恰帕斯’，并由此做出他们的决定。”从这些话可以看出，她其实完全没搞明白萨帕塔人在反对什么，也不知道他们的痛苦是来源于她的国度，只是一味地同情，把浪漫的革命想象强行赋予了恰帕斯。

由于他们的加入，萨帕塔成了一种流行文化，成了一个“巨大的 IP”，推动着周边相关文化产品的出现。从这一刻起，萨帕塔运动就开始娱乐化了——相关漫画、音乐成为学生创作的主题。就如同当初马丁·路德·金、格瓦拉、胡志明变成了 20 世纪 70 年代左翼青年的偶像一样，在 90 年代“左翼的真空”中，他们同样需要一个偶像，以一人之力抵抗庞大历史车轮的偶像。“副司令马科斯”这个形象应运而生。

“马科斯代表了一种新的生活方式：一手持枪，一手持笔。”北大学者戴锦华讲述了马科斯的魅力。她意识到这位同时掌握枪杆子与笔杆子的军事家，必定是一个超级偶像。用今天的话说，就是“网红”。

年龄、阅历等原因，年轻人最容易成为激进主义者。对社会的不满、对独立的渴望、对理想主义的追求，容易让他们受“偶像”的吸引。每一场波澜壮阔的社运之中，学生总是走在最前列。在成长的过程中，他们天然带有反父权的倾向。萨帕塔运动兼具理想主义、英雄主义及浪漫色彩，在不停打压中艰难生存，因此受到了青年人的关注。同时，萨帕塔有恢宏的主题，比如争取民主、争取民族自治等，具有一定的政治高度。具有了这样的主题，萨帕塔运动就被赋予了意义。

最关键的是，快速、直接、简单的“快餐文化”，是争取年轻人的重要方式。过目不忘的形象、朗朗上口的口号，以及枪支、丛林、神奇的印第安文化等元素，令其拥有符合流行文化的一切特质。流行文化是一种“快餐文化”，它的魅力在于其粗犷的包容性、轻盈的流动性、通俗易懂的表现方式、立竿见影的效果、深入人心的感染力，以及丰富的感官刺激。马科斯是这方面的佼佼者，萨帕塔元素，比如面具、红星、烟斗、口号等，都可以成为流行文化。联想到国内外现在的一些青年运动，无论是线上线下，都具备极强的感染力。

当萨帕塔运动成为流行文化之后，人们渐渐忘记了这场运动的本质——反全球化。同时，由于各国、各团体对萨帕塔的理解都不一致，因此，相互攻讦的事件多次出现。纳克新闻的记者米切尔·安德森记录下了以下一幕：几个荷兰的女大学生来到墨西哥城来支持萨帕塔运动，迎面看到了十几个欢天喜地的墨西哥青年，他们也是萨帕塔的粉丝，双方很快就走在了一起。然后，墨西哥青年举起了卡尔·马克思、恩格斯、列宁等人的海报，这也问题不大。但当斯大林的头像出现时，荷兰女孩们暴怒了。其中一个大叫："他杀害了500万人！"

当然，这只是一段插曲。更多青年人或许对历史并不了解，或许他们会选择性无视，就像另一位偶像格瓦拉手上也沾满了鲜血；有些人将胡志明文在自己身上，哪怕美国人曾与他的政权交战；在海湾战争和"9·11"之前，还有美国人崇拜萨达姆和本·拉登……以"非主流"自居反抗"主流"，甚至懒得分真假与是非。以个性解放为出发点，却走向简单、粗暴、反智的陷阱。最后的萨帕塔运动变成一场营销大戏，"快要活不下去"的印第安农民们，就这样稀里糊涂地被安排与摇滚歌手同台演出。

三

有知名度、受欢迎就意味着有商业价值。萨帕塔这个大 IP，可不亚于当时的流行文化偶像。用今天的话来说，"估值都好几个亿了"。

在亚马逊购书网站，以 Zapata 或 Zapatista 为主题词进行搜索，能查到 300 多本不同文字的作品，这里面光是马科斯的原著《我们的话语是武器》就有数十个不同的版本，还有一些以萨帕塔为背景的文学（穿越）畅销小说。

关于萨帕塔的主题音乐、画册，更是常年放在畅销档。马科斯《伟大进军》的纪录片 DVD，吸引了数以万计的观众，当年与马科斯一起游行的乐队，在拉美乐坛上都闯出了名气。

很多青年都穿上印有马科斯头像的 T 恤。商家热衷于打造萨帕塔主题产品，甚至还有萨帕塔主题的安全套。贝纳通公司试图一掷千金收购马科斯的肖像权。

与萨帕塔运动有关的社会活动，不少商家都乘机打广告。一部以“大噪音电影”为副题的纪录片（毋宁说是一部大型 MTV）《萨帕塔人》在墨西哥尽人皆知。以切·格瓦拉为标志的摇滚乐队“暴力对抗机器”，摇滚乐手尼尔·扬及、卡洛斯·桑塔纳、El Gran Silencio、Manu Chao，“疯狂之马”乐队等等，都参与了萨帕塔人的进军和演出。关于萨帕塔的一切，均被商业社会利用，成为商业符号，同时也促进了萨帕塔运动的推进。虽然与迈克尔·乔丹、莱昂纳多、玛利亚·凯利等同期文体明星相比，还有一定的差距，但对于丛林里的游击队，获得商业社会的支持意味着实现了巨大的突破。在青年们一个个成为“萨帕塔之友”时，跨国企业在默默地赚钱。

20 世纪 90 年代，市场经济的主流地位得到确认，信息产业的发达更让全世界流行文化的规模化生产成为可能。讽刺的是，这恰恰为马科斯反对的新自由主义奠定了市场化基础，拉开了文化全球化的序幕，让“萨帕塔文化”的快速扩张成为可能。虽然马科斯号称全球化的反对者，但实际上他又成了全球化的产物。当印有“萨帕塔运动”字样的文化衫在英国、美国、阿根廷、中国都可随意买到时，意味着这个形象已经全球化了。

青年学生这个群体，某种意义上就是在信息多重建构下“吃瓜群众”的写照：接受片面的信息，看到一个虚构的偶像，结合自己的正义感与想象，同时刚刚获得表达权，最后被政府、商家、社会组织所利用。当时的年轻人，如今已经进入不惑之年。他们很少再提起那段“激情澎湃”的岁月，他们也不会承认，现实中的马科斯与他们想象中的马科斯，完全是两个人。

他们曾经站在反全球化的前沿，在西雅图、伦敦、巴黎等大城市反对欧洲一体化，就像今日很多参加“圣战”的欧洲青年连《古兰经》都没读过一样。青春是危险的，某个听起来很酷的政治口号，能让他们嘶吼一番。至于真实的含义，未必是他们所关注的。

不了解长辈，你就不了解这个国家

一

自从 2016 年 10 月底开始，每逢周六，首尔市中心都会举行大规模的民众集会。关注韩国政治的人都知道，这与朴槿惠的“闺密门”丑闻有关。要求她下台的呼声很高，更有甚者，要求将她立即治罪。对她的弹劾案还在进行之中，但是愤怒的民众已经等不及，街头政治已经闹哄哄地上演了。

反对朴槿惠的阵营聚集在光化门附近，数以万计的民众冒着严寒，捧着蜡烛，举着“朴槿惠立即无条件下台”的标语。这些信息，新闻已经告诉我们了。但是新闻机构忽略的是，在离光化门一公里处的市厅广场附近，同样活跃着近万人，他们挥舞着国旗，高呼着“大韩民国”，他们的态度是：反对弹劾朴槿惠。

我沿着广场走了好几圈，惊讶地发现，在这广场上聚集的几乎都是中老年人。

他们的口号，他们的歌曲，大屏幕上播放的画面，无不在强调着这一点。这些歌曲大多是20世纪70年代韩国的进行曲，曲调激昂顿挫，有点类似我们的“红歌”；画面呢，大多是“汉江奇迹”的纪录片画面，充满了国家叙事的色彩，画面中不时出现朴槿惠的父亲、当年的独裁者朴正熙。歌声响起之时，好多老人家都颤抖起来，伴随着音乐舞动着韩国国旗。可见，这些老年人对那个激情岁月还是充满了怀念。与其说他们是支持朴槿惠，不如说是怀念她遇刺的父亲朴正熙。

在研究倒朴运动中，我获得的数据是，在19岁到39岁的年轻人中，朴的支持率不足0.5%，这是个令人发笑的数字。但是如果以60岁以上老人为调查对象，朴槿惠的支持率则没那么惨，超过了20%。

在街头政治的现场上，充分表现了挺朴阵营与倒朴阵营的两种风格。前者是铿锵有声的进行曲，而后者的舞台上则活跃着女大学生、偶像团体、网红、动漫人物等。不同政见的双方，呈现出巨大的年龄分野。

在两边集会散场的时候，我正好搭2号地铁回酒店，在隧道里看到一位浑身插满了国旗的挺朴者，一位60岁左右的大叔，与几个手持蜡烛的年轻人狭路相逢。会打起来吗？我不禁为大叔担忧。结果大叔把几个青年骂走了。我的一个朋友感慨说：“虽然挺朴者都是老人家，但战斗力都很强啊！”

二

“代际战争”这个词最初由日本媒体发明，指的是在一个国家中不同年龄段的人因遭遇了不同的命运导致了不同的价值观，同时造成了多个层面的碰撞与冲突。最早体现在家庭内部，在婚恋、就业上存在着父母与子女之间的分歧。但如今，这一隔阂已经成为两代人的冲突——延伸至经济、政治层面。

战后的日本一度经济凋零、百废待兴，但靠着战后出生的“团块世代”，发奋读书，玩命工作，成了以公社为家的“企业战士”，日本经济才有了飞速发展。但是，他们的子女，不再认可国家的宏大叙事及父母的生活方式。他们更看重个人体验的东西，比如非主流文化、小而确定的幸福、个人主义等。老一辈的“企业战士”对于晚辈自然是百般失望，认为电子游戏毁了一代日本青年。而日本青年则主动成为御宅，或者不婚不育，作为对老一辈的无声反抗。

韩国的经济发展周期比日本略晚，但也进入了这样的节奏。韩国的“代际战争”，在国内的经济问题中表现明显。根据 2015 年的数据，韩国大学生的就业率并不乐观，能找到工作的应届毕业生不足七成。哪怕找到了工作，韩国年轻人也要面对巨大的房价压力。2015 年 12 月，首尔地区公寓类住房（面积 100 平方米左右）平均成交价为 5.5 亿韩元（约合人民币 300 万元）。因此，韩国青年基本上承受不起房价，而采取“全税”的方式租房。

有一个解释是：房东与租客之间，自然存在着利益的冲突。住房成本越高，租客越难受，房东则赚得越多。现实是：青年人往往成为租客，而老年人则手持多套房子放租。因此，青年人玩命工作，收入的一大部分贡献给了房东，于是成了愤怒的批判者；而老年人则幸福指数满满。在经济层面上，“代际战争”因此出现。

但还有另一个解释，就是对国家的理解。在首尔聚会的两波人，都高呼着口号——“为了国家”。对于青年人而言，他们所理解的国家是基于“伟大的国家是因为有伟大的人民”，将民权、民意看作国家之根本。韩国的青年，包括缺乏社会经验的大学生，具有高度的理想主义和强烈的批判性。一个案例是，韩国著名综艺节目主持人金济东是这次倒朴事件的倡导者之一。他同时还是推特上的大V，拥有一百多万粉丝，几乎是青年人的意见领袖。他曾经在“11·12”大游行中做了一番发言：“政治微不足道，只有国民才是最伟大的。”这番讲话在韩国的热搜榜上很长时间排名前十。除了金济东，很多深受韩国青年人喜爱的影星、歌星都加入了抗议阵营。笃信个人主义与普世价值的韩国年轻人，无法忍受类似于郑宥拉事件及三星政治献金事件的出现。

老一辈韩国人的看法，与年轻人并不尽同。他们出生在冷战初期，成长于国家主义大行其道的岁月里。他们经历了战后物质匮乏、独裁统治，又经历了汉江奇迹，可谓看惯了大风大浪。他们固然认为“闺密门”性质恶劣，但并非不可容忍。“朴槿惠的所作所为确实令人失望，但是必须承认，地下交易、利益输送本身就是政治的一部分。”韩国一位专栏作家的观点，一定程度上代表了韩国老年人的观点。对于广场上闹哄哄的理想主义，他们不以为然。被青年一代形容为独裁者的朴正熙，正是他们眼中汉江奇迹的缔造者、“最好的领导人”。韩国之所以能在1988年举办奥运会、2002年举办世界杯，成为有声有色的大国，威权主义政府可谓贡献巨大。

为什么韩国总统都不得善终呢？除了早年出现的被逼宫、被暗杀等事件，后面的总统都不同程度陷于贪腐丑闻。就像国际关系学者张琏瑰所言，韩国社会本质上是个人情社会。历届总统进入青瓦台后，其亲属都被当成了行贿的对象，这一现象从未改变。或许他们认为，过分的政治洁癖其实并没必要，发展才是硬道理。

另外，对于韩国警方逮捕三星副会长李在镕，韩国老年人也深感困惑。在不少老年人眼里，三星、现代等大企业是国家的骄傲。而且，政商之间不合作才是不正常的，将总统与企业家一起逮捕，是最坏的结果。

同是“为了国家”，居然演变成两种不同的逻辑，最后分属于相反的阵营。

三

这种代际冲突在中国也越发明显。无论是逼婚、广场舞，还是公交让座等，都会定时引爆年轻人与老年人之间的互喷。而在价值取向与政治认同上，老一代确实与青年一代存在着较大的差异。而在社交媒体中，“90后”与“60后”转发的微信完全是两个世界。

在雅尔塔体系之下，三国四地（算上台湾地区）都在20世纪中后期实现了经济腾飞，从现代化迈向了“后现代”。三个国家之中，都有白手起家、缔造奇迹的一代，他们普遍带有浓厚的国家意识和集体主义精神，更加讲求个人对社会的奉献。他们成为国家崛起的主力，但是他们的子女则普遍成长于衣食无忧的环境，接受优质的教育，思想上倾向于西方，带有强烈的个人主义色彩。因为20世纪90年代开始的全球化思潮瓦解了传统社会的契约方式，青年人的思维方式发生了巨大改变。矛盾在此激化，“代际战争”出现。在挺朴或倒朴的角力场上，两代人泾渭分明。

“代际战争”对东亚的一大贡献，就是为肥皂剧提供了无数的题材。2016年，TVN电视台一部低成本的韩剧创下了收视奇迹。这部电视剧名叫《我亲爱的朋友们》，主角是一群60多岁的大妈。这部肥皂剧勾勒了退休老人的感情世界，一群活力四射的“黄昏青春一族”。这部电视剧获得了韩国老年人的强烈共鸣，但韩国青年则表示“老年人的世界难以理解”。

这或许是个启示：对于年轻人而言，先了解自己的长辈，才能真正了解这个国家。东亚的代际冲突，并不是偶然。

泰国：死机后的重启

该来的还是会来。2014 年 5 月 23 日军人政变这一幕终于出现，结束了泰国多方势力对峙的混乱局面。

这是民主的退步？先不要急着下判断。至少 75.95% 的泰国人支持军方的决定，这个数据来自当地媒体的抽样调查。如果你怀疑数据有误，曼谷市民欢呼军队的进驻这一幕则千真万确。市民们寻找帅气的军人合影，并将图片放到社交网站上。一位僧人更是圆了在坦克前留影的心愿。CNN 旅游专栏写道："泰国曾发生过政变并曾有过 18 次军事夺权，曼谷市民早习以为常。"

一位泰籍华裔留学生告诉我，军方之所以获得支持，是因为各方政治势力已经进入"死结"状态，有能力摆平这一切的只有军方。就好比一台开启了多个程序几近"死机"的电脑，最好的办法就是按下重启键，让一切归零。发动军事政变，在泰国人眼中是"必要的不合理手段"，斩断各种纠结，重新开始。

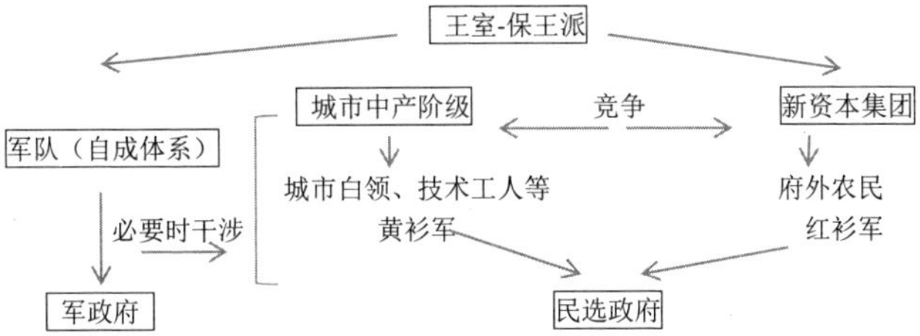

附图：泰国政治权力结构

二

反对派首领素贴准备于2014年5月26日“全面夺权”，迫使看守政府所有内阁成员全部辞职，否则，一场大规模的民众示威运动恐将爆发。一些大企业表态支持反对派，甚至扬言要对政府大楼断水断电。类似的活动已经延续了半年，并间接导致英拉下台。人们担忧这次围攻会造成政府重要文件丢失、人员伤亡等恶劣后果。泰爱泰党发言人鹏蓬宣称：素贴的行动与强盗抢劫民众一般，是光天化日下的抢劫，素贴原来就犯了叛国罪，现在竟煽动群众逮捕部长，强逼签署辞职书，是“重复的叛国罪”。

另一边，红衫军则宣布在曼谷西郊的阿萨路“无限期集会”。反独联主席乍都蓬宣称，此次集会将进行到“国家及民主制度安全为止”，至于方阵是否向市中心移动，则要看局势。数十万人在广场上按兵不动，一旦反对派杀入政府大楼，在此静坐的红衫军势必有所举措。届时，大规模的冲突恐怕在所难免。

要知道，民主纪念碑反政府集会点遭到不明歹徒袭击，造成3死24伤的惨剧。一周之后，共有25人死，782人受伤。进入狂热的街头政治，受集体无意识驱动，难免会带来血光之灾。

素贴本人也遭到了很多泰国人的鄙夷。除了他的狂热信众，大部分泰国人都不希望他的计划得逞。他一度成为阿披实政府的第一副总理，曾经是街头运动的残酷镇压者，如今又成为街头运动的狂热领导者。如此毫无底线地玩弄权术，“政客”嘴脸暴露无遗。如果放任他以暴力手段“夺取政权”，结局恐怕难以收拾。

眼看大规模冲突就要爆发，军队终于出招。颁发紧急状态法后，巴育发表了一番讲话：“我们要解散颜色团体，终止矛盾，因为国家内部不能再这样斗争下去了。当前颁布的紧急法令只是实施部分法律条款而已，军方严格按照法律行事，不偏袒任何一方。”

泰国《星暹日报》的社论认为，军方的举措相当关键，既为泰爱泰党缓解了局势，又阻止了素贴集团暴力夺权的行为，同时避免了红衫军企图以硬碰硬，造成流血冲突的后果。

在泰国人民眼中，民主如果失败，还不如军政府上台。

二

有网友调侃：“红衫军，黄衫军，不如绿衫军。”意思是，泰国街头政治，别看红黄两边闹得欢腾，关键时刻还得靠军方（军装为绿色）出马来控制住局势。

军人干政，破坏民主，这是外人的惯性思维，但诡异的是，泰国人未必这么想。那位泰国华裔留学生告诉我，泰国军方的民望不小，“军方确实破坏了民主，但却是国家稳定的压舱石”。当军队进入时，泰国市民的高涨情绪也证明了这一点（虽有 100 余人抗议军方的介入，但规模不大，只代表少数，也可能是素贴的支持者）。大家都接受了泰式民主的先天不足，知道在某个关节点必然“死机”，因此，军队的介入意味着重生。诡异的是，就连红衫军和黄衫军也对泰国军队的介入持欢迎态度，因为这意味着他们的对手将不会得逞。在很多泰国人心目中，军人是“心灵纯洁、勇敢无畏、备受尊敬的公民”，其公正无私“堪比僧侣”。

泰国历史上最有名望的军人总理是沙立·他那叻，1957 年就任国防部长的他通过两次政变获得政权，开始了长达 5 年的专制统治，镇压民主、封锁报馆、禁止集会游行。按理说，如此暗无天日的时光，必然招来泰国人的极大反感。但让人意外的是，民众对沙立的评价却是一片赞誉之声，这缘于他宽严相济的家长作风和勇于承担责任的诚恳态度。人们对他的评价是“有波罗蜜”（有善德）和“爱民如子”。沙立在对基层官员的训话中强调：“国家就像大家庭，所管辖的民众不是陌生人，而是我们的儿女子侄和兄弟姐妹。”他去边远地区考察，从不像之前的政客那样搭直升机前往，而是坚持驾车或步行。他当时大力进行社会净化活动，逮捕流氓和妓女。他对流氓们的训话成了名篇："我不讨厌你们，即使你们是流氓，也是我的同胞。我坚信，国家就像大家庭。无论是由于前世的功德还是罪业，我现在承担起了家长的职责。我将付出所有的善意。"虽然他大权独揽，且个人作风很成问题，但在很多泰国人看来，他就是一位深受爱戴的领导人。可惜的是，沙立·他那叻在位仅 5 年，就积劳成疾去世，国民深感痛心。

到了 20 世纪 90 年代，军人集团虽然在政治上保持低调，却始终自成体系，坚守军队系统的独立与自主，保留着最后的政治筹码。2006 年的军事政变，一个导火索是他信试图以削减军费为手段，干预军方的人事权，从而导致军方倒戈，他信不得不远走国外。不过，2007 年军方领导人很快"还政于民"，泰式民主又重新启动。

因此，人们有理由相信，巴育在局势稳定之后将让泰国重新回到民主轨道。毕竟，近 30 年来，泰国军方在夺权后都将权力归还。泰国民众之所以这么乐观，是因为泰王拉玛九世是民主的热心拥护者，在位 60 多年的他数次敦促军政府还政于民。尤其是 1992 年"五月流血事件"，拉玛九世起到了关键作用，并力保国家进入民主制轨道。

三

很多读者都有一个疑问：泰式民主的问题到底出在哪里？

我们知道，泰国是东南亚唯一没有经历殖民统治的国家。因此，泰式民主带有很多原生态的特点。前有泰王，后有军方，中间是各大政治势力，这样的格局导致泰国民主极端脆弱，既可被叫停，又可以重新开始。尤其是军方，随时可以成为泰国各方势力的仲裁者。“一个政府，士兵监督，但是她的真正主人是国家和国王。”这是泰国枢密院前主席炳·廷素拉暖的一句名言，它很好地诠释了泰国的政治权力结构。以西方的观点看来，这个政治结构注定了泰国的民主并非货真价实。

不过，我想重点谈谈庇护制关系（Patron-Client Relations）对泰国政治的影响。这个观点首先由美国康奈尔大学学者卢恩·汉斯（Lucien Hanks）提出。所谓庇护制，就是泰国人日常生活的一种伦理法则，人们会因各种血缘、乡缘或学缘而相互结合成不同的群体，比如同姓、老乡、校友等，形成裙带关系网。这一点在中国也很常见，但泰国人对这种关系更加看重，甚至到了不问是非的程度。圈子之内的庇护制关系非常牢固，甚至被认为是人与人之间在道德层面上的责任与义务。处于上位者（师兄、长辈）必须对下位者（师弟、晚辈）进行一定程度的庇护、帮扶，否则将受到整个圈子的唾弃；而下位者则对上位者百般尊敬、崇拜。这种人际关系从泰国的各种繁文缛节可见一斑（光是合十字礼的方式就有很多种，充分体现了泰国社会的等级森严）。泰国最有名的学府是国立朱拉隆功大学，近十几年来议会中多位头面人物都来自这里，以致“议会成了校友会”。有媒体分析过这样一个有趣的现象：保皇派大多来自朱拉隆功大学，因为其学子都出自名门；而另一所著名学府——政法大学的毕业生则是清一色的民主派政客。由此，庇护制关系可能是泰式民主的文化基因。

国民的日常生活往往能投影国家的政治生态。庇护制令人们产生了一种“恩主—仆从”的心理：我若支持你，你就必须庇护我。人们生活在家长制的社会氛围里，不做独立思考，疏于理性分析，只对恩主（家长）言听计从。这在某种程度上可以解释为何沙立大权独揽却仍受到国民爱戴，也可以解释为何选民无条件支持某一政治派别，甚至可以为它陷入狂热状态，听其号令走上街头与警方冲突。民众思考问题的方式，并不是真正为国家未来考虑，而是为了本族、本集团的利益，这种狭窄的思路决定了泰国民主的形态。正是泰爱泰党代表的新资本集团对草根农民的恩惠，使得农民们迅速成为他信等人的信众，从而形成了规模宏大的红衫军运动。这种基于利益、宗族、学缘的社会特点，与民主政治的基本要求——选民的自由、独立、理性格格不入，造成了泰国政治的“碎片化”，有人曾以“割裂”“分裂”来形容，但我觉得，由于力量不断分化，“碎片化”这个词或许更加恰当。

可以说，泰国人不能称为“现代公民”，思想深处仍有家长制的传统，这是泰式民主先天不足的根源。民主如此容易走入死胡同，老百姓只能感慨：“幸亏还有军队。”

四

“军方的行动，不能根治伤口，而只是一张止血贴。”这是《星暹日报》社论的观点。

既然是止血贴，应当能在一定程度上缓和局势。如今，英拉与素贴等人都被军方带走，但在国民的注视下，巴育应该不会刻意为难他们。毕竟他们有各自的势力，军方也不会冒触犯众怒的风险（据说英拉与巴育私交不错）。

民主需要训练。泰国自 1932 年来经历了五次民主化时期，每经历一段，民主就会向前一步。1974 年到 1976 年是泰国的第二段民主化时期，被称为“民主试验”，这次试验应该说是“彻底失败”。看守政府与民选政府相继上台，其间，学生、工会、农会相继上街运动，暗杀、恐怖袭击盛行，最后还是以军政府的上台终结了这种混乱的民主。但那三年对泰国的民主化进程有着重要意义，因为很多泰国人从那时起开始了解民主。但是，这个学习过程还很漫长，直到今日，泰国人仍未完全掌握这个游戏。

塞缪尔·亨廷顿的著作《第三波——20 世纪后期的民主化浪潮》中的研究表明，民主转型后的国家难免会经历动荡，整个民主化进程在“民主”“威权”“极权”之间呈现钟摆式变化。泰国的局势正是“钟摆式”的反映。有进，有退，但从历史脉络来看，军政府执政时期越来越短，民选政府执政时期越来越长。历史的钟摆，不断地向民主政体靠近，而减少非民主政体的摆动幅度。

“我们会反思，但不会绝望。”一位泰国学者在痛陈泰式民主的缺陷后坚定地表示。前后共计 60 多年的探索与前赴后继，“微笑国度”的国民们不会退缩。

极权造就恶灵：评小说《永远的零》与“鬼子”真相

一

我是带着批判性的眼光看《永远的零》的，这部高度还原太平洋战争的小说，被国内一些电视节目批作“为日本军国主义招魂”，被认为“史观有问题”。然而，看完最后一页，我还是流下泪来。

是不是立场有问题？我问自己。我是一个爱国者，看过不少抗战片，痛恨侵略行为，痛恨日本军国主义。对于日本军人（我们常说的“鬼子”），我是存在着抗拒心理的。在战场上，他们好斗、凶残，十恶不赦，杀人再自杀，完全不把生命当回事，“完全缺乏对上帝的敬畏”。在一部纪录片里，一个美国上尉看到神风自杀战机时，感到十分恐惧：“那不是一枚‘飞弹’吗，开飞机的人是恶灵吗？”

不过，在书中描写的飞行员群像，也是“与我们一样的人”。尽管也有少数人品行不端，但大部分还是温和的普通人，有情感、有牵挂、有乡愁。作者美化了他们？没有。他们的缺点及局限性，作者没有回避。仇恨先放一边，我认为这种描述接近于真实。其实，他们就是人，来自普通家庭。

如果他们不坏，那是什么让他们变成了恶灵？

结合书中暗示的一些情节，我查阅了大量书籍，试图揭开这个谜底。一个幽灵附到了他们身上，让他们疯狂，让他们丧失判断力，再让他们杀人、自杀。作为一个对政治学有独特嗜好的人，我深深了解“坏制度将好人变坏”的道理。变化的原因在哪里，军国主义的实质到底是什么？

需要指出的是，我这里指的是《永远的零》这本书，而不是这部电影——电影的讲述功力，远远不及它的文本。至于电影是否有些避重就轻，是否与右翼思潮“秘密接头”，不属于本文讨论的范围。

二

本尼迪克特的《菊花与刀》被认为是解读日本民族精神的重要著作，此书讲出日本人本身存在的矛盾——好斗而和善，尚武而爱美，野蛮而文雅，顺从而富于抗争，源于“岛国心态”；

山本七平的《何为日本人》一书，既承认日本是“东亚最落后的民族”，又是“跑在人类史前面的民族”，从神话、宗教、家族、契约等方面，讲述了日本精神内核的形成机理；

橘玲的《括号中的日本人》勾勒了21世纪日本人的大众心理：“日本人始终认为快乐地度过现实就是一切，只认可灵验的神祇和能带来好处的权威。”

…………

对于“民族性格”的讨论，我向来很谨慎，因为存在太多不确定性。大而化之的概述无法展现“鬼子”的真实面貌，我更倾向于从具体角度切入，政治身份决定行为模式。

首先，他们是平民百姓。走上一线的士兵，大多因为贫穷、卑微、走投无路而投身戎马生涯。他们普遍在20岁左右，几乎没受过完整教育，缺乏独立思考能力，受极端主义的宣传和教育而变成狂热的爱国者。尤其是明治维新之后两场战争的胜利（日中甲午战争和日俄战争），使其民族主义猛烈膨胀。这些人，几乎没有自己的语言，只有“日本万岁”“天皇陛下万岁”之类的口号。他们被军官教导，即使落败也要与敌人“同归于尽”，这就是无知的底层日本人。

但是，哪怕在疯狂的岁月里，也有人性尚存。

在小说中，主人公宫部武藏是一位年长的士兵。他出生于富裕家庭，上过中学，甚至跟随濑越大师（吴清源的老师）学过围棋。后来，因父暴亡，家业中落，被迫入伍。所以，他与别的士兵不同。他爱惜生命，畏惧死亡。他多次跟日军同僚们说起，“死很容易，但活下去却需要极大的勇气”。在每一场战斗中，他的目标就是“活下去”。

他怕死，实际上是包含了对妻女的爱。战争初期，他答应妻子一定会活着回来。“不管是断了手，断了脚，都一定会回来。”他飞行技术高超，但总在空战中有意远离战场，他很少与美军飞机发生正面冲突。“我们那个年代，很少有人会把爱挂在嘴上，我觉得这句话——‘我要活下去’，就代表了爱。”宫部一位幸存到战后的战友说，可是当时却被视为“懦夫”。

几个日本年轻飞行员，虽然懵懵懂懂，但依然是有牵挂的。他们虽然爱国，但内心深处依然惦挂着未婚妻、父母、弟弟。在与宫部交往之后，人性的美好部分也被点燃。

文中提到一处奇妙的情境。日本飞行员井崎与美国飞行员汤尼在 1970 年的圣路易斯航空展中相遇，他们曾经在拉包尔上空交锋过。两人见面后，认出了彼此，短暂地讲述了那场战役，随后就聊各自的生活——孙子、工作、啤酒、阳光……这种谈话是那么自然，随意，和谐。井崎转过身后，痛哭失声：“为什么与眼前这么亲切的人互相残杀？”

尽管只是小说情节，但我相信这种情境是存在的。在某个时刻，人们冲昏了头脑，举着道德的旗帜相互开枪。

三

“我死了，对于战局影响不大。日本还是会亡国。但是，对我的家庭，影响一定很大。”

宫部是这样想的，这是他消极应战的原因。可见，国与家，在他心中有一个清晰的权重。爱国主义的说辞再漂亮，自己的生活、家人才是真真切切的。

“集体就是放大镜，放大愤怒、亢奋、自豪；集体就是春药，加速荷尔蒙分泌，催化热情燃烧。”梅斯奎塔在《独裁者手册》中指出。在浪漫主义美学上，战士们渴望牺牲。战机一旦中弹或失控，首先想到的不是逃生，而是撞向美军舰艇，冲向樱花般的毁灭之路。这令我想到了电影《浪潮》，献身的愿望像关在笼子里的猛兽一样，只要有人打开了这个笼子，无论天堂还是地狱，都将随之而去，这与利益无关。

“青春是危险的，它特别容易被煽动，打着正义的旗号伤害他人。”在描写法国大革命的小说《九三年》里，维克多·雨果透露了这样的信号。

但是，事实上，在日本封建体制下，这些头脑发热的爱国青年，仍然是可以任意牺牲的弃棋。

在总部部署下，3万日本士兵在瓜达康奈尔岛参加征战。这3万军人在连续发动猛攻后，很快发现问题所在——没有军饷跟进。总部认为，只要取胜，就能夺得美方的军事物资。可是战场上的东西怎么能说得准呢？后来，包括将领在内5000人战死，剩下的2.5万人是活活饿死的。当他们命悬一线之际，美国士兵还考虑过人道救援，但他们却不知好歹地开枪。最后，美国人只能开着装甲车把他们活生生地碾死，场面非常残忍。

“当时的日本，到底是一个怎么样的国家？”书中发问。

宫部领到命令，被迫参加神风自杀攻击，战场上军歌响起。而书中写道，一位军官突然大哭起来：“让这么优秀的人送死的国家，不如灭亡了算了！”

这些战场上的士兵，这些我们在抗战片中见到的“穷凶极恶者”——哇哇乱叫的“鬼子”，其实在日本就是如蝼蚁般低贱的人。他们没有文化，被洗脑，被玩弄，没有独立思考的能力，在统治者眼里生命不被尊重。既然不被当人，他们在战场中便成了魔鬼。他们是施害者，也是受害者。他们大多死在战场，存活下来的，也在鄙视和困顿中度过余生。本质上，他们未必是坏人，却都是时代的帮凶。

很多年后，美国斯坦福大学教授菲利浦·津巴多提出了“路西法效应”，分析人们如何在特定的系统中变成恶魔。“一套制服，一个身份，一个指令”就可以让人性格大变。当权势精英想摧毁敌国，宣传老手就会制造并激化仇恨，让一个社会群体憎恨另一个社会群体，通过“敌意想象”这种心理建构，隔离他们、杀害他们。津巴多指出：“敌意想象是战士最有力的动机，它能让装满仇恨和恐惧弹药的枪声响起……犁刀变成了刺刀。”

四

日本当时的权力结构，虽然引入了西方政治模式，但本质依然是森严的专制制度。天皇位于权力最高峰，军部高层把握了权力，压制了文官团体。掌权的军部高层是特权阶级——通过发动战争巩固自己的权力。

他们很少直接参与战斗，更是基本上不上前线。抗日片中出现的一些高级军官，比如《金陵十三钗》的那位弹钢琴的军官，实际上是大学生军官。第二次世界大战后期，由于军力不足，只能将大学生调到前线。虽然军衔、地位略高，但在大本营看来，依然是随时可以放弃的棋子。换个角度想想，本应过着多姿多彩生活的青年，却因为时代的错误，莫名其妙地投身于战场，又不明不白地死掉，也是一种悲哀。

“他们胆小得要死，又欲望膨胀。一心只想着升官。下面打了胜仗，他们就可以向天皇邀功。”在《永远的零》中，作者直接说出，“他们甚至不愿意想象，士兵也有家人，也有所爱的人，正因为他们缺乏这种同理心，所以禁止士兵投降，禁止他们当俘虏，强迫他们自决或和敌人玉石俱焚。”

当时，高级将领没有被追究任何责任，而是继续升官，他们把责任推到第一线作战的低阶将领。很多连长级的军官都被要求以死谢罪。

利益集团的丑恶嘴脸暴露无遗。日本为什么要侵华？为什么攻打美国？学界认为：军部为了奠定在内阁中的权力，就要不断提升自己的重要性，陆军与海军在政坛上争宠，于是就有了日本的双线作战。这太讽刺了，亚洲战场、太平洋战场上数千万人死于非命，就是为了军部的政治野心。

由于新闻不自由，媒体在当时被迫扮演了不光彩的角色。坐在办公室的知识分子，天天宣扬着“大东亚共荣圈”，歌颂英雄，歌颂战争。尤其是“玉碎”这个词，反复出现，令人觉得死亡是一件非常唯美的事情，千方百计将暴力、战争浪漫化。小说中，老兵武田就与一位报社记者有过一段激烈的争论。他说：“我认为你们报社应当负主要责任，大部分国民受了报社的煽动。”我想，在当时的体制下，报社想独立发声是不可能的。对此，我翻阅了李卓博士写的《沉重的媒介——侵华战争时期日本报界的法西斯化过程》，此书还原了报社从抗争到妥协到沦为政府宣传工具的过程。当时，根据“总力战”推行的需要，日本千方百计地加强对新闻报道的管制，压缩言论自由的空间，制定言论统制法令、法规，完善言论统制机构。这样，全国上下只有一个声音，一种思想——“开战”。这种舆论氛围造就了集体狂热，所以，日本走上了歧路，再也无法回头。

当日本全线溃败之时，有人提出了神风自杀袭击方案。且不说能取得多大的效果，对飞行员来说，就是死刑判决书。做决定的人，当然是军队的高层。“他们对特攻队员说，你们并不孤独，我也很快会跟随你们的。”他们一个也没跟着去送死，在战争结束后，把责任撇得一干二净。当时，有一位反对自杀的军官叫美浓部正，他在会议上大声批驳这种想法。要知道，抗命是军人的禁忌，他的反对是冒着生命危险的。我查了这位军官的材料，他虽然此前也参与过不少侵略战争，但这一刻，他至少考虑到了他人的痛苦……

宫部也在战争最后阶段参加了特攻，这个精通围棋、彬彬有礼的男子，被撞得支离破碎，死得极其惨烈。讽刺的是，他携带的炸弹，居然没有爆炸。

五

现在，日本如果要发动战争，多少人持积极态度？有国际机构做了一个社会调查，答案只有 15%，在所有参与统计的 40 多个亚洲国家位列最后。

因为在这个时代，年轻人都认可宫部的想法。战争、暴力，无论出于什么理由，都非常牵强。“很难想象拿枪对着一个人，哪怕你是军人。”我记得一位年轻的日本留学生曾在一个文化沙龙上这样说过。他连美国的反恐战争都不赞成。

日本漫画家斋藤邦雄在 1941 年被强征入伍，被迫参加了对华战争。战争结束后，他将自己的经历绘成了漫画《陆军步兵漫画物语》。画中，他画了侵华日军的狼狈下场，包括被猪追赶、遭遇地道战、半夜闹鬼等。这部漫画在日本相当畅销，被评价为具有“自嘲精神”。可见，作为个体，日本人并不好战。这与《永远的零》不谋而合。

回看中日关系，我们常常进入一个误区，就是痛恨日本这个民族。实际上，日本普通百姓与我们一样，除了语言、习俗不同外，其余没多大区别。

在一个缺乏独立思考、缺乏新闻自由的等级社会中，不仅个体没有自由，同时也可能变为战争的发源地。极权主义的幽灵如人类历史一样长久，有时它会依附在日本人身上，有时会依附在德国人身上，有时也会依附在我们身上。它会伤害自己，也会伤害别人。

它是丑恶的，但又有蛊惑性——“它有美妙的身段”。它会以集体的名义排斥一切个体，它会强调集体之美，矮化个体之价值。它会采取一切动人的辞藻，说服你使用暴力、发动战争、自我献身。它会告诉你，你奉献的是人类最美好、最伟大的事业，所以你要义无反顾地去送死……

1795年，康德曾写下著名论文《论永久和平》，提出了一个概念：大多数人永远不会在投票中支持发起战争，除非出于防卫。也因此，“如果所有的国家都是共和国，战争便永远不会出现了，因为先行的侵犯永远都不会产生”。这一说法在20世纪中叶突然在国际政治学界受到重视，成为著名的“民主和平论”。绝大多数人都厌恶战争，因为他们了解战争毫无意义，因为攻打别的国家不会给自己的生活带来什么私利，相反，自己或自己的亲友还有丧命的可能。历史上，非民主国家之间的战争则相当常见，已有将近1.7亿人因为极权政府的政策而失去了生命。

“战争是魔鬼。”每个人或者都会这样说。但我认为，真正罪恶的根源，在于极权制度。“极权主义是一台巨大而严密的过滤系统……人就处于一种容易感到幸福的状态中。”历史学者魏勇曾写道：“在那些被侮辱、被伤害的群体中最有可能产生法西斯的拥趸，因为弱势所以渴望力量，因为无助所以渴望英雄，因为受伤所以渴望温暖，因为受辱所以渴望正义，这些诉求恰恰是法西斯承诺愿意给予的。”

走上前线的这些人，最终成了历史的弃儿。

可见，民主的机制以及民众独立的判断是多么重要！要是政府中、军队中、媒体中，都有很多像宫部这样的人一起对天皇说“不”，以文字、以选票、以舆论，一起抵挡这场无意义的战争，那么，日本还能走向侵略之路吗？

在极权体制下，那些弱者、愚者、不清醒者最容易成为法西斯的俘虏，先是疯狂，继而走向毁灭。

大屠杀及其执行者们

1961年，阿尔道夫·艾希曼在耶路撒冷受审，汉娜·阿伦特突然感到无比绝望。她意识到，这个曾策划处死百万犹太人的双手沾满鲜血的凶手，既不是变态杀人狂，也不是内心阴暗的人，而是一个非常正常、平凡的人。

“艾希曼的问题正是在于他跟太多人其实没有两样，他们既不是变态也不是虐待狂，而且他们过去是、现在也仍是可怕且骇人地正常。从法律制度及道德判断标准而言，这种正常比所有暴行总和都还令人震惊。”这是阿伦特的痛苦之处。

在研究人类暴行历史的时候，不得不面对这样一个事实：很多施害者都是“平凡人”，甚至“道德高尚”的人。他们可以在某种道德口号或旗帜下杀人，只要找到一种比他人生命更“贵重”的理由，将受害者贴上“敌人”“他者”“异教徒”“反动派”，甚至“蝼蚁”“爬虫”的标签，然后肆意夺取其性命。每一场大屠杀或者迫害，都有不可违背的权威以及精密策划的话语。

十字军东征，名为一场清除异端、拯救圣地的“正义之战”，实际上是对东欧各国的一次宗教侵略战争，千万人死于战火；法国大革命，口号是“平等”“自由”“博爱”，却让一个个鲜活的个体走上了断头台；大部分日耳曼平民在“拯救灵魂”及爱国主义的口号下，参与了对千万犹太人的迫害。因此，齐格蒙·鲍曼在其著作《现代性与大屠杀》中发现了这个历史的诡计：“从极端的理性走向极端的不理性，从高度的文明走向高度的野蛮，看似悖谬，实则有着逻辑的必然。”

如何解释1994年的卢旺达种族大屠杀？连当事人都茫然不已。短短两个月内，百万图西族人死在自己的土地上，被自己的邻居杀死。卢旺达短期内消失了八分之一的人口。这是人类历史上规模最大的种族灭绝暴行之一。那一年的4月6日，总统朱韦纳尔·哈比亚利马纳（胡图族）的飞机在卢旺达首都基加利附近被击落，图西族武装成为嫌疑对象。在真相未明之际，此事件已经掀起了愤怒的浪潮。7日，由胡图族士兵组成的总统卫队杀害了卢旺达女总理、图西族人乌维林吉伊姆扎纳和三名部长。更可怕的是，在政府、媒体的煽动下，大量平民参与了屠杀。他们手持砍刀、狼牙棒、铁棍，凶残地杀死了自己的邻居。其中还有一些细节令人惊恐：一个胡图族人拿着斧头抵着一名12岁孩童的喉咙，强迫他在父亲及其他姐妹面前，强暴自己的母亲。在杀戮的同时，还以各种方式达成羞辱的最大化。

事实上，大部分胡图族的杀人者，与艾希曼一样，在平时都是正常人。据一名法国记者透露，他们过去大都是农民、教徒，甚至还是老师。在那次大屠杀之前，他们99%都没有杀过人。虽然以前两族人之间互相有看法，但在日常生活中，也相处融洽。但在一种特定情境的激发下，引爆了长期暗藏的敌意，每个迫害者“突然产生了一种力量”，将砍刀指向邻居。在杀戮过程中，又演变出各种残暴的折磨方式，包括大规模强奸、肢解、迫使对方强暴自己的亲人等。

“杀人杀多了，对我而言就没有意义了……”

“我们只不过奉命行事，在每个人的热诚之下整队，在足球上成群结队，出去猎杀如同有血缘的灵魂。”

“我们的图西邻居，我们知道他们没有做任何坏事，没有罪……我们不再是一个一个地看着他们，我们不再停下来辨认他们以前的样子……他们已经变成很大的威胁。”

“把图西人逼上绝境的时候，我们不再把他们当成人类……”

以上都是杀人犯对暴行的回顾。他们承认，“残暴占据了我的心”。

翻看20世纪的人类历史，亚美尼亚大屠杀、纳粹集中营大屠杀、南京大屠杀、孟加拉大屠杀、柬埔寨红色高棉大屠杀等，执行者多是大批百姓，或是由普通百姓组成的未经训练的军队，在某种意识形态下放弃人性，追随卓越且有吸引力的权威者下达的命令，消灭所有被标志为“敌人”的同类。平民的普遍参与，佐证了阿伦特的论述：“邪恶有令人丧胆、蔑视一切言语和思想的平庸性”。

菲利普·津巴多教授，在他的著作《路西法效应》中，以大量的心理学实验证明，在某一情境的力量下，好人会变成坏人。他举了个例子。小学老师艾略特将他们班的学生武断地按照眼珠的颜色分成了两群，并告诉他们“蓝眼睛”是上等人，“棕眼睛”是下等人，然后班里便出现了变化——“蓝眼睛”的孩子开始摒弃“棕眼睛”的孩子，甚至宣称后者会偷东西，很快便拳脚相向。简单的一个措施，就能让小学生性情大变。

津巴多提到的“路西法”，实际上是一个含义丰富的寓言。路西法曾是光的守护者，是上帝最宠爱的天使，但最后成了撒旦。津巴多指出，简单的“好人—坏人”的划分是武断的，也是不符合事实的，善与恶都存在于每个人心中。同时，情境的力量远远胜于想象。在某些系统的激发下，比如卢旺达事件中的一个导火索——总统的突然死亡，就足以让百万胡图族人丧失人性，潜伏着的不满和仇恨便会开启，将人性拖进恶之深渊。缺乏对生命的敬畏，纯粹服从指令，比穷凶极恶之徒更可怕！穷凶极恶之徒杀人前尚有犹豫，但被“自负的理性”蒙蔽的群体，却将屠杀当作一件英雄伟业。

在研究伊斯兰原教旨主义的恐怖袭击之时，我发现：“自杀炸弹客最可怕的一件事是，他们完完全全就跟平常人一样。”我此前研究日军神风战机飞行员的状态，也是指向了这个结论。他们唱着美妙的歌曲，以一种极其悲壮的自我陶醉去终结生命——他人的，以及自己的。受制于某一种情境，他们先是实现了去人性化，与道德脱钩，并点燃了仇恨。那些情境——纳粹主义、军国主义、种族主义、激进主义，甚至理想主义，都制造了这样的疯狂、对抗，为暴行提供了土壤。

因此，避免沦为撒旦的唯一方式，就是拒绝这种情境。

质疑，质疑你听到的一切，拒绝盲从，独立思考。高举人性的火把，包容与珍视他人的价值。100 年前，英德圣诞之停战，显得如此珍贵。德国士兵与英国士兵放下了手中的枪，互相祝福圣诞快乐，一起喝酒、聊天，并举行了一场足球赛。他们的和解缘于谁也不知道为什么要打这场仗。西线一度迎来了奇妙的和平。若有足够的人性光辉，是可以化解这种仇恨的。阿伦特说，哪怕一个普通士兵，“枪头向上一厘米”，就是对自己的救赎，就是对正义的献礼。这种善其实潜藏在历史的每一个角落，在每一个人的身上。哪怕在最黑暗的时候，人性善也勇敢地发出了光。我们知道的辛德勒的名单、卢旺达的饭店（大规模拯救行动），都体现了在纳粹大屠杀以及卢旺达大屠杀悲剧中人性温暖的光芒。

更深入的措施是，破坏这种情境。让价值多元，让仇恨化解，彻底使驾驭人性的力量失去效力，这样才能解放人类，20 世纪的种种悲剧才能彻底清算，21 世纪人类才能真正与自己和解。

激进左翼的幽灵依然在欧洲徘徊

一

柏林墙倒塌之后，自由主义者一度认为走到了历史的尽头。冷战结束，似乎自由与民主将在世界范围内畅通无阻。西方学者自负地认为，这面旗帜可以安插在俄罗斯、墨西哥、尼日利亚、缅甸及伊拉克等国家，但至今为止仍未见到曙光，这些国家嫁接民主之后，陷入了更致命的动乱。在2008年金融危机之后，就连西方国家的自由主义者们，也陷入了迷茫之中。此前几乎销声匿迹的左翼运动，重新出现在视野之内。

实际上，从占领华尔街、占领伦敦运动发起之时，历史又回到了原点。这是爆发于21世纪西方国家的工人运动。此刻，人们想起来的是《共产党宣言》的话："一个幽灵，共产主义的幽灵，在欧洲徘徊。"左翼思潮开始抬头，这表现为民众集体对精英政府的不满，就像占领华尔街的口号，"我们是99%""反对1%"，这就是社会的

“大多数”对少数精英权贵阶层的愤怒。从华尔街大银行家们的角度而言，这可以解读为一场“毫无建设性”的行动，对于解决经济危机没有帮助，有人甚至刻薄地将其形容为“一群无事可干的人聚起来开一场 party”，但这不意味着人民的呼声可以被忽视。冷战后在西方社会沉默了多年的“人民”重新出现：不仅美国多个城市，在欧洲也掀起了诸如占领伦敦、占领马德里等运动，“幽灵”再度盘旋在西方的上空。

放在这个背景中解读，多次爆发的伦敦地铁罢工也是欧洲工潮的一环。伦敦地铁罢工源于工会与政府关于工资待遇的谈判，伦敦地铁四个工会与资方谈判破裂，两万名地铁员工发起 24 小时罢工，伦敦 11 条地铁和 270 个车站全面停运。

经济不景气、欧洲激进左翼思潮高涨，提升了工会谈判的底气。工人运动就这样有组织、有谋略地展开了，他们正有技巧地展示着自己的力量。尽管他们已经不把马克思主义奉为圭臬，依然谨慎地把自己的行为与“赤潮”划清界限，但他们在呼唤公平及福利待遇时，显然还是带有强烈的“抗争”倾向。不同的时代，往往会有新的面具，但面具下的激进面目却似曾相识。历史的发展总是否定之否定，昔日退场的左翼运动如今再度登场。

二

相比于英国，西班牙走得更远。作为“笨猪五国”（PIIGS）之一的西班牙，已经陷入社会运动的泥沼之中。

帕布罗·伊格莱希亚斯（Pablo Iglesias），年仅37岁，留着长发，能言善辩，曾是一个犀利的媒体评论员，在领导“愤怒者运动”（Indignados）之前，已经小有名气。2011年5月15日，在西班牙经受紧缩和大规模失业之时，自称“愤怒者”的民众们，聚集在西班牙全国的各个广场，他们对腐败的官僚制度、无能的经济政策表示强烈的不满，呼吁进行彻底的变革。帕布罗·伊格莱希亚斯在这次运动中脱颖而出。从他的职业、外形以及言论看来，他是一个不折不扣的愤怒左派——媒体对他评价不一，有人称他是欧洲的查韦斯，也有人称他是21世纪的希特勒。有的民众认为他“非常危险”，但也有不少民众是他的死忠。

他领导的“我们能”（Podemos）党，成立仅一年，便创造了20天内10万人加入的奇迹，甚至有可能撼动西班牙既有的政治格局。如果“我们能”政党上台，意味着西班牙将往左翼的道路上狂奔。

“我们能”有着丰富而动人的政治口号，这是左派政党的惯用手段之一，以文学性、煽动性的话语吸引民众。政党的口号之一就是“变革”，意思是需要做出改变了。还有一个口号是“为人民服务的政党”。伊格莱希亚斯说，政治人物应该“为人民服务，而不是为私人利益服务”。还有一个更具煽动性的，就是“嘀嗒嘀嗒”（tic tac tic tac），意思是为如今的政府倒计时，随时准备取而代之。在马德里大游行中，10万人高喊着“嘀嗒嘀嗒”，被保守主义报刊形容为

“像等待着一枚定时炸弹的爆炸”。

历史的经验多次表明，越是穷困潦倒的时代，民众就越倾向于选择激进的方式解决问题。因为他们都急于摆脱困境，对于循序渐进的改革没有耐心。他们多么希望有一种迅速见效的办法，就像重病之人特别相信江湖郎中，困境中的民众则对夸夸其谈的极左政客非常痴迷。可是，像伊格莱希亚斯这样的，只是“流行小册子作者”“疯狂的口号创作者”，虽然有不错的修辞水平，但在治理经验上，他甚至比不过一个镇长。

2015 年 1 月，希腊左翼激进势力 Syriza 获得政权，齐普拉斯成为有史以来最年轻的总理。在 7 月 5 日的希腊公投事件中，这位昔日的学生领袖在欧洲成了风云人物，向外界展示了他狡诈而“无赖”的一面。伊格莱希亚斯对他的评价很高，他说希腊终于迎来一位“代表自己国家和民众利益”的领导人，而不是“德国总理安格拉·默克尔的代表”。可见，他不会是欧盟希望看到的西班牙领导人。

也因为这个表态，西班牙被视为“下一个希腊”。但实际上，西班牙无论是人口还是经济规模，都远超希腊。欧洲媒体已经在想象这样的画面：左翼领导人开始结盟，与伊格莱希亚斯和齐普拉斯站在一起的，很可能还有意大利、葡萄牙、爱尔兰的领导人……

三

激进左翼的政客永远会告诉民众一个美好的未来。民众也非常乐意听到“反紧缩政策”的调门。他们会轻易许诺，比如35小时工作制，比如提升最低工资标准，又比如全民医疗保障等。对于谨慎的执政者而言，任何决策都需要通盘考虑（也包括满足利益集团的需要）。不过，对以在野党为主的激进左翼党派而言，尤其是年轻的、善于鼓动民众的左翼政客，这种承诺是不负责任的。为了赢得更多喝彩，伊格莱希亚斯等人会抛出更多的承诺。至于能不能实现，那是以后的事了。

直到如今，反资本主义仍是激进左翼联盟中最响亮的话题之一。当底层劳动者满意其人均收入、福利待遇时，他们未必会太在意西方社会悬殊的贫富差距；但若保障失去之时，他们就开始对这个议题敏感起来。此前，世界社会论坛、圣保罗等左翼活动一直无人问津，但最近几年变得火爆。值得注意的是，新时代的左派运动与反新自由主义、反全球化结合起来，甚至还有反美、反欧盟等元素加入。在20世纪90年代的拉美，左翼运动突出表现为反美，而西班牙、希腊、意大利的反欧运动则指向欧盟，或者说欧盟的核心国家——德国和法国。比如说在希腊的报刊漫画上，德国总理默克尔、财长朔伊布勒就成为反面人物。

在福利主义、社会民主主义的掩盖下，左翼思潮像火焰一样燃烧。与这种思潮相互印证的是凯恩斯主义的盛行，多国政府开始对市场进行干预，这甚至令人怀疑是“苏联式集权主义的卷土重来”。英国《每日电讯报》调侃：“同志们，我们现在都成了社会主义者了？”

"现实存在的社会主义"似乎丧失了革命与社会主义重建的光辉，但其强有力的存在仍然在证实着中央国家计划下后资本主义经济的可能性。

按照弗朗西斯·福山的理论，西方社会可以被理解为一个"末人社会"：由于生活富足，他们认为抵达了历史的终点，看不到进一步发展的空间，不能想象更高形态，因此没有激情和目标，"平庸而自满"。对于末人的特点，尼采曾总结为趋乐避苦、排斥异己、没有理想、精于计算等。在希腊公投之后，公众看到了希腊社会典型的"末人形象"。但是，正如罗伯特·卡普兰警告我们的，这个世界是如此复杂，同时存在着"末人"和"初民"（远古时代的人，指野蛮人），在某种时刻，当"末人"被逐出了"加长豪华轿车"（优越的生活），就会重新变为"初民"……

就像所有悲伤的故事一样，欧元区有一天会变得支离破碎。如希腊、西班牙、葡萄牙，甚至斯洛伐克、波兰等国家，都会因自身种种原因选择退出。而另外一些国家则想加入，欧盟还会继续前行，但理想主义的光辉不再。与之伴随的，可能是欧洲梦的破灭、民族主义的兴起，以及主权论的进一步强化。此前，人们总把欧盟视作国际政治发展的方向标，认为全球主义将让历史走向终点，但事实上，欧洲并未完全跨入后现代，激进主义的东西并未消亡。

这或许是个永无休止的循环：人类总在现代与后现代之间，不能真正跨越。超越左和右，目前还做不到。

《荒野猎人》与那个时代

《荒野猎人》这部电影不仅告诉我们一个故事，更为我们呈现了一个时代的剪影。你若不了解那个时代，你就读不懂《荒野猎人》。

这部电影的背景，是在 19 世纪初期的落基山脉。全部电影的主题是主角格拉斯的复仇记，先是成功脱险、求生，再是向抛弃他、杀害他儿子的白人菲茨杰拉德复仇。但是，片中也为我们埋下了一些伏笔，比如白人殖民者与印第安人的你死我活的争斗。这涉及一个大背景——西进运动。

我们的历史课本，讲述过白人殖民者在西进运动中针对印第安人的大屠杀。但是，这一幕并不是短期内发生的，而是一个长达数百年的清洗运动。当 1492 年哥伦布来到这片大陆时，这片大陆居然还没有马。乌拉圭著名作家加莱亚诺曾写道：当殖民者骑着高头大马长驱直入时，当地印第安人酋长吓得痛哭流涕。最早期的殖民者征服了东部海岸，败亡的印第安人部落撤到了落基山脉。在电影中，我们看到印第安人部落已经有了马，有了枪，也就是说，他们已经初步实现了军事现代化，拥有了与白人侵略者抗衡的能力。在美国建国的1776年之前，白人与印第安人已经形成了均势。但是，由于东部人口剧增，资源已经跟不上，有些冒险家就必须向西部发展。格拉斯团队就是其中之一。

1822年，42岁的爱尔兰裔美国人休·格拉斯在密苏里州的一份报纸上看到一则广告，召集100名敢于冒险的青壮年男子上溯密苏里河，开拓毛皮贸易生意。彼时的世界贸易体系中，毛皮交易占据了很大的比例。毛皮服饰作为一种奢侈消费品，长久以来都是欧洲大陆上层阶级不可或缺的行头之一。据说，英王亨利八世的一件紫貂皮长袍就耗费了350张皮子。而欧陆毛皮资源的日渐枯竭，促使北美殖民者们纷纷涌入这个暴利行业。1733年，哈德孙湾公司的一张上好海狸皮，就可以换得1/2磅米色珠子、3/4磅彩色珠子、1只黄铜壶、1磅铅弹、1.5磅火药或2磅糖。

但是，猎皮在当时是一种非常冒险的行为。印第安人已经不再像15世纪末16世纪初时那么好欺负。相反，他们已经武装起来，对白人充满敌意。格拉斯应征的工种俗称“山民”（mountain man）。“山民”这一职业正是随着北美毛皮贸易的蓬勃发展应运而生的，他们是毛皮贸易业的一线民工，1820年到1840年的鼎盛时期，活跃在落基山脉的“山民”数量达到3000多人。他们风餐露宿，在常年人迹罕至的西部地区捕猎珍稀动物的毛皮，通过上一级的毛皮贸易公司销往国外。但是，这可是印第安人长期出没的地盘。讽刺的是，一些印第安人部落也通过向殖民者贩卖皮毛换取枪械、马匹等，这些“山民”无疑就是掠夺者。在印第安人的逻辑中，谁侵犯他们的领地，杀无赦。这就有电影开头的一幕，印第安人突然截杀格拉斯的毛皮公司的团队。这一幕在殖民者与印第安人的交锋中频频上演。

加莱亚诺有一本书叫《镜子：另一部历史》，就是讲述在印第安人眼中的世界：在遥远的古代，他们发展了辉煌的文明，比如阿兹特克文明、印加文明等，但是西方殖民者的到来，两个半球的相会，给他们带来了巨大的灾难。被殖民者杀戮，从殖民者身上感染致命病菌，被抓去当奴隶……他们的人口从接近两亿一直下跌至千万左右。在整个历史的战场上，他们是失败者。

菲茨杰拉德就是典型的殖民者形象：冷酷、贪婪、见利忘义，同时骄傲自大，看不起印第安人。与菲茨杰拉德相似的，还有那群吊死印第安男子、强奸印第安少女的“山民”团体。格拉斯形象的刻画，处处与菲茨杰拉德等人不同。首先，他并非“北方视角”的代理人，他曾在印第安人营寨中生活过几年，娶了印第安妻子，并有一个混血的儿子。同时，在电影后半段，他拯救了印第安人酋长的女儿。某种意义上，他身上带有双重投影：既是白人，又有印第安人的烙印。所以，最后在他遭遇印第安部落时，对方并没有杀他。

电影以格拉斯的成功复仇结尾，这本无可厚非，但若时光定格在此，似乎格拉斯成了“中立者”。种族间的冲突、充满欲望的西进运动似乎与他无关。这是不对的。格拉斯还是无法摆脱当时的大时代。作为“山民”，他必须经常介入与印第安人的纠纷，哪怕获得了波尼族的好感，但其他部落的人并不会原谅他。在 1833 年与阿里卡拉印第安人的交战中，他战死了。

在这几十年里，美国的国土也通过征服、购买，不断扩张，一直抵达西海岸。1803年，美国乘法皇拿破仑忙于应付欧洲战争之际，从法国手中以1500万美元的价格购买了路易斯安那的广大地区（面积约为83万平方英里）。1810年和1819年美国从西班牙手中夺得佛罗里达。1846年，美国强迫英国订约，把美国北部北纬49度的国界线一直延伸到大西洋沿岸，排挤走了这个地区的英国人。1846年，美墨战争爆发，美国胜利后购买了墨西哥的大片国土，总计约95万平方英里。到1853年，美国已把它的国境线推进到太平洋沿岸，国土面积达303万平方英里（约785万平方公里），比宣布独立时的版图面积增加7倍多。密西西比河以西的人口在1840年以前还极稀少，40年代移民开始多起来，特别是1848年加利福尼亚发现金矿，对西部的开发是一大推动。1850年以后，这个地区的移民和经济发展，在美国发展中居于重要地位。此外，美国还继续向西扩张到与它本土不相毗连的地区。1867年以720万美元的代价从沙俄购买了阿拉斯加，其面积等于美国最初13州的2倍；1894年，美国在檀香山推翻夏威夷王国，1898年爆发美西战争后，又兼并了夏威夷群岛。

20世纪，印第安人已经彻底边缘化，甚至成为难民、底层。在60年代的美国反战运动中，78名印第安青年在1969年占领了“巨石监狱”，以表示反对主流社会的歧视。他们质问美国政府“曾与印第安部落签署了400多个规定，但一个都没有遵守”。带头的那位，名叫米尔斯（又叫民思），曾是一个渔民，又是越战老兵。他掀起了一场非暴力的抵抗运动。

后来，他成为一名电影明星，主演了好莱坞大片《最后一位莫西干人》，以这种方式向全世界呐喊。他的演技不逊于小李子。2011年，他因病去世，享年72岁。

利比里亚启示录："自由之地"如何变成杀戮乐园

一

利比里亚女孩玛莎，在自家的小屋里，祖母在帮她梳头，叮嘱她用心读书，场景安宁静谧。紧接着，枪声响起，武装分子突然杀出。玛莎的生活从那一刻彻底改变。祖母与村民惨遭杀害，玛莎女扮男装，为了生存不得不成为"娃娃兵"。她拿起了AK47，被迫加入武装分子，"在利比里亚这个被世界遗忘的非洲角落干尽坏事"。

这是戏剧《利比里亚女孩》(*Liberian Girl*)中的一幕。可惜我未能前往百老汇现场观看，但看了友人寄来的文案，仅是文字也足感震撼。此外，在伦敦皇庭剧院观看了此剧的剧评人水晶，在《戏剧与影视评论》中详细地介绍了这部实验戏剧。这部戏剧采取了"浸入"的演出方式，取消了舞台，也拆除了观众席，令观众身临其境。如此有冲击力的表演方式，真实地还原了场面的惨烈。水晶在文中表示："还好我没站在那儿(楼下)，不然脆弱如我，一定会当场泪崩、影响演出的。”

本剧的背景，是利比里亚现代史中一个黑暗片段，就是1989—2003年的内战。在这场15万人战死的浩劫里，很多孩子双亲被杀。他们在内战中成了俘虏，于是成了“娃娃兵”，成了延续仇恨、延续杀戮的机器。他们一边伤害、侮辱他人，一边被人伤害、侮辱。这样的娃娃兵，总共有3.8万人。玛莎的案例更加极端，她为了求生，一直掩饰自己的女性身份，比其他男孩子更凶残、更暴力，最后混成了“军中元老”。为了证明她的强悍，她带头性侵其他受害女性。因为她知道，如果她表现出一丝仁慈，或许她的把戏就会被揭穿，或许立即被一枪毙命。

“士兵的暴行包括故意砍断俘虏四肢、屠杀孕妇以打赌胎儿性别、用少女祭祀等。他们被迫切割、烹煮人肉和器官，包括自己的父母和孩子……很多家庭成员，包括孩子，被迫彼此强暴、屠杀、伤害。在观看的过程中，他们不得有任何情感流露，甚至要奉命大笑。如果谁不堪忍受流下眼泪，将被刺目以示惩罚。”这份材料来自芬兰一位女学者莱娜·科蒂莱宁（Kotilainen）的调查报告，被访者是一个名叫玛丽·戈尔的利比里亚女兵。

二

让我们重新回看利比里亚的历史。1824年，美国殖民协会接管了西非一片美国黑人奴隶聚集居住的区域，命名为“利比里亚”（Republic of Liberia），意为“自由之地”。随后，很多美国“自由黑人”陆续来到这片土地，这个国家被认为是“非洲的美国”，同时凝聚了美国精神的核心——自由之信念。与很多非洲本土国家相比，这个移民国度更加现代。利比里亚的格言是“自由的爱把我们带到这里”（The love of liberty brought us here），美国味道扑面而来。

利比里亚有自己的黄金时代：1841 年 9 月罗伯茨成为第一位美国黑人总督；1947 年，利比里亚率先从美国控制下独立，同时公布了一份以美国宪法为蓝本的利比里亚宪法；在整个 20 世纪上半叶，都是非洲最繁荣、最稳定的国家之一。杜伯曼（Tubman）执政时期的利比里亚经济在非洲国家中名列前茅，甚至在南方国家中也举足轻重。

转折点就从 1980 年 4 月 12 日开始。底层军官多伊（Doe）获得了一个千载难逢的机会，他领着十几个亲信悄悄钻进了总统府。多伊直奔总统的卧室，一枪干掉了躺在床上的总统托尔伯特。托尔伯特的尸体被扔去喂了狗。凌晨，多伊在电台宣布政变成功，并自任“救民委员会”主席兼国家总统。那一年，28 岁的武夫多伊，通过这种方式达到了权力的顶峰。

多伊是这个国家从文明走向野蛮的开端。他完全推翻了好不容易建立起来的民主和法治，并颁布军政府的“临时约法”。他好勇斗狠，疯狂铲除异己。多伊上台后，把前政府高级官员赤身裸体绑在海边沙滩的一排木桩上“示众”。一个外国记者为他们求情，多伊勃然大怒，立即下令杀了这些官员。“13 条性命就这样结束在沙滩上，随后被扔进了大海。”

那位外国记者应当庆幸，多伊没有狂性大发把他也干掉。因为此后不久，利比里亚国家电视台一位主编塔尼奥试图访问多伊，多伊以心情不好为由，直接下令将塔尼奥活活打死。此举震惊了国际舆论。军人出身的多伊，已经抵达极权与暴政的顶点。20 世纪 60—80 年代的那些臭名昭著的军政府，与多伊相比真是小巫见大巫。多伊统治时期，利比里亚陷入了极端恐怖之中，经济也一落千丈。

之后还发生了一件震惊全世界的事：曾在利比里亚大使馆工作的李同成回忆，1985 年 11 月 12 日，在蒙罗维亚（利比里亚首都）响起了枪声。“从电视里看到，多伊的总统府已被包围，电台和电视台均被占领。政变首领奎翁巴（多伊起事时的同僚）手持冲锋枪，满脸笑容地在电视中出现。”多伊残党已经在总统府三楼负隅顽抗，但奎翁巴却怕炸坏了总统府，拒绝用重武器，给了多伊调动军队的时间。这样一来，局面反转，奎翁巴被迫逃亡。

后来又是一番血洗，上万人遭到了残忍杀害。“多伊对奎翁巴恨之入骨，先是将奎翁巴暴尸示众，接着将奎翁巴千刀万剐，分而食之。多伊吃了他的心脏，其部下和战士都分到了一杯羹，最后有几名战士因吃不到肉而抱着头去啃。”广播电台传来这样的消息，李同成非常惊讶。

他开始不相信，后来向美国大使馆求证，结果，被证实了。

三

1990年，多伊的末日终于到来。这次叛军的头目是多伊另一位同僚查尔斯·泰勒，他领导的爱国阵线在短时间内就控制了一半的城市。而多伊则在谈判路上被泰勒的手下约翰逊将军活捉。约翰逊将军也杀红了眼，折磨多伊那一幕可谓血腥至极：扒光衣服、割掉手指和耳朵、切掉生殖器……至今网络上还有视频，成为那段恐怖时代的佐证。

多伊的死，并没有终结利比里亚的灾难，相反，它打开了另一个魔盒。就在取得全面胜利前夕，“爱阵”内部分裂，形成与政府军三方混战的局面。随后，局势进一步恶化，各派势力开始为争夺地盘而战斗。多伊时代种下的仇恨，已经在社会上大规模扩散了。这个原本实行美国式宪法的国家，原本沐浴文明与民主的国家，这个国旗同样是星条状的国家，一下子成为灾难的旋涡中心。

从政治高压转向动乱，利比里亚国民的命运更加悲惨。在戏剧《利比里亚少女》中，玛莎就是在这一年成为动荡流离的“娃娃兵”的。多伊虽然已死，但他的残忍与野蛮却影响了利比里亚平民，人们带着满腔仇恨，投入疯狂的杀戮之中。整个国度被怒火熊熊燃烧。

内战这几年，是否有人性之善在暗夜中透露光亮？可能是有的。比如号召妻子不要与打仗的丈夫行房、“让国家恢复理智”的古博维

(Gbowee)，还有一些不知名的制止杀害无辜的“武装分子”。但是，我们所获得的信息更多充满了血腥和恐怖。在内战中，武装分子展示出了最丑陋的一面。就像玛莎在戏剧中讲述的：“卑鄙才是那个世界的通行证。”为了生存，他们无恶不作，他们宣扬恐怖，越残忍，越安全。与多伊一样，也与约翰逊将军一样。

当时还有一个奇人，名叫约书亚·布雷希。死在他屠刀下的人接近2万，他是20世纪最残忍的军阀之一。此人作战时赤身裸体，只穿一双运动鞋，自称有神灵保佑，刀枪不入，被称为“光屁股将军”。出生于1971年的他，来自利比里亚的萨保族，那是一个封闭而原始的部落。时代的激流将他卷入战争，并让一丝不挂的他成为战争中的明星。在那个时代，多名军阀头子幻想着像多伊那样登上权力巅峰，布雷希只是其中之一。当时蒙罗维亚的街道，各路军阀横行霸道，枪炮不断。甚至联合国维和部队或外国记者也会随时丢掉性命。国际机构的救济物资经常被武装分子直接抢走，平民则陷入饥荒之中，甚至连利比里亚著名球星、世界足球先生乔治·维阿的住宅也被洗劫一空，两个堂妹也遭到强奸。

泰勒虽然在大选中获胜，但已经无法控制这些横行的武装力量。甚至他本人，也需要借助这些武装力量来保卫自己的政权。那场内战一直打了13年，数以百万的人民流离失所。2003年，各方签署了停战协议，利比里亚才迎来了和平的曙光。

四

如果要反思“美国模式”在发展中国家的失败，利比里亚无疑是最好的案例。据说，当20世纪90年代中期美国四处兜售其价值观时，有几次都遭遇非洲代表的反问：“就像利比里亚那样？”

利比里亚是怎样成为一个失败国家的？多伊可能是最直接的原因。但是，更核心的问题是，这个仿美国而建的国家，并不具备“美国化”的条件。香港国际关系学者沈旭辉指出：“利比里亚虽是仿美国而建，但部分美国最引以自豪的核心价值与社会特征从未出现，例如公民社会、‘罗斯福新政’后的福利社会及‘大熔炉’价值观等。华府对利政策还停留在对执政精英的支持，不在乎其‘在地性’。”建国初期的理想主义及精英政治，尽管也带来了百年的和谐稳定，但在野蛮势力面前却无力抵御。部分民众甚至对多伊存有幻想，也纵容了灾难的发生。当多伊直接摧毁了此前的法治文明，一个现代国家就瞬间变成一个恐怖中心，枪炮替代了法典。哪怕是多伊被处死，仇恨的车轮也停不下来。平民为了生存，纷纷从被害者变成了施害者。武装分子不知自己为谁而战，总之，只有保持战斗的姿态，才能保证不被打死。

这20多年的黑暗，让利比里亚从一个充满希望的非洲国家变成了在国际上垫底的穷国。2003年，利比里亚的人均GDP仅有130美元。在瑟利夫（Sirleaf）上台之后，经济有明显的复苏迹象，2014年达到了461美元。尽管如此，利比里亚依然在失败国家榜单中排名前列。

社会的和解更是一部苦难叙事。在《利比里亚女孩》的结尾，玛莎最后收到“妻子”的礼物，一条白色的裙子，意思是“忘记过去，重新做人”。但事实上，有没有重新做人的可能呢？前文提到的女战士玛丽·戈尔，只能回到街头，吸毒、卖淫，“人不人，鬼不鬼”，难以过上正常女人的生活。那位“光屁股将军”布雷希则成为一位牧师，试图帮助他伤害过的人。在布雷希找到的76名受害者（家庭）里，有19次他得到了宽恕，其他人则把他推出大门，大声斥骂。

内战结束后的利比里亚，人们依然充满愤怒。因为人们依然认为：事情本来不应该是这样的。

库尔德：一个悲情民族的战斗与希冀

在新月平原的乱局中，库尔德人只能选择战斗。

在叙利亚与 IS 展开激烈斗争的，主要是库尔德武装。同时，他们还不时与叙利亚政府军、伊拉克政府军交火。就连曾经跨境伊拉克打击 IS 的土耳其装甲部队，也被认为要打击库尔德工人党。号称“反恐”的俄军一来，便狂轰滥炸，有时也会殃及他们。库尔德人实际上八面受敌，但依然坚挺。连女性都愤怒地走上了战场，“库尔德娘子军”成了打击 IS 的招牌。在摩苏尔水坝的争夺战上，她们发挥了重要作用。

同时，库尔德人又是大国博弈的一张牌。由于带有强烈建国愿望及反抗意识，库尔德人又被一些国家所扶持。历史上，美国、苏联都利用过库尔德人介入中东局势，而伊朗、伊拉克、叙利亚、土耳其等国也非常善于打库尔德这张牌。甚至连科威特、沙特阿拉伯、卡塔尔也想利用库尔德人反制阿萨德政权。但是，库尔德没有真正的盟友，就连他们内部，有时也互不信任。

库尔德人从来没有放弃过摆脱异族统治、建立民族国家的愿望。

可这个愿望一直无法实现。因此，库尔德民族问题成为中东地区除巴以问题之外的第二大民族问题。尽管不如后者尖锐，但此问题已经在中东地区潜伏了数百年之久，一直没有，也无法得到合理解决，成为西亚地区的重大隐患之一。如今，他们感觉到机会正在到来。

一

库尔德民族是西亚最古老的民族之一。在中东地区，他们是仅次于阿拉伯、波斯、土耳其的第四大民族，约有 2400 万人。

库尔德人有自己的语言——库尔德语，有自己的文字——库尔德文，有自己民族共有的价值观和风俗。他们都信奉伊斯兰教，多数为逊尼派信徒。

由于历史原因，库尔德人一直没条件建立政治实体。他们主要分布在土耳其南部、伊拉克北部和伊朗北部，在叙利亚、黎巴嫩、阿塞拜疆等国亦有零星分布。其中居住在土耳其约 1200 万，伊朗约 500 万，伊拉克约 320 万，叙利亚有 100 万。虽然跨国而居，但他们的居住范围基本连成一片，多年来这都是库尔德人的游牧走廊，历史上这片总面积约 40 万平方公里的疆域，曾被称为“库尔德斯坦”。

库尔德斯坦群山星罗棋布、易守难攻，因此该民族也骁勇善战，虽遭强邻欺压（突厥人、蒙古人、阿拉伯人都曾入侵），但不改民族本性，当年的“库尔德斯坦”与其说是现代意义上的行政国家，不如说是他们的部落土邦。

库尔德人的百年历史，就是一部血泪史。

在第一次世界大战期间，库尔德人积极参与了对奥斯曼帝国的斗争。在巴黎和会上，各大国同意了库尔德代表团提出的独立要求，并于 1920 年签署《色佛尔条约》，条约规定，将从今天的亚美尼亚南部到伊拉克北部的一个狭长地带作为库尔德斯坦的领土。然而 1923 年土耳其革命成功后，库尔德人却成为牺牲品，根据凯末尔政府与战胜国重新订立的《洛桑条约》，“库尔德斯坦”被分割给土耳其、伊朗、伊拉克和叙利亚。

从那时起，这个悲情的民族，便走上了谋求独立的漫长道路。

二

土耳其境内约有 1200 万库尔德人，他们与土耳其政府一直尖锐对立。20 世纪 30 年代起，土耳其政府禁止库尔德人使用自己的语言、穿本民族的服装，并强行迁徙。后来更推行“改名换姓”政策，将库尔德的人名、地名都换为土耳其语。但这并没有掐灭反抗的火焰。

20 世纪 70 年代末，库尔德工人党成立，在阿卜杜拉·奥贾兰领导下，最终目标是通过武装斗争在土、伊、叙交界地区建立独立、不结盟的库尔德斯坦国，该党人数一度发展到万人之众，而土耳其历届政府对此都采取严厉的镇压政策，多次越境“大围剿”，尽管奥贾兰于 1998 年被捕，但库尔德工人党却进一步坐大，依然在四国边境出没。所以，这不难解释，为何土耳其在跨境打击 IS 的同时，还不忘捅库尔德工人党一刀。

伊拉克的库尔德人占全国总人数的 20%，他们具有强烈的民族独立愿望，历史上曾多次发生武装起义。其著名领袖巴尔扎尼早在第二次世界大战期间就在伊拉克北部掀起声势浩大的武装起义，并成立“伊拉克库尔德民主党”（同伊朗库尔德民主党是兄弟党），但起义被伊拉克、英国、土耳其联合镇压。1968 年，伊拉克复兴党掌权，试图以《三月宣言》安抚库尔德人，规定 4 年内给予自治，但巴尔扎尼认为其权力被大大缩小，是库尔德人“不可接受”的，并与巴格达政府正面对抗，最后再次被盟友出卖，以失败告终，巴尔扎尼本人也病死他乡。

伊朗的库尔德人同样为了独立而进行着不懈的斗争。20 世纪 40 年代，库尔德民主党在苏联的支持下成立（原名叫库尔德复兴集团），党的纲领同样具有浓厚的民主主义色彩。1946 年，在伊拉克点燃革命火炬的“民族英雄”巴尔扎尼来到伊朗，成立了“马哈巴德库尔德共和国”，哈吉·穆罕默德担任总统。但好景不长，伊朗巴列维王朝以北部石油的开采权为诱饵，“贿赂”了库尔德人的“靠山”——苏联，马哈巴德库尔德共和国成了政治交易的牺牲品，随着伊朗军队闯入，仅诞生了 11 个月的共和国迅速灭亡，总统穆罕默德被吊死，巴尔扎尼逃亡，库尔德书籍被焚烧一空。20 世纪 70 年代，库尔德民主党曾助霍梅尼一起推翻巴列维王朝，但随后上台执政的霍梅尼却宣布库尔德民主党为“非法”组织。

两伊战争期间，一道独特的风景线是：与本国政府对立的库尔德人援助敌国，进行本国的颠覆活动。在伊拉克的库尔德人联合伊朗敌军颠覆萨达姆，而在伊朗的库尔德人又联合萨德姆，与霍梅尼的近卫军展开斗争。

两伊战争之后，库尔德人的命运相当凄惨。伊朗库尔德民主党的领袖卡塞姆鲁等被刺杀，而伊拉克的库尔德人则遭到化学武器的打击，死伤无数，大批居民逃亡。

叙利亚的库尔德人，则在巴沙尔政府的统治下，等待着反抗的时机。

三

真正带来变数的，是萨达姆政权的倒台。

作为美国倒萨的重要力量，伊拉克库尔德人获得了承诺中的高度自治。伊拉克大选期间，库尔德各派组成了“库尔德联盟”，一共推举了 165 名候选人，联盟赞成制定永久宪法，在伊拉克实行联邦制，保证库尔德人的少数民族权益。本来如果按照民主模式运行下去，库尔德问题或能得到和平解决。但是，伊拉克的民主制度很快被证明是个笑话。随着美军的撤走、“阿拉伯之春”的到来、IS 的崛起，伊拉克已经沦为一个失败国家。和平没到来，乱世已经呈现。伊拉克的库尔德联盟觉得，是时候再次拿起枪了。

有学者分析，实际上，库尔德人在某种程度上也加剧了中东的乱局。早在“阿拉伯之春”之前，一个名为“库尔德全民公决运动”的组织，向民众散发了200万张公决票，要求每个前来的库尔德人回答下列问题：“你希望库尔德斯坦留在伊拉克国内，还是希望库尔德斯坦独立？”该组织的负责人沙马勒·侯维齐说：“我们相信1948年联合国宪章规定的民族自决权，所以我们要求就库尔德斯坦建立于伊拉克问题，征求该地区库尔德人民、土库曼人民的意见。”这说明，伊拉克的库尔德人更加渴望独立，甚至，他们还在对叙利亚、伊朗、土耳其的库尔德人“输出革命”。这极大地加剧了新月平原的危机。

“阿拉伯之春”让叙利亚阿萨德政府一度风雨飘摇，政府掌控力大幅削弱，而在叙利亚的库尔德人也被激发起来。2012年下半年，萨利赫领导的“民主联盟党”及“叙利亚自由军”，开始在叙利亚北部攻城略地，并试图建立一个独立王国。他们得到了空前的支援：美国将他们视作“民主斗士”，试图把他们培养成反对阿萨德政府的先锋；伊拉克的库尔德武装也拉他们进战壕，试图与他们实现建国梦；科威特、沙特、卡塔尔的财团，为了推翻阿萨德政权，暗中给库尔德武装提供支援；讽刺的是，长期镇压国内库尔德人的土耳其人，也号称因区域安全需要，试图培训叙利亚的库尔德武装。

在2014年之前，叙利亚库尔德武装一度占据了一些地区，但由于军事上的保守，很快就被快速崛起的IS所攻陷。IS也是这两年来中东局势快速发展的一个重大变数，它很快成为一个拟态国家，并试图扩张自己的地盘。甚至，一些带有极端倾向的库尔德穆斯林也被伊斯兰复兴理想所吸引，加入了 IS。意大利学者洛蕾塔·拿波里奥尼（Loretta Napoleoni）指出，IS 与塔利班或基地组织截然不同，他们的目标是建立一个哈里发国家。因此，他们需要在库尔德人手中抢夺城市与战略要地。而库尔德人很快知道了 IS 的目标，他们再次反攻，与 IS 开始激战。叙利亚北方重镇科巴尼几经易手，如今已成为废墟。

在这场与 IS 的战斗中，库尔德人突然又有了新的用处，那就是作为反恐的先兵。在反恐大业面前，美国、欧洲、俄罗斯及中东国家也暂时形成了统一战线。原来持对抗态度的伊、叙政府军，又开始考虑“联库打击 IS”。而在土耳其，因库尔德政治力量在国内的迅速崛起，总统埃尔多安也不得不关注叙、伊两地的库尔德人，并表达对库尔德反恐事业的支持。因此，有媒体观察，在最前线与 IS 直接交火的，确实都是骁勇善战的库尔德人。

有观察指出：“站在库尔德人的角度来看，IS 的攻击显然让他们难以承受，这是祸，但祸兮，福之所倚。如今虽然因各方利益而对 IS 的打击不力，不过从长远来看国际社会终将难容这个怪胎，而受到同情的库尔德人将得到国际社会广泛的道义、物资、武器、资金的支援，如此其实力必将壮大，一旦遇到有利时机，在叙利亚、伊拉克的库尔德人将可能独立建国……”相信这也是一部分库尔德人的心愿。但是，也有学者认为，最好的办法是让库尔德人放弃独立打算，转而民族自治。只要不涉及主权问题，伊朗、土耳其等国都会网开一面，考虑库尔德人的自治要求，“独立”并非库尔德民族主义唯一的出路，“高度自治”同样可以满足他们的要求。毕竟在过去千年里，波斯人、土耳其人都与库尔德人在西亚共同生活。无论对本国库尔德人，还是本国政府，都是较为合理折中的方法。

随着俄罗斯的加入，俄土矛盾升级，中东局势变得更加诡异。对于伊、叙两地的库尔德人而言，谁都有可能是盟友，谁也都有可能是敌人。目前的情况下，他们不能相信任何人。他们唯一的选择就是坚守自己的土地，与每一个试图介入库尔德走廊的人决一死战。而在伊朗和土耳其的库尔德人，默默地注视着自己在枪林弹雨中的同胞。或许，这是库尔德人最艰难的时刻，但也是他们最接近梦想的时刻。

强奸、纪录片和“超级政府”

这一事件与纪录片有关，也与女权有关。它发生在印度。

2015 年 3 月 8 日，国际妇女节，印度政府被一部纪录片困扰。英国 BBC 制作的纪录片《印度的女儿》(*India's Daughter*)，准备这一天开播。

本来，这部纪录片可以看作妇女节的礼物，它的初衷是呼吁性别平等和反对对女性使用性暴力。它选择在多个国家同时上映。但是，《印度的女儿》却遭到了印度有关部门的禁止。印度政府的理由是：影响印度的国际形象，生怕引起社会骚动。

这是一个粗暴、易怒，同时不敢面对事实的所谓“超级政府”。

一

《印度的女儿》由著名制作人雷思丽·尤德文（Leslee Udwin）历时两年制作完成，它真实地还原了那次震惊世界的强奸案。

2012 年 12 月 16 日，女医学实习生乔蒂·辛格·潘迪于 20 时

30 分误上了一辆不在当班的公交车，之后在车上被六名男乘客用铁棒殴打并轮奸，腹部、肠子、生殖器受铁棒攻击均遭严重创伤，后被抛弃于荒地。13 天后，乔蒂因抢救无效死亡。

接下来的事情，大家都知道了。此事件引起了印度民众的公愤，开始了长达一个多月的集体抗议。愤怒的女人们高喊“我们需要正义”的口号，掀翻了汽车，与军警发生推搡，军警的棍棒也无情地落在她们身上。随后的两年，印度修改了有关强奸的法律，对极其残暴的罪犯可以实施死刑。这种修改不能说没有效果，但根据社会调查来看，印度的强奸案件不但没降，反而急剧蹿升。理由众说纷纭，但最根本的一条是：强奸、性骚扰等事件本来就广泛存在，以前妇女选择沉默，而今天，有些人则勇敢地选择报案。

57 岁的尤德文曾经有过被强奸的经历，这让她成为一个女权主义者。她离开家人两年之久，在印度搜集各种素材。她逐渐拼凑出一个真实而冷酷的印度，深刻地揭示了这个高速发展国家背后丑陋的一面。

应该说，这是一部非常有说服力和震撼力的诚意之作，有影评人称，“力量充沛但又痛彻心扉，让人悲伤、愤怒，又同情那些愚昧无知者”。

片中最震撼的一幕是，公交轮奸案主犯之一的穆克什·辛格的一段长约 9 分钟的采访。面对镜头，这位死刑犯全无悔意，他说：“体面的女孩不会晚上 9 点还在外面闲逛……我们有权为她们上一课。”这话令人不寒而栗——这绝不仅仅是恶棍，还有更多男权的粗鄙与暴戾。在他兽行的背后，隐约可见印度社会的性别鸿沟。

在印度，71% 的女性不工作，35% 的女性是文盲，每年约 200 万女婴被杀死，每小时有 2 名女性被强奸，90% 以上的印度女性都在非正规部门从事劳动，非正规部门包括家庭用人、小商人、手工业者，或是家庭农场，这些职位大多是低工资，并且不给工人提供任何福利。

为黑公交强奸案被害人奔走的印度著名女权活动家库玛利，曾说过这么一件事：一位年轻的新娘，在婚礼前夜被火烧死。这就是所谓的“嫁妆死”——新娘因嫁妆不足而被夫家处死的一种印度社会陋习。更可怕的是，无论是警察还是新娘的家人都说她是自杀。一桩证据确凿的谋杀案，发生在人们眼皮底下，而成了自杀！库玛利说：“我第一次被女人悲惨的命运触动了。”

二

有人认为，作为一个外国媒体机构，BBC 对此事的报道，难免有点“狗拿耗子，多管闲事”之嫌，甚至有点指手画脚的味道。印度著名媒体人阿纳卜·格斯瓦米认为这部纪录片“不道德”。这有保守主义者认为，这部片子虽然以关怀受害者为名，实际上却是对印度的侮辱。《印度的女儿》的背后，被认为“有西方某种政治目的”。

但是，印度已经不再是那个沉默而野蛮的印度了。一些有良知的公共知识分子提出，女性地位的低下，除了因为丑陋的习俗、不良的社会风气、落后的男权思想外，还有政府的无动于衷。多年来，政府有意无意地引导了这种男尊女卑的价值观。一些政客公然侮辱女性的言论并不少见；一项对司法机构的调查显示，68%的法官认为女性衣着暴露是一种“对强奸的邀请”；在一些地方，女婴堕胎率极高，政府竟然完全不管；整个宝莱坞电影产业，变相鼓吹男性至上，物化女性，并以此为风潮，有关部门也没觉得不妥……总之，印度政府并没有保障妇女的权益。

一个讽刺的例子是，在公交车轮奸事件发生之后，德里一些女子大学的宿舍开始实行严格的宵禁，女学生们要想离开校园，必须先向董事会报告。这些禁令引发了女学生们的抗议——男人们犯下了罪行，最后却囚禁了女人。这与“被强奸是因为你长得漂亮”的荒谬逻辑如出一辙。这简直是逻辑的灾难。

《印度时报》认为：“真正的丑闻不是谁批准了对强奸犯的采访，而是这种完全贬低女性的观念如此令人不安地深入印度各个社会阶层。”女权主义者、作家 Shikha Dalmia 指出：“只要我们生活在这样一个不安全的社会中，这个悲伤的现实就会一直延续，我们的生活方式和权利也会受到约束。”

尤德文在接受采访时说出了令人震惊的真相：在印度社会，很多人，包括政府要员，对强奸事件不以为然，甚至觉得“强奸有什么好大惊小怪的，人人都在强奸”。

这一系列事件，反映了印度政府公共事件的逻辑共性：从对女性的蔑视，到对女性的禁足，再到因脸面受损而对纪录片的禁止，这一切都来源于父权制的傲慢、粗暴、冷酷、不可理喻、缺乏反思。不难看出，这样一个缺乏包容、缺乏同情的政府，实际上就是印度女性权利被打压、弱势人群权益得不到保障的根源，就是人们追求幸福、正义的障碍。尽管它一再调试自己的身位，但依然是父权、男权的代理人。

这个“超级政府”虽然好胜，但又是极不自信、极其懦弱的。因为它容不得权威受到质疑，容不得形象受损。事实上，公交车强奸案及事后政府的一系列发言，让印度的形象几乎完全坍塌，如今对纪录片的禁播，只是掩耳盗铃罢了。因此，“超级政府”的行为，也遭到了国际女权主义者的嘲笑。

三

不要小瞧了女性。在底层抗争中，女性能展现珍贵价值。互联网是弱者的主场。长期被视为弱者的女性，在网络传播中反而被赋予勇敢的抗争者的形象。尤其是年轻、坚毅、有思想、敢于发声又面容姣好的姑娘，更易于成为底层抗争的新偶像。例如反抗塔利班、呼吁女孩接受公平教育的巴基斯坦少女马拉拉，就被视为勇于与恐怖主义、极权主义抗争的化身，在网络世界具有强大号召力。

在印度的黑公交强奸案之后，受害者乔蒂在生死徘徊的13天之内，被媒体称为“印度的女儿”，她的命运与这个国家息息相关。这个因反抗强奸而遭受厄运的女孩，某种程度上就是印度女性，甚至底层民众的缩影。她成了社会运动、文学创作的重要主题。她虽然死了，但她的头像至今仍出现在平权运动的旗帜之上。乔蒂虽死，但她无疑化身为印度社运的符号性人物。

面对政府的禁播令，新德里电视台以两小时“空白”抗争。总编索尼亚·辛格表示：“我们不会叫喊，但会发出声音。”而圣雄甘地的曾孙图沙尔·甘地也表示：“我也想发一条空白推特，以示与新德里电视台同心抗议。”

一系列反抗运动正在各地掀起，面对顽固而暴躁的男性中心主义，面对自我膨胀又掩耳盗铃的“超级政府”。在某种意义上，这两者结成了社会现实上的牢固同盟——对弱者的共同戕压。“父权制的持久力不仅来源于落后的信仰体系，也来源于坚定的周遭现实。基础法律和规则的缺失意味着女人为了安全必须依赖于男性的力量，这使得男人在社会体系中更有价值，也更危险。”这是 Shikha Dalmia 的一段话。人们发现，在这句话中，把“男人”改成“政府”似乎同样成立。

这是一个文明与愚昧角力的时代。在关于人权、法治、发展的呼声中，共识正在形成，真相必将揭露，正义也必定得到伸张。人们不再沉默，那些违背人权的丑恶传统，将被连根拔出。那些顽固而小心眼的“超级政府”，将被卷入社会运动的洪流。在这个过程中，印度的文明形态也在逐渐发生改变。

长颈鹿、少数派与宽容

2014年5月，在丹麦动物园，一只叫马里乌斯的长颈鹿死了。它在生命的最后时刻吃上了最爱的黑面包，但它的死依旧毫无意义。它的肉成为狮子的盘中餐，而这些狮子从不缺食物。

“保持欧洲地区动物园内长颈鹿种群健康”是一个正当得不能再正当的口号，因为这个口号，近亲繁殖的马里乌斯要被处死。

在处死马里乌斯之前，数以千计的民众愤怒地抗议。他们在请愿书上签名请求“赦免”马里乌斯。这既是出自对长颈鹿的喜爱，更是试图阻止一次集体对个体的施暴。这回到了一个中世纪的命题：为了集体的健康，要处死一个传染病人，似乎有悖于基本的人道主义。放在长颈鹿的社会，同样如此。

但是这不能改变动物园的决定。动物园科技总监本特·霍尔斯特称，“处决马里乌斯是优胜劣汰的结果，这是一次再平常不过的物种选择。”霍尔斯特以“进化”“物种”“选择”等动物学术语形容这次事件，在他的话语体系中，他表现得非常“理性”，舌战群儒，来去自如。霍尔斯特甚至说：“如果杀死的是一头猪呢，你们可能不会眨眼！”谁也找不到他的逻辑破绽，但这种冷酷的回答只会令民众更加愤怒。

就事论事地说，马里乌斯是无辜的。虽然它是一只长颈鹿，但这次被处死完全是一次横祸，一次对基本生存权的剥夺。更令人发指的是动物园方面的傲慢态度，他们缺乏对生命的基本敬畏。他们自认为有生死予夺的权利，比如霍尔斯特身上展现的这种极端的自负，更是让人毛骨悚然。

理性是人类智慧的结晶，但纯粹的理性又能带来巨大的灾难。英国哲学家齐格蒙·鲍曼在《现代性与大屠杀》中指出：人类可以在伟大的口号下肆无忌惮地杀人。十字军东征，名为一场清除异端、拯救圣地的“正义之战”，实际上是对东欧各国的一次宗教侵略战争，千万人死于战火；法国大革命，口号是“平等”“自由”“博爱”，却让一个个鲜活的个体走上了断头台；大部分日耳曼平民在“拯救灵魂”及爱国主义的口号下，参与了对犹太人的迫害。因此，鲍曼指出，人们必须警惕这种狂妄的理性：“从极端的理性走向极端的不理性，从高度的文明走向高度的野蛮，看似悖谬，实则有着逻辑的必然。”放到这个案例，动物园管理者今天基于某个看似充分的理由杀害了长颈鹿马里乌斯，明天他或许又因为某个看似更充分的理由杀死一个人。尤其是一个人被定义为异族、异教徒、阶级敌人的时候，杀人者便失去了同情心与基本的人性，顺理成章地完成了杀戮过程。因此，缺乏对生命的敬畏，纯粹服从理性与逻辑，这比穷凶极恶更加可怕！穷凶极恶之徒杀人前尚有犹豫，但被理性蒙蔽的群体却将屠杀当作一件英雄伟业。

在冷酷的现代性面前，我们必须一再强调一个古老的美德：宽容。放在马里乌斯的案例里，动物园完全有其他方式处理这头不幸的长颈鹿，比如与其他长颈鹿隔离、放野等。“在我们一生中，一定会有某个时刻，我们会沦为异见分子，同主流或大多数人的意见格格不入，我们还有可能被大众孤立，成为少数派，不被理解，甚至被欺负，”学者杨恒均说，“我们平时怎么对待不同意见的人士，最后都会在某个时候或某个阶段，折回到我们身上。”

2014 年年底，悉尼发生了震惊世界的“咖啡馆劫持案”，由于作案者是个伊朗人，因此令整个澳大利亚的穆斯林都十分不安。本来就是少数族裔，在恐怖主义阴云下，他们有可能面临公众的敌意，遭遇一个糟糕的“大环境”。在这个时候，一位名叫 Tessa 的媒体人在推特上发起了一次“I ride with you”（我愿意与你同行）的活动，告诉网友们“愿意与伊斯兰教徒站在一起”。一天之内，有数万人参与这一活动。少数族裔及时地得到了温情的宽慰，这是健康社会表现出来的宽容与理性。

但是，前文提到的马里乌斯还是被处死了。它的死告诉我们，鲍曼的担忧并非没有道理，自负的“现代性”依然没有远去——它会不断地出现在历史中。

这个故事值得每一个新闻人铭记。我们所做的一切，将来都会在历史中留下痕迹。我们面对某个新闻时，可能满怀激情，甚至头脑发热。但要记住：青春是危险的，崇拜是危险的，自负的理性是危险的。国际政治更是一个暗藏了血雨腥风的领域，非常容易遭人利用；狭隘民族主义又是人性中幽暗的部分，若处理不当，会造成可怕后果。

我们掌握着社会公器。明刀明枪的杀戮我们看得到，但义正词严的杀戮我们未必看得到，甚至还可能置身其中，煽风点火，成为悲剧的缔造者。虽然人类进入了后现代社会，但不是每个人都能摆脱鲍曼所说的“现代性”。这只长颈鹿的死亡，也许是人类 21 世纪启示录的一章。

反抗浪潮中诞生的现代美国

在政治学的维度上，有两个美国。一个是在国际关系学的角度上，作为超级大国、对国际社会有重大影响力的国家，被认为是一系列外交角力的“幕后 boss”。另一个是从比较政治的角度，观察这个汇聚高度文明的国家，它被认为是幽默的、宽容的、高级的，尊重多元价值，尊重个人自由，具有温度。很长一段时间，学者们认为，“高度文明”是西方民主制度的成果，但美国历史学家霍华德·津恩（Howard Zinn）给了我们一个截然不同的答案——美国并非天生如此，这种文明是后期演变出来的——通过每一个个体的抗争。

虽然美国人津津乐道于 1776 年《独立宣言》中体现的“美国精神”，但事实上，起草的这 55 人依然是享有特权的白人男性。当时，这片大陆上的人正蒙受着，或即将面对着种种苦难——印第安人遭遇杀戮和迫害，黑人即将成为奴隶，穷人的苦难也没有引起注意。历史只会告诉我们关于华盛顿、杰弗逊等人的故事，而没有告诉我们，为了这种信念而流亡、丧命、致残的人，他们都是谁。

“两股力量正在奔向未来。一股是披着华丽外衣的官方正史：用所有的暴力、战争、偏见对待异见者，由少数人把持全世界的财富，由谎言家和杀人犯掌握大权。另一股看似弱小，却生机勃勃。这就是民众的历史，这是反抗的历史，是公民对武力的不服从、对种族主义的反抗，是多元文化主义和对没完没了的战争日益加深的痛恨。”霍华德·津恩写道，当时他 58 岁，在波士顿大学任教。

走出大历史叙事，将视角从权贵移向平民，尤其是躲在社会边缘的群体。这是津恩的尝试。他先是写了一本《美国人民的历史》，获得了 1981 年国家图书奖提名。后来，在 2008 年，他又在这个基础上写了《我反抗：一部独特的美国史》。与前者相比，更加普及和通俗，也有着更大的“野心”。他坦承，这本书“献给年青的一代”，“希望他们运用自己的才干建立一个更好的世界”。

津恩在 2010 年与世长辞，享年 88 岁。去世前，他刚获得马丁·路德·金人道主义奖表彰。他出身于大萧条时代纽约的贫民窟，曾在“二战”期间参加陆军航空部队，成为 B-17 轰炸机的投弹员。随后，经历过美国工人运动、反战运动、种族平等运动、女权主义运动等，在风起云涌的社会运动中，他留下了自己的名字。他本人还在黑人女子学院任教过 7 年，那曾是美国种族隔离时期的产物……

书中，他花了大量笔墨，描写了历史中的“失踪者”——包括在哥伦布到达美国之前的阿拉瓦克人、莫西干人、阿兹特克人；被贩卖到美国，一度成为“自由人”后又沦为奴隶的黑人；隶属于白人男性，常被粗暴对待的女人；被强制在流水线上超时工作，后又惨遭失业的工人；战争中因宣扬“战争非法”而遭遇开除甚至逮捕的知识分子……这些人，沉没在历史中，他们没有陈述，也没有故事。他们是消失在主流叙事之外的“他者”。

近 60 年来，这种启蒙进一步洗涤了美国社会，也促进了社会共识。反抗看似合理的不合理，用文明的手段抗议一切不文明。发生在阿拉巴马州的事情，无疑是一个开端。

1955 年 3 月 2 日，黑人少女克劳德特·科尔文（Claudette Colvin）上了一辆公交车，她拒绝给白人让座。为此，她遭到白人们的一致唾骂，司机也停下了车，她甚至还被警察逮捕。在被逮捕前，她坚持坐在自己的座位上，说：“我跟那位女士一样，拥有宪法赋予坐在这里的权利，这是我的合法权利。”

当时美国总统艾森豪威尔正在积极确立全球霸权，寻思是否要与苏联打一场核战争。公交车上的这一幕，显然不会引起他的注意。但是，这确实是个历史性的时刻。不仅仅是黑人运动的开端，也是美国一系列社会运动的开端——在不平凡的年代里，在反抗者、异端、少数派的推动下，这个国家文明的内核将遭遇巨大的改变……

罗布·柯克帕特里克（Rob Krikpatrick）在他的作品《革命、动乱与现代美国的诞生》（原题目为 *The Year Everything Changed*）中展示了 1969 年的多个动人的瞬间，这一年恰恰是整个“不平凡年代”的生动缩影。披头士、性解放、喇叭裤运动、摩托党、和平缔造者、环保政策法案、同性恋石墙运动、印第安人对阿尔卡特拉斯岛的占领等等，这些故事构筑了一个“现代美国”。柯克帕特里克说，美国进入了民众可以说“不”的年代。

柯克帕特里克的观点，再一次说明了“美国是被塑造的”，是亿万民众通过不断申诉、争取、抗议而获得的。

——在黑人运动中，佐治亚州一个小镇的9岁男孩被逮捕，警察问他：“你叫什么名字？”男孩直视他的眼睛回答：“自由，自由。”

——反越战运动中，社会名流成了激烈的反对者，有人拒绝白宫的邀请，有人甚至在总统面前抨击战争。而一名叫丹尼尔·埃尔斯伯格的国防部官员，更是将战争的绝密历史公布于众，将五角大楼文件送给了《纽约时报》。

——女权主义者将胸罩、假睫毛等她们认为象征压迫女性的东西扔进了“自由垃圾堆”里，并宣称“我们必须拒绝接受那些旧的、传统的角色和陈规陋习”“一个女人找到自我的唯一途径，就是从事她自己的创造性工作”……

——以莫霍克族青年奥克斯（Oakes）为首，78个印第安人占领了阿尔卡特拉斯岛上一个被废弃的监狱“巨石”。这些“历史的遗民”要在这个岛上建设“原住民环境研究中心”，并发出了平权宣言。

——便衣警察清空了石墙酒吧，粗暴的态度引发了骚乱。人们开始向警方投掷硬币，很多同性恋者赶到事发地点，人群开始扩大，他们唱着《同性恋力量》之歌曲。这就是著名的“石墙运动”，美国同性恋运动的开端。

——伴随着激进乐队MC5的歌曲，安阿伯参加左翼运动的青年们高喊着胡志明的名字——他们被这位魅力非凡的对手所折服。“胡，胡，胡志明……二四六八，组织起来，粉碎国家。”

…………

这场社会运动与其说是反抗，不如说是一次社会的新陈代谢，一次人性之旅。有人将它定义为“反父权运动”，或者“反体制运动”。这次运动的高峰，就是将总统尼克松拉下了台。纵观整个20世纪60年代的社运浪潮，有索尔·阿林斯基那样的“战术家”，有民思这样的“表演家”，有诺姆·乔姆斯基这样的“思想家”，有马丁·路德·金这样的“演说家”。这些杰出人物的存在，赋予了美国社运传奇色彩，但事实上，成千上万平民投入了这场运动，但那一刻，他们根据良知和人性做出了抉择。他们绝不平凡。

迄今为止，仍有不少学者对那个躁动的美国带有偏见。垮掉的一代？失去信仰的一代？歇斯底里的一代？确实，有些人一事无成，有些人成为极端主义者，有些人在通宵吸大麻之后走向了绝路，然而，更多的人依然回归正轨，找到了清晰的自我，成为社会的建设者。但是，这些运动，正是因为它关注切实的个体与欲望，才捅破了道貌岸然、生硬无趣的政治语境，完成了一代人的启蒙。美国社会并没有走向混乱和无序，而是走向了新的成熟。柯克帕里斯特说：“美国的国家机器没有崩溃，反而把一个现代社会可能遭遇的问题，全部走了一个过场。”于是，催生了一个与此前截然不同的美国。

著名经济学家詹姆斯·布坎南（James Buchanan）点出了其中的奥秘：“确定无疑的是，人们必须坚信近代史中那个极为重要的发现——人，作为个体的人。如果我们抛弃或是忘记了这个发现，任由自己被巫婆神汉（false gods）拉上诸多通向奴役的道路中的任何一条，我们就不配活在这个世界上。”

是的，人是万物的尺度。

加莱亚诺：一位终生燃烧的批评者

“一个加莱亚诺式的知识分子”，我觉得，这是对一个写作者极高的评价。在爱德华多·加莱亚诺的一生中，看得到强烈的斗争精神与生命焰火。在拉丁美洲反体制主义者的长长名单中，加莱亚诺无疑是殿堂级的人物。“我为那些不能读我作品的人写作；为那些底层人，那些几个世纪以来排在历史尾巴的人，那些不识字或者没有办法识字的人写作。”加莱亚诺这句话，回荡在时代的上空，为他赢得了“拉丁美洲的良心”的美誉。

但加莱亚诺对于荣誉一类的东西毫无兴趣。这是一个一路燃烧的乌拉圭人，早年的新闻记者生涯让他怀有强烈的使命感。他在接触底层社会时，对黑人、印第安人、产业工人、妇女等弱势群体的落寞凄凉深受触动，那种情怀贯穿着他此生的笔墨。他很早就意识到历史的诡计，在形形色色的具体问题之后，他发现了一个更重大的问题，那就是压迫拉丁美洲的苦难——一整套的“体制”。

加莱亚诺说的体制是一个什么东西？用拉美问题专家、著名诗人索飒的话，那就是“经过了金融意识、资本成型、战争贸易、殖民体系、种族主义、官僚制度、现代媒体之后密织不破的一张大网”，它可以说是“秩序”，可以说是“全球化”，也可以说是新自由主义或华盛顿共识，即“来自西方的政治强权”。加莱亚诺一眼看出，“世界史基本上就是一部欧洲史”，这种意识至今仍钳制着拉丁美洲自由呼吸。“西班牙殖民者巴尔沃阿是同时看见大西洋、太平洋两大洋的第一人？那当时的印第安人都是瞎子吗？”

在常规的国际政治视角中，拉丁美洲可视为“美国的后院”，多国政府领导人身后都被认为有超级大国势力作为支撑。亲美领导人自然会选择“新自由主义”作为指导思想，实现大规模私有化，开放市场，于是造成了广泛的贫困，这就是所谓的“拉美陷阱”。

“玻利瓦尔预言：我们永远不会幸福，永远不会。目前的一体化进程，既与我们无缘，又不能使我们达到自己的目标。玻利瓦尔早已做出过精确的预言。他说，美国好像是由上帝指定以自由的名义在美洲播下贫困的。”

在《拉丁美洲：被切开的血管》里，加莱亚诺是一个愤怒的反体制斗士。一方面，他深入历史之中，谈到殖民主义、沉没的印第安人、血腥的屠杀、古代名城的陨落。另一方面，他在经济上分析这种新殖民主义，称“发展是遇难者多于航行者的航行”，西方所使用的自由贸易、投资、技术经济援助、金融机构、跨国组织等现代手段，是一种“新殖民”，依然在实施掠夺。

“在我们这片土地上，我们看到的不是资本主义原始的幼年时代，而是资本主义血腥的衰败。”在发现了“体制”这个罪恶之源后，他已经迫不及待地向这个靶子发起攻击。“不发达并非发达的一个阶段，它是发达的后果。拉丁美洲的不发达来自他人的发达，现在它还在养活他人的发达。”这段文字成为老左派对西方中心论最著名的征伐。

对美国的指责，实际上就是对亲美政府的攻击。尤其当年拉美是军政府当道，独裁者不能容忍这样一个极具煽动性的言说者。于是，这位老左派开始了流亡之路。他先是被乌拉圭政府驱逐到阿根廷，又被从阿根廷驱逐到西班牙。然而，强权的驱逐无损加莱亚诺的形象，反而为他戴上了“桂冠”：他是慈悲的，因为他无时无刻不念叨那些“影子”，为那些沉默的边缘人书写；他又是凶猛的，他单枪匹马挑战专制政府、挑战主流声音、挑战不可辩驳的西方中心论、挑战以欧洲史为中心的世界历史，这是怎样的一个文化上的堂吉诃德！所以，在我心中，他绝对是拉丁美洲最令人激动的作家，独一无二。

曾任巴拉圭总统的卢戈，赞扬加莱亚诺“曾经是，现在仍是拉丁美洲的声音”，并重申《拉丁美洲：被切开的血管》一书是“拉丁美洲的圣经”。在墨西哥丛林中掀起反体制之战的副司令马科斯，也在困境之中向加莱亚诺写信，告诉他“我们的名字是希望”；2009年，奥巴马访问委内瑞拉时，查韦斯送给他一本书，正是加莱亚诺的《拉丁美洲：被切开的血管》，查韦斯的意思再明显不过，这就是他主导的“21世纪社会主义”的理论依据；而英国著名艺术评论家约翰·伯格（对的，西方文化学者）的评价是：“出版加莱亚诺，就是出版一个敌人：谎言、冷漠，尤其是遗忘的敌人。有了他，我们的罪责才被记住。”

直到如今，一些学者都叫他“老加莱亚诺”，年龄固然是原因之一，另一个原因是他的激情、他的愤怒、他的情怀，带有典型的左派激进主义色彩——至少从《拉丁美洲：被切开的血管》一书中可以看出。言下之意，他的论点有些过时了。毕竟在一个全球化时代采取一种对抗性姿态并不是明智之举。当然，这多少是一种苛求。这世界没有先知，写于20世纪60年代的作品，并不可能预见到后冷战时代形势的发展。事实上，加莱亚诺在晚年也意识到这一点，他曾讲过：“自己已经不再觉得和这本书有什么关联了。”他承认，那时候的他不具备写作一本政治经济书籍的必要素养，他还批评自己当时的语言“乏味至极”（是啊，冷战思维还很明显）。

不过，即使如此，这位老人依然没有停止燃烧。他改变了那种箴言式的文风，反而用一些小故事、小寓言来继续他的文化抗争。在《镜子：照出你看不见的世界史》中，他变得风趣、迷人，但同样不缺少力度。他用了600多个小故事来勾勒他的历史观。比如他讲述国际贸易组织的诞生时，就用了赫耳墨斯当选贸易之神的故事，原因是“他最会撒谎”。又比如他讲述希腊的奥林匹克运动会，“从来没有女人、奴隶或外邦人参加”，笔锋一转，“希腊的民主，也是这样”。了不起的加莱亚诺！

我觉得，他的力量来自“留白”。事实上，在他后期的很多写作中，他都采取了这种开放性的叙述方式，除了《镜子：照出你看不见的世界史》外，还有《足球往事》《火的记忆》《行走的话语》等。相比于得出具体的结论，他更善于将我们引向深刻的思考。这是一种左派话语的巧妙应对。正如索飒所言，加莱亚诺让语言脱下了“灰制服”，以生动活泼的形式重新展示了其锐度。主攻拉美文学的华南师范大学教授藤威（小疼）也说过：“加莱亚诺变得平和、隽永，言简意赅、意蕴无穷。”《南方人物周刊》提醒，基于单一价值观的反抗很容易把自己变成另一种意识形态，但他“足够开放，又足够博学，有机会揭露知识的欺骗性”。而我认为，他曾有机会成为一位“伟大导师”，尤其是在拉美集体向左转的时代，但他没有，他保持着与政治的距离，而在后期转为一位聪明、幽默的批评者，他宣扬“常识”，提倡“多元”，这是一种后现代的胜利。

时至今日，西方文化中心论仍然存在，加莱亚诺等左派知识分子所说的东西，比如“体制”，比如“后殖民”，比如“新自由主义”，依然是国际社会上挥之不去的阴云。但是，即使如此，全球化还是不可逆转的潮流。拉丁美洲的政治家们，除了委内瑞拉等坐拥丰富石油的国家之外，确实也没有谁能旗帜鲜明地拒绝全球化，就连古巴领导人劳尔·卡斯特罗，在几年前还与奥巴马实现了历史性的握手，冰封了半个世纪之久的美古关系迎来了春天，这说明“和解”早已经是世界的主题。

加莱亚诺的声音将永远留在我们的时代中。他提供的是作为对立面的价值，时刻提醒我们全球化可能存在的暴戾一面，这将成为国际合作中的重要课题。同时，他的情怀，他的不满，他的愤怒，他的幽默，让他成为这个时代最犀利、最勇敢的知识分子。

2015 年 4 月 13 日，他的死讯传来，拉丁美洲失去了一位伟大的作家。他的一生，始终在批判，质疑，嘲笑，流亡，燃烧。他的血液一直是滚烫的。

“1999 年过去了，我很怀念它”

一

1999 年的那个圣诞节，我记得很热。广州经常能遇上暖冬，却没有一次如 1999 年那样火爆而热烈。空气中翻滚着热浪，四面传来震耳欲聋的 *Jingle Bell*，步行街里汹涌的人潮，伴随着世纪末的狂欢，一起将这座城市煮沸，连冷空气都不敢南下。

暨南大学西门，有一条商业街，名叫石牌东路。1999 年，这条街已经有一定规模，尽管商品有点低端，比如 15 元的大衣、25 元的牛仔裤、30 元一打的袜子，还有那些前面印着耐克、后面印着阿迪的书包。当时，我是这所学校的大一新生，还没好好坐到图书馆看两本书，就被疯狂的气氛所裹挟，走进了拥挤的人群中。

那一天的石牌东路，挤得无法行进。小摊小贩已经将商品摆上了马路，各色的衣服、包、鞋子悉数登场，价格极其低廉，质量惨不忍睹。但是，街上的每一个人都是沸腾的，怀着热望，期待着 21

世纪。

当时还有几种传言，说人类将面临巨大的灾难。其一是预言家诺查丹玛斯所说的“世界末日”即将到来，这让一群惊惶的男女及时行乐了一番；其二是“千年虫”的传说，说21世纪到来，所有电子设备都将自动更新，人类文明也要失灵了。这个名词如今早已无人问津，但当时它可是最时髦的话语。根据这两个传言，1999年的这个圣诞节，或许就是人类文明最后的闪耀了。

当然，这些末日故事，每几年就要重复一遍，每一次都被商家拿来当大促销的幌子。但1999年的圣诞节确实是“最后一次”——20世纪的最后一次。如果加上“末日说”，那更是“绝版”。这种话题不会带来恐惧，相反，它是狂欢的润滑剂。

那一天，作为单身狗的我，与另一个男生逛了一圈石牌东路，途中被人潮冲散过两次。后来是传呼了他的BP机，才把人找回来。

二

此前，中国民众没有过圣诞的习惯，对《圣经》故事也所知无多。但1999年的圣诞节，却成为一次全民狂欢。

我想，这与商家推行的节日促销有关。比起中国传统节日，洋节——圣诞节、情人节、感恩节等，更容易拿来做促销的噱头。毕竟，消费主义需要找到仪式感，最好的载体就是树立全新的节日文化。那一年，“不过传统节日过洋节”成为媒体讨论的话题。有保守主义者称这是一种“崇洋媚外”，其实并非如此。

20 世纪 90 年代以来，中国开始步入消费时代。逐渐富裕起来的中国人其实蕴藏着巨大的消费冲动。在千禧年到来之际，商业步行街在北京、上海、广州、南京、武汉等城市争相出现，一些跨国企业如麦当劳、耐克、阿迪达斯、佐丹奴等遍布其中。由于圣诞节、情人节讲求“互送礼物”，这迎合了商业社会的节庆需求，也符合商家的利益。因此，在双方的合力簇拥下，圣诞节、情人节率先成为年轻人的新宠。这一切变化的暗中逻辑，就是农业社会向商业社会的过渡、传统社会向现代社会的过渡。

我越来越深刻地感受到，那是中国进入全球化的起点。这个国家经过了十几年的市场经济改革，已经站到了全球化时代的风口浪尖。

“入世”或许是那些年中国出现频率最高的词语之一。加入 WTO，中国人从来没有那么渴望过。这个被孤立几十年的社会主义国家，终于在第二年“融入了世界”，成为全球化浪潮中充满活力的新学生。对于中国人而言，“过圣诞”有什么宗教意义无所谓，但却是走向世界的通行证之一。

尽管也有人在讨论“全球化的陷阱”，而且这一年的 5 月 8 日，发生了误炸南斯拉夫大使馆事件，民族主义的旗帜依然被知识分子高高举起。但是，在民间层面，民众已经迫不及待地拥抱世界，那些刚刚参加完反美示威的大学生，转头就去考 GRE，申请美国的全额奖学金。也就是那时，新东方英语培训大红大紫，几个英语教师赚了全球化时代的第一桶金。而在街道上，四处是席琳·迪安的*My heart will go on*的歌声，贝克汉姆的巨幅广告照片随处可见，地上堆满了塑料垃圾。依然“土气十足”的中国制造，正在小心翼翼试探前面的旋涡。未来十年，它们将会进入野蛮生长的“山寨阶段”，比如小米。

三

我为什么要写这个年份呢？因为我逐渐感到，这一年是个分水岭。这一年其实埋下了很多伏笔。1999年11月30日，正好是圣诞前20多天，美国爆发了西雅图抗议。在美国西雅图召开的世界贸易组织第三届部长会议期间，数万名抗议者包围了会场。查德威克在其著作《互联网政治》中，反复提到了这一运动。他认为这是一次“反全球化运动”。因为在美国，很多传统小手工业者并不觉得自己在全球化商业浪潮中获得了好处，因此，他们联合起来，发动了一次大规模的抗议运动。

联合国前秘书长安南在《千年报告》中指出：“很少有个人、团体或者政府反对全球化本身，他们反对的是全球化所带来的悬殊差异……更广义地说，全球化对许多人已经意味着更容易受到不熟悉和无法预测的力量的伤害，这些力量有时以迅雷不及掩耳的速度造成经济不稳和社会失调。”

此后，这样的群体出没在各个国际会议场合中——底特律、华盛顿、纽约等，都爆发了抵制 G20、WTO 的民众聚会。很多美国学者都认为，1999 年是“反全球化运动元年”。这些议题都让世界进一步思考全球化，只是中国人实在来不及。这说明，中美在这个节点上开始呈现不同的图景：中国人大汗淋漓地过着洋节，而美国人则热火朝天地抗议着全球化。难怪说，“9·11”之前的中美关系，似乎总有些话不投机。

日历翻到了 2016 年，如今的圣诞概念与 1999 年相比已经弱了不少。2009 年开始打造的网购狂欢节“双十一”，已经将圣诞的风头抢尽。更重要的是，随着中国的崛起和本土意识的觉醒，中国的反全球化群体也逐渐形成规模，在环保、商业、科技等领域，他们的音量被不断放大。在这样的环境下，那些“洋概念”就没那么畅销了。

同时，由于网购的兴起，实体店也逐渐走向衰落。以前挤得寸步难行的商业步行街，人气不复当年。像 1999 年石牌东路的圣诞，恐怕已经无法复制。

这 18 年来，中国已经走过了非常漫长的一段路。一些行业崛起，一些行业没落，一些领域变得十分强大，变得更加自信，甚至有点过分自信。我们重新打量全球化，很多人说中国是受益者，但也付出了不小的代价。

回望这条路，我想，1999 年是个起点。它虽然过去很久了，但我依然怀念它。

这是一个抵制麦当劳化的时代

与同学们讨论全球化议题时，我多次提到广州小北路那家倒闭了的茶餐厅，它的鱼皮饺面是“整个越秀区最好吃的”。

这家店铺几年前倒闭了。它熬了十几年，终于在麦当劳、星巴克、小肥羊的包围下走向了衰亡。那些大品牌，有些是国际品牌，属于富可敌国的跨国公司；有的是国内大企业，是顶级饮食集团。在市场竞争中，财大气粗的国际大品牌横扫一切，而国内品牌中的佼佼者也形成了方阵，占据了剩余的市场。在后冷战时代，全球化的商业浪潮摧毁了旧秩序，剩下的老字号，如小北茶餐厅，带着它的荣光在时代中没落。

我猛然想起，过去十几年，那些倒闭掉的餐饮店、士多店，数不胜数。小北茶餐厅已经算撑得久的了。

当知识分子讴歌市场调节机制及哈耶克主义时，却遗忘了那些市场竞争的失败者。诚然，社会在不断进步，竞争带来了更优惠的价格、更好的环境，还有更优质的服务。那些落后的“生产力”，只能独自承担自己的命运。在几十年的狂飙猛进之后，总有一部分人被甩出发展的列车。墨西哥左翼学者卡德纳尔说：“资本主义只在世界 20% 的人口中取得了成功，而对于 80% 的人来说，则是失败的。对于穷人来说，资本主义是灾难性的……”中国在跳出了姓社姓资的争论之后，推行市场经济，奉行优胜劣汰的竞争机制，结果也出现了贫富分化和马太效应，不少穷人在竞争中落败。

我有个小学同学 Y，他身上就体现了这种愤怒。他对 7-11（便利店）的愤怒令人吃惊，他宁死都不愿意在那里买瓶可乐。他说，他的父亲曾经是开杂货铺的。20 世纪 90 年代，个体户可谓风光无限，但是，仅仅过了几年，他们就在更进一步的全球竞争中败下阵来。随着中国加入 WTO，越来越多的外国资本进入国内，吉之岛、资生堂、沃尔玛等零售巨头强势进驻，带来致命一击的，是 Y 的杂货铺旁边开了一家 7-11。最后，这个杂货铺就毫无尊严地关门了。

对于民众而言，看到的不是顶层设计，而是来势汹汹的资本。就像 Y，他不恨工商局，却恨 7-11。这种恨，说不上有多么严格的逻辑论证，就是不爽。因此，我也可以想象，很多小饮食店的经营者，同样也憎恨肯德基、麦当劳。当中美之间一旦出现什么纠纷之时，就有一群人号召“抵制肯德基”“抵制麦当劳”。有些知识分子将他们理解为头脑简单的爱国者，我是不同意的。没有无缘无故的恨。我觉得，在抵制的人潮中，肯定有不少市场竞争的落败者，原本被时代遗弃的他们，幻想借此重新回到舞台。这是一次反全球化的激进运动，以爱国为名展示出来。

社会学家乔治·里兹（George Ritzer）发明了一个词，叫作麦当劳化（McDonaldization），是指一个社会经历着速食餐厅之特色的过程。换言之，效率优先、标准化、量产、顾客至上。“速食餐厅的准则，正逐渐支配着美国社会和世界其他地方越来越多的层面。”这一轮全球化，就可以概括为“麦当劳化”。因此，当这个世界掀起反全球化运动之际，从首尔到里约，从西安到伊斯兰堡，麦当劳（有时是肯德基）都会成为被袭击的对象，这绝对不是巧合，因为这个快餐品牌就是这一轮全球化的标志。

在拉丁美洲左派学者的理论体系中，新自由主义构筑了一个“全球体系”。1989 年的“华盛顿共识”（Washington Consensus）是一个标志性事件。当时，美国国际经济研究所的约翰·威廉姆森（John Williamson）对拉美国家的经济改革提出了 10 条政策措施，称作“华盛顿共识”。这一套方案——简单地说就是“主张政府的角色最小化、快速私有化和自由化”——成为后冷战时代全球化路径的最初版本。

将全球化所塑造的世界，称为“新自由主义全球体系”并不为过。它使财富呈几何级数上升，但也让贫富差距不断拉大，甚至撕裂了整个社会。全球化造就了巨富，但全球化掠夺了更多的人。“拉美化”就是对“新自由主义病”的最直观的描述。因此，不难想象，全球化逐渐失去动力，所谓“合作共赢”的神话恐怕要幻灭，底层民众的不满开始高涨。早在 10 年前，在新自由主义全球体系中被边缘化的国家，比如中东、非洲的一些“失败国家”——原有的秩序在全球化浪潮中瓦解，新秩序却无法建立起来——发出了不满的呼声。产业结构单一、生产力低下、竞争能力不强，全球化放大了他们的弱点。比如加纳、坦桑尼亚、多哥等国的领导人，多次抨击新自由主义。坦桑尼亚有一个官员曾在国内某高校演讲时说："无论我们生产多少粮食，最后都是一笔亏本的买卖。有时是生产越多，亏损越大。"这让我们想起了已故的老左派加莱亚诺的话："不发达不是发达的阶段，而是发达的后果。"

令人意外的是，就算被视为新自由主义受益者的美国，也听到了国内底层民众的排山倒海般的抗议声。2011年的占领华尔街运动，主角就是所谓的"99%"群体。这个说法，比起卡德纳尔的"80%"而言，是更进了一步。特朗普在竞选纲领中提出"美国优先"的口号，可以理解为"孤立主义"的回潮，也可以理解为美国草根民众的愤怒呐喊。美国也有类似小北茶餐厅的小饮食店，在资本大鳄的竞争中败下阵来。在市场竞争机制下，他们已经没有翻身的机会。源源不断的外籍移民（尤其是外籍精英），在某种意义上都将成为掠夺者。因此，他们能依靠的就是手中的选票，寻找替穷人说话的总统。

"穷人的总统""穷人的作家""穷人的英雄""穷人的宗教"……当草根民众夺过精英手中的麦克风时，你知道将会发生什么。穷人的代表——左派斗士将大行其道。经常口不择言的特朗普不是偶尔出现的"黑天鹅"，他背后已经站满了愤怒的群众。当我们迎来一个去全球化的时代，一个捍卫本土价值的时代，一个全世界抵制麦当劳化的时代，一个自说自话的时代，曾经来之不易的共识，恐怕又将被各方否决。

吉林大学的孙兴杰博士在《远去的全球化》一文中指出："在权力大门之外的愤怒人群，成为民粹主义的后备军，挑战着当权者。大西洋两岸已经是民粹泛滥，政治思潮的转变借着选票的力量正在改变大西洋两岸的政治风貌。"他告诉我，写完此文后心情沉重，因为这一波全球化若真的难以为继，那恐怕一个黄金时代终将结束。

新自由主义引起的民间情绪，其实早应该引起我们的注意。在拉美，在东南亚，在东欧，甚至在中国，都引起了民众，尤其是底层民众的不满。早在十几年前，拉美多个国家左翼领导人上台，愤怒地谴责新自由主义。在中国，这一幕也将会到来，"平等"或者将变成比"发展"更优先的议题。

精英的话语方式也将要改变，带有启蒙色彩的精英话语，或者已经不适合于这个时代了。当草根觉醒，影子走上舞台之际，他们已经有了全新的思考方式和话语体系。这应当引起知识界的足够警觉。

后记

大家都知道，这两年，中国的舆论场精彩纷呈。2016 年可以说是一个转折点，特朗普上台，英国脱欧，民粹主义崛起，许多人类此前珍视的价值观遭到践踏，一些我们认为绝对正确的东西，最后都发生了反转。

幸亏本书的编辑陈卓同学拖拖拉拉（非主观故意，乃环境使然，陈卓说的），这本书没能在 2015 年出版。否则，一些文章可能要被打脸。其实，这本书收录的文章，两年来我已经替换了一大半。

比如说，我在 2014 年写过一篇文章，说社会舆论经常在“黑”大学生，并为扩招后的这群孩子打抱不平。但是，到了 2017 年，我不得不考虑中年人面临的比年轻人更残酷的中年危机。又比如，我曾经在 2014 年写过几篇力挺女权运动的文章，但如今，我必须考虑中国女权运动极端化、暴力化的问题。很多话题的节点，其实就是那么几个月，而文章的保质期，可能只有半年。能收录进来的，都是一些生命力强的文章，自觉经得起时间的考验。

回首2013年，新媒体在打破传统媒体的垄断后，一些新文章、新论点如狂飙突进，让我们脑洞大开。原来世界还可以这样！它们的出现，给了我一个全新的思考维度，而此前一些阴暗的东西，也能得到正视。但是，2017年我突然发现，这次思想革命似乎走向了极端。因此，呼唤一些古典的、恒定的价值，又成了时代的声音；重回保守主义路线，似乎又有了市场。

我也由此看到了问题的复杂性，比如"观念泡泡"、发展主义等，而一些反智、反文明的言论，也获得了市场。我进一步意识到，这些言论的背后，是某些弱势群体的呐喊，如果对他们缺乏理解，精英主义最后就会成为独行者。

这两年里，我一直在寻思：到底应该坚持什么？"更温暖""更包容""更有人情味"，应该是做人和写作的底线。如果我们对他人的苦难熟视无睹，那写作就变得不再有意义。

关于这本书的书名，我和陈卓从2014年一直争论到2017年，中途陈卓和我都换了工作。《摸高》这个书名，我在2015年就提出来过，后来被陈卓否定了。当时他说要取一个鸡汤一点的名字，比如"你来了我很高兴，你走了我也不留""愿你被××温柔相待""你看那星空浩瀚""给我一瓶脑残片"之类的，听起来要香艳，这样才能畅销。但等到后来真要报书号的时候，他又有点不甘心。我望着他呵呵笑。他说，现在谈论严肃话题的书不好卖，甚至没法出版，但我也不想因此向我所鄙视的东西妥协。在我看来，糊弄自己比糊弄读者难多了。

2017 年 5 月，我来北京找陈卓，走进了太阳宫附近一家烤鱼店。陈卓侧着身吃瓜子，目光瞄准邻座一个小姑娘，说她长得像周迅。陈卓感慨道："如今，真相竟变得如此难以触及，清澈的真相和清澈的眼神都他妈不见了。"这话如此雷人，我懒得搭理他。然后，他又说："我们还叫《摸高》吧。"我喝了一口可乐，好啊，就是它，不变了！"周迅"瞪了我们一眼，于是书名就这么愉快地决定了。

尽管没能起一个很鸡汤的名字，书也未必好卖，但思来想去，也只有"摸高"最能表达本书的理念。

人只有今生今世是不够的，还要有高出眼前现实的那么一点点追求。自由在高处，常识在高处，尊严在高处，一切美好的东西都在我们所能够得着的最高处。不奋力一跳，不伸手去摸，那些美好就永远无法触及。对自我，对社会，对国家，对世界，皆如是。

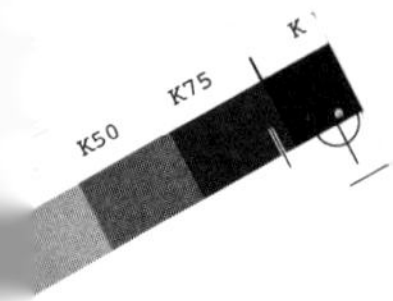
K50
K75
K